Stefan Moster

NERINGA

ODER
DIE ANDERE ART
DER HEIMKEHR

Roman

mare

Sonderausgabe
© 2016, 2020 by mareverlag, Hamburg

Typografie Farnschläder & Mahlstedt, Hamburg
Schrift Stempel Garamond
Druck und Bindung CPI books GmbH, Germany
Printed in Germany
ISBN 978-3-86648-644-7

www.mare.de

»Ich sagte, daß ich gar wohl wüßte,
welche Unordnungen, in der natürlichen Grazie
des Menschen, das Bewußtsein anrichtet.«

> Heinrich von Kleist,
> *Über das Marionettentheater*

EINS

An einem hellen Mittag im Juni 1964 versucht Jakob Flieder, seine Frau zu töten. Er folgt keinem heimtückischen Plan, sondern handelt im Affekt, wie sein Schwiegersohn, der unmittelbar daneben steht, später bezeugt. Er will sie lediglich zum Schweigen bringen.

Jakob ist Choleriker, ein an sich umgänglicher Mensch, der aber, wenn seine Reizschwelle überschritten wird, aus der Fassung geraten kann. Da diese Schwelle äußerst hoch liegt, gelingt es kaum einem Menschen, sie zu überwinden. Die wenigsten haben ihn je in Rage gesehen, sie ahnen nichts von seinem Temperament. Seine Frau kennt es, wiegt sich aber, wenn der letzte Ausbruch lange genug zurückliegt, immer wieder in Sicherheit.

So auch an diesem Junitag. In zwei Monaten soll das erste Enkelkind geboren werden. Noch ruht es im seligen Zustand der Unschuld im Bauch seiner Mutter, und doch trägt es indirekt zur Attacke des Großvaters bei, denn die bevorstehende Ankunft des Kindes macht eine Erweiterung des kleinen Hauses nötig, das Jakob dreißig Jahre zuvor gebaut hat und nun mit seiner Frau, der gemeinsamen Tochter und deren Ehemann bewohnt. Der Anbau steht bereits, nur am alten Teil werden noch Renovierungsarbeiten durchgeführt.

Am Morgen steigen die Männer aufs Dach, um den

Schornstein zu erneuern. Jakob ist kein Maurer, trotzdem weiß er mit Steinen umzugehen und traut sich daher ohne Bedenken eine so einfache Mauerarbeit zu. Sein Schwiegersohn dient als Handlanger, mischt Mörtel, schlägt Backsteine zu, reicht sie an. Bis zum Mittagessen soll die Arbeit erledigt sein, hat Jakob sich ausgerechnet, doch es dauert länger. Dem Schwiegersohn unterlaufen Missgeschicke, mal bricht ein Ziegel, mal gerät das benötigte Stück zu lang – alles Fehler, die Jakob wortlos korrigiert. Der wachsende Ausschuss an Baumaterial facht allerdings ersten Ärger in ihm an. Insofern trägt neben dem Ungeborenen auch dessen argloser Vater zu der folgenden Affekthandlung bei.

Aufgrund der Verzögerung verlassen die Männer nämlich nicht wie geplant um zwölf Uhr das Dach, was Jakobs Frau Agnes dazu veranlasst, wiederholt vors Haus zu treten und die Arbeiter aufzufordern, endlich bei Tisch zu erscheinen. In immer kürzeren Intervallen und mit zunehmender Ungeduld ruft sie nach ihrem Mann und stört ihn beim konzentrierten Steinesetzen. Bis sie schließlich gar nicht mehr ins Haus zurückgeht, sondern schimpfend vor der Tür stehen bleibt und zum Dach hinaufschaut. Ihr langes Lamento lässt sie in einem abfälligen Attribut gipfeln, von dem Jakobs Schwiegersohn später behauptet, er könne sich nicht mehr daran erinnern, was vermutlich nicht stimmt, jedoch einiges über die Wucht des gewählten Wortes verrät.

Bis dahin hat sich Jakob beherrscht, nun ist die Reizschwelle überschritten. Es kommt zum jähen Ausschlag seines Temperaments, und er stößt den frisch gemauerten Kamin in die Richtung, aus der die Stimme seiner Frau kommt.

Jakob ist ein kleiner, aber kräftiger Mann, mit einem Brustkasten, der diese Bezeichnung verdient, und mit den schweren Armen eines Turners, der täglich an der Teppichstange Klimmzüge mit nach vorne ausgestreckten Beinen macht. Seine Kraft hat sich jedoch bei der Ausübung seines Berufs gebildet. Er arbeitet als Pflasterer und schafft mit seinen Händen etwas, worauf andere gehen und mit schwerem Gerät fahren. Stein ist sein Metier. Kein Wunder, dass er ihn als Waffe wählt.

Aufgrund der Wucht des Stoßes bricht der Schornstein nicht, sondern fliegt in einem Stück hinab und zerfällt erst beim Aufschlagen im Hof in seine Einzelteile.

Unten herrscht Schweigen.

Die Männer lugen über den Dachrand. Niemand ist unter den Trümmern begraben worden, Jakobs Frau hat im entscheidenden Moment einen Schritt zur Haustür gemacht.

Das Schweigen dauert an, bis Agnes nach ihrem Mann ruft: Jakob! Es klingt ängstlich, als befürchte sie, ihm könne etwas zugestoßen sein. Dann weckt auch schon der Anblick der Zerstörung ihren Unmut: Was hast du jetzt wieder gemacht?

Jakob antwortet nicht. Er steigt vom Dach, geht in die Küche, nimmt schweigend sein Mittagessen ein und spricht für den Rest des Tages mit niemandem ein Wort. Am nächsten Tag ist er fast wieder der Alte, schnappt sich die Karre mit den Gummirädern und holt damit beim Baustoffhändler neue Ziegelsteine.

Jakobs Schwiegersohn erzählte die Geschichte im Familienkreis, als Jakob nicht mehr lebte, und alle lachten das leicht ungläubige Lachen, das sich angesichts einer bizarren Unfassbarkeit, die gerade noch einmal gut ausgegangen ist, oft löst. Niemand wäre auf die Idee gekommen, wegen dieser Episode sein Bild von Jakob zu revidieren. Er war trotz seiner seltenen Zornesausbrüche ein Mann gewesen, der es stets gut gemeint hatte.

Auch ich dachte nicht daran, meinen Großvater nach der kuriosen Geschichte mit anderen Augen zu sehen, doch erschien sie mir bedeutungsvoll genug, um meinem Vater vorzuwerfen, sie mir bis dahin verheimlicht zu haben.

Über den Vorfall sei nie geredet worden, beteuerte mein Vater. Er sei sich nicht einmal sicher, ob meine Großmutter damals überhaupt begriffen hatte, dass sie gerade einem Totschlag im Affekt entgangen war.

Meine Großeltern waren im Juni 1964 bereits vierzig Jahre verheiratet gewesen und sollten es weitere vierundzwanzig Jahre, bis zu Jakobs Tod, bleiben. Das machte vierundsechzig einvernehmliche Jahre gegenüber dem Impuls eines Augenblicks. Einunddreißig Millionen Sekunden gegen eine, die alles hätte auslöschen können, die meine Großmutter getötet und meinen Großvater zerstört, einen Schatten auf meine Geburt geworfen hätte. Eine Sekunde, die alles verändert hätte, jedoch über die Zeit in Vergessenheit geraten war, da sie ihre fatale Wirkung verfehlt hatte, dachte ich, als sich das Lachen über die Episode allmählich legte.

Und wie gesagt, betonte mein Vater, der alles gern bei günstigem Licht betrachtete, abschließend noch einmal, Jakob hat im Affekt gehandelt.

Ich aber dachte, dass Absicht auch im jähen Impuls steckte. Sie hatte nur noch nicht die Gestalt eines Plans angenommen.

Zwei Monate nach der glücklich gescheiterten Attacke kam ich auf die Welt, wenig später ging Jakob in Rente. Es begann die Zeit, in der ich ihn als stets zu Hause anwesenden Großvater mit nie versiegender Geduld erlebte. Seinen Jähzorn lernte ich zeit meines Lebens nicht kennen. Nicht einmal als aufsässiger Jugendlicher gelang es mir, seine hohe Reizschwelle zu erklimmen. Der Jakob Flieder, den es vor meiner Geburt gegeben hatte, existierte für mich nicht.

Das war normal, doch im Licht des Tötungsversuchs erschien es mir nun bemerkenswert. Man nahm seine Großeltern als ganze Persönlichkeiten erst nach ihrem Tod wahr und konnte sie auch dann erst der Epoche zuordnen, die von den Jahreszahlen auf dem Grabstein markiert wurde. Erst wenn sie nicht mehr zu einem sprachen, wenn die Vorstellung, die man von ihrem Leben hatte, sich von der selbstverständlichen Anwesenheit ihrer Stimme gelöst hatte, ahnte man, als welche Verkörperungen von Erfahrungen sie einem tatsächlich begegnet waren. Man erkannte, wie viele Umstände, Wechselfälle, Widerstände ihre Persönlichkeit beeinflusst hatten, und begriff endlich, dass sie keineswegs schon immer alt gewesen waren. Sie hörten auf, Großeltern zu sein, sie wurden Menschen, die vor der Geburt der Enkelkinder bereits eine Geschichte hatten.

Dann gab man ihnen die Vornamen, die man selbst nie benutzt hatte, sah sie als Träger dieser Namen jedoch nur unvollständig, da man über eigene Erinnerungen an sie als Erwachsene in der Mitte des Lebens nicht verfügte. Man war auf die Erinnerungen ihrer Kinder angewiesen, doch kamen die selten auf die Idee, von ihren Eltern zu erzählen, weil sie so gut wie nie danach gefragt wurden.

Gemessen an der Ereignisfülle eines Menschenlebens hüteten Familien erstaunlich wenige Erinnerungen. Hielt sich eine Generation – warum auch immer – mit Erzählungen zurück, füllten sich bei der nächsten Generation die Speicher von Erinnerung und Wissen noch spärlicher, weshalb sie ihren Kindern kaum noch etwas zu erzählen hatte. Diesen blieb nichts anderes übrig, als mit den wenigen überlieferten Episoden ihre Einbildungskraft zu füttern und sich die toten Großeltern so bildhaft wie möglich vorzustellen, damit sie lebendig wurden.

Die Geschichte mit dem Schornstein, die mein Vater bei einer Familienfeier erzählte, als wir Anekdoten austauschten, um nicht über uns selbst reden zu müssen, fiel mir über fünfundzwanzig Jahre nach Jakobs Tod wieder ein, in einer Stadt, die dieser nie gesehen, und in einem Zustand, dessen gängige Bezeichnung er wahrscheinlich nie gehört hatte.

Nach vierzehn Stunden Flug war ich mit schwerem Jetlag, also in einer Verfassung, in der sämtliche Raster und Regularien verschwimmen, am Freitagvormittag in Heathrow gelandet und direkt in die Firma gefahren, um über die gigantische Hausmesse des Cloud-Konzerns zu berichten, der zu unseren wichtigsten Kunden gehörte. Die Stadt San Francisco hatte die Howard Street zwischen den beiden Teilen des Moscone Center sperren lassen, damit die hundertfünfzigtausend Besucher genügend Auslauf hatten zwischen den Ständen der mehreren Hundert Aussteller, die ihre Lösungen rund um die Angebote des Konzerns präsentierten. Außerdem wurde Platz fürs Entertainment benötigt, für die Musikbühnen, die Sport- und Spielanlagen und natürlich die Gastronomie. Was als Messe deklariert war, glich einer riesigen, viertägigen Party, und dass die Stadt dafür einen Teil ihres Zentrums räumte, sagte alles über die Macht des Konzerns.

Ich war einer von den Ausstellern gewesen, hatte also vier Tage lang am Stand unserer Firma pausenlos gelächelt und alle dreißig Sekunden *great* gesagt. Alle sagten es bei solchen Anlässen in einem fort, als befürchteten sie, die gesamte Branche könnte zusammenbrechen, wenn man nicht genügend positive Attribute in dichten Intervallen ausspuckte. Es war anstrengend gewesen, aber wichtig, denn wir versorgten besagtes Unternehmen lukrativ mit Dienstleistungen. Man war in Kalifornien mit uns zufrieden, blieb jedoch betont anspruchsvoll, damit wir bloß nicht nachließen.

Beim Blick auf die expansive Selbstgewissheit der Wolkenmanager unter der kalifornischen Sonne war mir allerdings der Verdacht gekommen, dass wir in Wahrheit an unserer eigenen Abschaffung arbeiteten – eben weil wir ein überdurchschnittlich guter Partner waren. Die Logik der Branche wollte es, dass eine Firma, die brauchbare Anwendungen produzierte, gekauft wurde. Ihre Gründer – meist zwei, drei junge Männer, die noch ihre Kapuzenpullis aus der Start-up-Phase trugen – machte das schlagartig reich, während für die übrigen Mitarbeiter die Zeit der Ungewissheit anbrach.

Um das zu verhindern oder wenigstens hinauszuzögern, mussten wir unseren Kundenstamm weiter vergrößern und die Anwendungsbereiche für unsere Daten-Management-Produkte erweitern. Das war mein Job, das wurde von mir verlangt, dafür bekam ich die Anerkennung meiner Kollegen, die zehn, fünfzehn, zum Teil sogar mehr als zwanzig Jahre jünger waren als ich und die ich im Verdacht hatte, mich ein bisschen zu belächeln, weil ich stets im Anzug herumlief und nicht in knitterfreier Baumwolle und weil mir die jugendliche Elastizität abhandengekommen war.

Vielleicht hatten sie aber auch Mitleid mit mir. An jenem Freitag nach meiner Rückkehr aus San Francisco muss ich so erschöpft gewirkt haben, dass sie regelrecht fürsorglich wurden. Sie drängten mich, beizeiten Feierabend zu machen, mit ihnen ein Bier zu trinken und mich am nächsten Tag auszuschlafen. Ich lebte inzwischen seit über einem Jahr in dieser Stadt, hatte mir aber noch nie ein ganzes Wochenende freigenommen. Nun fand ich mich mit dieser Aussicht vor dem nächstgelegenen Pub wieder. Die Abendsonne wärmte mir den Rücken und ließ das Bier in den Gläsern feierlich leuchten. Vor dem Lokal drängten sich Menschen in euphorischer Stimmung, es wurden Witze gemacht, es wurde gelacht und diskutiert, es war laut, und ich musste die letzten Kräfte meiner Stimmbänder mobilisieren, um die Fragen meiner Kollegen zu beantworten, die sich für die Dauer des ersten Bieres sehr für meine Eindrücke aus Kalifornien interessierten. Schon während der zweiten Runde zerfaserte ihr Interesse allerdings, sie diskutierten vermehrt untereinander, warfen sich die jüngsten Kuriositäten und Absonderlichkeiten der Branche zu, und ich versank in Jetlag-Passivität, hörte kaum noch zu, ließ die Lärmwellen der vielen Männer- und wenigen Frauenstimmen über mir zusammenschlagen, wunderte mich über das Ausmaß meiner Müdigkeit und gab mich ihr sekundenweise im Stehen hin, fuhr aber immer wieder auf, wenn etwas Bemerkenswertes besonders laut ausgerufen wurde, hundert Millionen, stellt euch das vor, hundert Millionen Menschen auf diesem Planeten spielen *Candy Crush*, das bringt den Machern 800 000 Dollar am Tag, und als von meinem zweiten Bier noch die Hälfte übrig war, holte mich ein kräftiger kollegialer Schulterhieb endgültig in den Wachzustand zurück. Alle sahen mich an. Ich musste auf blödsinnige Art desorientiert gewirkt haben, denn sie lachten, als ich fragte, was los sei. Über vierzig Prozent aller Nutzer von Spiele-Apps sind über 39 Jahre alt, Mann, sagte einer, was spielst du eigentlich so?

Ich spiele nicht, sagte ich.

Du spielst nicht, kam es ungläubig und vielleicht auch etwas vorwurfsvoll zurück, aber bevor die Stimmung ernst wurde, purzelten auch schon wieder die Scherze, es wurden Vorschläge für Games genannt, die zu mir passen könnten, und es wurde spekuliert, womit ich mir wohl meine tägliche Belohnungsdosis Dopamin besorgte. Noch einmal schäumte allgemeines Gelächter auf, dann verabschiedeten sich alle, wieder mit Schulterklopfen, sieh zu, dass du Schlaf kriegst, Mann, sagten sie, und dann waren sie weg, die Sonne verschwand hinter einem Haus, kühler Schatten fiel über den Pub, und wer noch draußen stand, ging hinein. Auf einmal wurde mir bewusst, dass ich allein im Freien zurückgeblieben war und tatsächlich ein langes, leeres Wochenende vor mir lag. Ich trank aus und beschloss, es mit einem ruhigen Abend in meiner Wohnung zu beginnen.

Zu Hause wollte es mir jedoch nicht gelingen, Ruhe zu finden. Beim Auspacken des Koffers, beim Umziehen und beim Frischmachen störte mich die Lautstärke der Geräusche, die ich verursachte, darum führte ich jede Verrichtung mit Ungeduld aus, um sie hinter mich zu bringen, und wurde dabei nur noch nervöser. Vorhin in der U-Bahn hatte ich mir vorgestellt, mich auf der Couch auszustrecken und den Jetlag loszuwerden, indem ich mich einfach in den Schlaf sinken ließ und nach dem Erwachen an der richtigen Stelle der Zeit wieder auftauchte, aber sobald ich mich nun ausstreckte, erfasste mich ärgerliche Unruhe, die damit zu tun hatte, dass ich nichts mit mir anzufangen wusste. Eine Zeit lang kämpfte ich gegen den Drang an, aufzustehen und den Computer einzuschalten, dann gab ich nach, ging allerdings nicht ins Arbeitszimmer, sondern in die Küche, um mir etwas zu essen zu machen. Du brauchst Pausen, sagte ich mir. Aber wenn du dann eine machst, hältst du es nicht aus. Du bist also ein Schwächling oder inkonsequent. Und schon nahm die Spirale der Vorwürfe rapide Fahrt auf, immer mehr hackte ich auf mir herum, und als ich schließlich die Besteckschublade aufzog und nach einem Messer greifen wollte, wurde ich von einem Impuls durchzuckt, der mich erschreckte.

Sofort stieß ich die Schublade wieder zu.

Nicht das, sagte ich halblaut vor mich hin. Bitte, nicht das!

Wenig später verließ ich die Wohnung und eilte wie von einem Termin getrieben unter Bäumen und an hohen Zäunen entlang zu der langen Straße, die *Pembridge Gardens* hieß, lückenlos von niedrigen Häusern gesäumt wurde und im rechten Winkel auf die belebte Hauptstraße des Stadtteils führte. Erst dort, wo die Geräusche so vielfältig waren, dass man sie nicht mehr auseinanderhalten konnte, gelang es mir, langsamer zu gehen.

Ich hatte sie schon fast vergessen, die Impulse, nach spitzen Gegenständen zu greifen und sonst was zu tun. Bisher hatten sie mich in dieser Stadt in Ruhe gelassen, jetzt war ich unvermutet zurückgeschleudert worden in eine Zeit, in der diese Momente so häufig vorkamen, dass sie zur quälenden Normalität gehörten.

Sobald ich wieder Augen für die Umgebung hatte, fiel mein Blick auf das Kino, das aussah wie die Lichtspieltheater mit Namen wie Rex oder Capitol, in denen mir als junger Mensch die Augen aufgegangen waren, Kinos mit Aschenbechern in den Armlehnen der abgeschabten dunkelroten Samtsessel und mit Filmszenen auf der Leinwand, die ich zitternd vor Aufregung bestaunte. Ich sah dieses Kino jeden Tag auf meinem Weg zur U-Bahn, hatte aber noch nie eine Karte gekauft. Nun überquerte ich die Straße, sah, dass in Kürze ein Film anfing, den die Zeitungen gelobt hatten, und glaubte, für diesen Freitagabend gerettet zu sein.

Schon zwei Minuten nach Filmbeginn langweilte ich mich entsetzlich. Mir graute vor den folgenden anderthalb Stunden, ich fürchtete, die Langeweile werde in Beklemmung umschlagen und mir den Atem rauben. In einer so frühen Phase der Vorstellung mochte ich mich jedoch nicht durch die Reihen drängen und davonstehlen. Ich beschloss, dreißig Minuten durchzuhalten und dann zu gehen. Derweil vertrieb ich mir die Zeit mit der Erfassung all dessen, was mich an dem

Film störte: das affektiert Balletthafte, mit dem zwei schöne Menschen einander umkreisten, ihr ritueller Paartanz, die pathetische Art des plumpen Amerikaners, die Hand auf die Hüfte der mädchenhaften Russin zu legen, die übermütigen Kameraschwenks in den Straßen und Parks von Paris. Alles in mir sträubte sich, und die Intensität meiner Ablehnung ließ mich vermuten, dass mehr als nur ästhetischer Unwille im Spiel war. Neid zum Beispiel.

Bald nahm das Pathos auf der Leinwand Formen an, die mich zum Lachen brachten. Die Pariser Tänze wurden von Zwischensequenzen in einem Zugabteil unterbrochen, wo die Frau sich unter Verrenkungen über den Tisch zum Mann hinüberschlängelte. Das sollte die Ausgelassenheit der Verliebten darstellen, spielerische Verstöße gegen die Etikette. Dann färbte sich das Bild auf einmal grau. Die Szenerie wechselte, der Zug war angekommen, Mann und Frau befanden sich an einem bewölkten Wintertag am Meer, sie schlugen die Kragen hoch, zogen die Hände in die Ärmel, rieben sich gegenseitig Rücken und Oberarme und drückten ihre Körper aneinander. Das geschah im Vordergrund, doch meine Aufmerksamkeit richtete sich ganz auf die Kulisse, die das Weitwinkelbild der Kamera nach einem Schnitt zeigte. Das Paar ging über eine weite, geriffelte, stellenweise spiegelnde Fläche, und diese Fläche war der Meeresgrund bei Ebbe. Er umgab eine markante, dicht bebaute, von einem Kirchturm gekrönte Insel, deren Umrisse schrittweise näher rückten.

Ich erkannte den Inselberg auf Anhieb, so wie jeder seine unverwechselbare Silhouette erkannte, auch wenn er ihn nie besucht hatte. Auf Uhr und Ultimatum achtete ich nun nicht mehr, ich wartete ab, bis alle Szenen an dem Schauplatz absolviert waren, und verließ danach das Kino. Mir war, als hätte der Film, den ich bis dahin als den Inbegriff aufgebauschter Unwesentlichkeit abgetan hatte, auf etwas Wesentliches gedeutet. Es steckte im Mont-Saint-Michel, oder genauer gesagt in der Erinnerung, die mein Blick auf die Klosterinsel vor der französischen Küste freigelegt hatte, wie das Meer den Sand bei Ebbe.

Der Mont-Saint-Michel war bei einer Familienfeier von Hand zu Hand gewandert. Einer meiner Cousins hatte die Postkarte aus dem Urlaub geschickt, sie umrundete die Tafel während des Essens und benötigte dafür nicht sonderlich lange, denn die Esser mochten sich nicht stören lassen. Sie warfen nur kurze Blicke auf die Abbildung und gaben die Karte sogleich weiter. Erst als sie meinen Großvater erreichte, kam es zur Unterbrechung. Er nahm die Ansichtskarte zur Hand, betrachtete sie ausführlich, las den Text auf der Rückseite, kehrte wieder zur Abbildung zurück und sagte: Da war ich schon. Dann reichte er sie weiter.

Da warst du schon?, fragte jemand ungläubig. Mein Großvater war in seinem ganzen Leben nicht in Urlaub gefahren, nie hatte er auch nur eine Ferienwoche im Taunus oder Hunsrück verbracht, das wussten alle, die am Tisch saßen.

Ja, sagte er, im Krieg. Am Morgen sind wir mit dem Lastwagen hingefahren, und am Nachmittag war überall Wasser.

Er gab seinem Satz über die Wirkung der Gezeiten, die er

damals offenbar zum ersten Mal beobachtet hatte, einen Ton, als spreche er von einem Wunder.

Nun hätte einer der Anwesenden nachfragen müssen, aber nichts geschah. Die Karte wurde weitergegeben, das Essen wiederaufgenommen, niemand wollte weitere Erläuterungen hören.

Mich erstaunte das, aber ich war zu jung, um vor der ganzen Verwandtschaft das Wort zu ergreifen, weshalb ich beschloss, mir meine Fragen für später aufzuheben. Später musste ich es jedoch vergessen haben, denn ich hatte mir die Geschichte, die damals nicht erzählt worden war, nie bei meinem Großvater abgeholt. Sie selbst kannte ich nicht, aber der Moment, in dem die Erwachsenen dabei versagt hatten, sie hervorzulocken, war mir in Erinnerung geblieben. Ich erinnerte mich an das Defizit. Mein Gehirn hatte die Leerstelle gespeichert, und nun hatte eine ganz bestimmte Kombination von Impulsen sie wieder in den Vordergrund gerückt.

Gewiss hatte ich in all den Jahren nach der durch die Postkarte entstandenen Irritation Bilder vom Mont-Saint-Michel gesehen, aber nie hatte ich mir dabei etwas gedacht. Erst der pathetische Film ließ mich auf den Anblick reagieren – der Film im Zusammenspiel mit meiner Nervosität an jenem Freitagabend, mit der Empfindsamkeit des Einsamkeitsflüchtlings im Jetlag, die ich mit ins Kino gebracht hatte.

Wenn sich die Verwandtschaft zu einer Feier in unserem Haus versammelte, kannte das allgemeine Gespräch kein Ende. Es wurde unablässig erzählt, in alle Richtungen, zu den Nachbarn rechts und links ebenso wie quer über die Tafel hinweg. In den Stunden vom Kaffee bis zum Ausklang lange nach dem Abendessen herrschte nicht eine Sekunde Stille, und die Themen wechselten sprunghaft. Erinnerungen an *früher* nahmen dabei besonderen Raum ein, und es war allen eine ungeheure Lust, Personen, Umstände, Orte einer vergangenen Zeit heraufzubeschwören. Ich weiß nicht, was mir größeren Spaß bereitete, die alten Geschichten oder die Freude der alten Leute am Erzählen.

Sie beschränkten sich dabei fast ausschließlich auf Begebenheiten aus der Zeit vor dem Krieg. Hin und wieder fand eine Episode aus der *schlechten Zeit* oder den Aufbaujahren Platz, aber der Krieg selbst – ebenso wie die Machtergreifung und ihre deprimierenden Folgen – wurde nur selten Thema des vielstimmigen Gesprächs. Meinen Großvater hörte ich anlässlich der Postkarte zum ersten Mal in großer Runde eine Episode aus der Kriegszeit erzählen – sofern zwei lakonische Sätze schon eine Episode waren. Bisweilen rutschte den Brüdern meiner Großmutter eine kleine Geschichte von den Stellungen oder vom Rückzug heraus, aber das führte kaum einmal zu einer Verkettung ähnlicher Erinnerungen, wie es bei anderen Themen üblich war, meist wurde rasch zu einem anderen Sujet übergeleitet.

Dafür konnte es nur zwei Gründe gegeben haben. Der erste musste der Tod meines Onkels gewesen sein, den ich nie kennengelernt hatte. Er war als Neunzehnjähriger bei Königsberg von einer Granate getroffen worden. Seine Mutter Agnes, meine Großmutter, hatte den Verlust nie verwunden. Alle wussten: Käme die Rede auf den Krieg, würde sie an den toten Sohn denken und unweigerlich in Tränen ausbrechen.

Der zweite Grund hatte mit meinem anderen Großvater zu tun. Der trug in jener Gesellschaft, die aus der Verwandtschaft seiner Schwiegertochter bestand, nie viel zum Gespräch bei, sondern saß stets wie ein Fremder am Tisch, auch wenn er sich vielleicht gar nicht unwohl fühlte, denn immerhin verließen er und seine Frau, die für mich immer nur *der andere Opa* und *die andere Oma* waren, da sie nicht mit uns im Haus lebten, die Feiern nie auffallend frühzeitig.

In der Gegenwart meines anderen Großvaters jedenfalls wurde nicht vom Krieg erzählt, weil alle die Gefahr der Zwietracht ahnten. Sie wussten, auf welcher Seite er nach der Machtergreifung gestanden hatte, wie lange er im Feld und anschließend in Gefangenschaft gewesen war. Und sie konnten sich vorstellen, was davon noch in ihm steckte.

Über den Krieg erfuhr ich daher nur etwas, wenn ich mit einem der Alten allein war und plötzlich eine Erinnerung bei ihm ausgelöst wurde, die er des Erzählens wert befand. Das kam selten vor, und von dem Wenigen, das ich erfuhr, blieb wiederum nur ein Teil im Gedächtnis haften. Aus diesen Splittern ergab sich kein geschlossenes Bild, sondern lediglich ein lückenhaftes Mosaik, dessen Muster man nicht erkennen konnte.

Mein Großvater Jakob war in Frankreich desertiert, nachdem er von der Landung der Alliierten und ihrem Näherrücken gehört hatte. Das wusste ich, und auch, dass er als Simulant Zuflucht in einem amerikanischen Lazarett gefunden hatte, doch wie er von Frankreich nach Hause gekommen war, wusste ich nicht. Meine spärlichen Kenntnisse setzten erst wieder mit der Szene ein, in der meine damals achtjährige Mutter ihm entgegenläuft und ihn am Ortsrand in Empfang nimmt.

Ich wusste auch, dass mein anderer Großvater in England und Kalifornien gefangen gewesen war, doch war mir unbekannt, in welcher Reihenfolge, in welchen Lagern und an welcher Front er dem Feind überhaupt in die Hände gefallen war. Auch über seiner Heimreise lag dichter Nebel, nur von dem Moment, in dem der Heimkehrer nach acht Jahren Krieg und Gefangenschaft zum ersten Mal seinem Sohn wiederbegegnete, wusste ich, denn davon hatte mein Vater zwei, drei Mal gesprochen.

Ein Kind war nicht imstande, Rätsel dieses Ausmaßes durch gezielte Fragen zu lösen, einem Jugendlichen fehlten dazu Energie und Interesse, und wenn der Erwachsene allmählich die sich hinter diesen Rätseln verbergende Bedeutung ahnte, waren diejenigen, die seine Fragen hätten beantworten können, nicht mehr am Leben. Dann konnte nur die Vorstellungskraft noch die Lücken im Mosaik füllen, indem sie die ausgesparten Geschichten erzählte.

Als ich am Freitagabend im Westen Londons allein aus dem Kino kam, wunderte ich mich über die vielen Gedanken, die der Film ausgelöst und mich so weit in meine Kindheit zurückgeführt hatte, und während ich auf dem Heimweg noch die Kette der Assoziationen zu deuten versuchte, lief ich geradewegs in eine weitere Erinnerung hinein, die mich nicht weniger überraschte und zwei Lebenszeiten auf einmal ins Bewusstsein rief.

Im Februar 1988, ein halbes Jahr bevor mein Großvater starb, trat ich im Untergeschoss des Münchner Hauptbahnhofs in eine Telefonzelle und wühlte in den dort wie eine Hängeregistratur angebrachten Telefonbüchern nach einer rettenden Nummer. Ich war zum Studieren mit großen Hoffnungen in die Großstadt gezogen, hatte aber nach Monaten immer noch keinen Anschluss gefunden. Das Gift der Niedergeschlagenheit erfüllte mich, ich machte mir mein Alleinsein zum Vorwurf und registrierte zunehmende Abscheu vor mir selbst. Bald ekelte ich mich vor meinem Spiegelbild, hasste alles, was ich tat und dachte, fand mich nichtswürdig und schlecht und verfiel anfallartig in Verhaltensweisen, die mich dennoch erschreckten, weil sie bestrafenden Charakter hatten und mir und den Gegenständen, die mich umgaben, beträchtliche Schäden zufügten. Also versteckte ich die scharfen Messer, schloss die wenigen wertvollen Dinge, die ich besaß, in der Schreibtischschublade ein, mied Bahndämme und hohe Brücken und achtete darauf, keine Jobs anzunehmen, bei denen ich Auto fahren musste und mich somit der Gefahr aussetzte, dass ich plötzlich einen Baum am Straßenrand ansteuerte. Was genau man gegen solche Zustände unternehmen konnte, wusste ich nicht, aber es musste in dieser Stadt Institutionen geben, die in solchen Fällen Hilfe leisteten.

Es dauerte eine Weile, bis ich im Telefonbuch eine infrage kommende Beratungsstelle fand und mich überwinden konnte, anzurufen. Man verwies mich an eine andere Stelle, wo man mich mit wochenlangen Wartezeiten konfrontierte, mir aber noch weitere Nummern nannte, und nach mehreren vergeblichen Telefonaten stieß ich am Ende auf eine kirchliche Einrichtung, wo man bereit war, mich zwei Tage später zu empfangen. Ich ging hin und schilderte der Mitarbeiterin, welche Symptome mich plagten, woraufhin sie mir weitere Gespräche anbot. Nachdem ich sie mehrmals aufgesucht hatte, riet sie mir zu einer gründlichen Behandlung. Sie schlug eine Therapieform vor, die ich dem Namen nach kannte, weil sie die berühmteste von allen war, und nannte mir einen Therapeuten, den sie für geeignet hielt. Auch dieser ließ mich nicht lange bis zum Vorgespräch warten. Noch in derselben Woche saßen wir uns in seinem dämmrigen, da im Erdgeschoss und zum Hof gelegenen Behandlungszimmer gegenüber. Wie auf einem alten Gemälde drang das gedämpfte Licht von links herein und teilte den Körper meines Gegenübers in eine helle und eine dunkle Hälfte.

Er gab uns fünfzig Minuten Zeit, um Klarheit darüber zu erlangen, ob wir uns eine mehrjährige *Zusammenarbeit* vorstellen konnten. Im Gespräch gab er sich verbindlich, war jedoch spürbar auf Distanz bedacht. Es sollte gar nicht erst der Eindruck gewöhnlicher Freundlichkeit aufkommen.

Als die Zeit fast abgelaufen war, bat er mich, ihm eine Kindheitserinnerung zu erzählen.

Irgendeine?

Was Ihnen als Erstes einfällt.

Ich sträubte mich gegen diese Willkür des Erinnerns. Waren solche Zufallsmethoden seriös? Zwar kam mir sofort etwas in den Sinn, eine kleine Szene ohne Handlungsverlauf und Pointe, doch schien sie mir zu geringfügig zu sein, weshalb ich im Stillen nach Begebenheiten, die mehr über mich verrieten, suchte. Aber ich fand nichts. Die erste Szene, die mir eingefallen war, verstellte in ihrer Schlichtheit den Blick auf alles andere. Mir blieb nichts übrig, als auf sie zurückzugreifen.

Im Zustand der Halt- und Mutlosigkeit war ich zu dem Therapeuten gekommen, doch nun erzählte ich ihm eine Erinnerung, die geradezu als Inbild von Halt, Geborgenheit und Zuversicht gelten konnte. Ich erzählte ihm, wie ich als kleiner Junge von drei oder vier Jahren auf dem Fahrradkindersitz saß, im Fahrtwind, begeistert und gespannt, wo es hingehen würde, obschon ich es ahnte: am Tierpark vorbei zum Friedhof, und vielleicht weiter in den unmittelbar angrenzenden Wald.

Der Kindersitz war vorne am Gestänge angebracht und bestand aus einem Blechgeflecht in Schalenform, das mit einem dünnen Polster ausgelegt war. Meine Füße standen auf ausklappbaren Fußrasten, meine Hände umfassten den inneren Teil der Lenkstange. Natürlich trug ich keinen Helm, natürlich war ich nicht angeschnallt, niemand wäre in den Sechzigerjahren auf die Idee gekommen, das für gefährlich zu halten, und auch ich fühlte mich sicher, denn hinter mir saß mein Großvater. Er lenkte das Rad, ein Damenrad, er fuhr immer mit einem Damenrad, weil man bequemer auf- und absteigen konnte. In der Erinnerung spürte ich die Anwesenheit seines Körpers, die Rückendeckung, die er mir gab, und ich sah rechts und links seine Arme mit den Händen, die unerschütterlich die Lenkstange hielten.

Das ist alles, sagte ich. Wahrscheinlich schaute ich mein Gegenüber dabei an, als rechnete ich mit einer schlechten Zensur für meinen handlungsarmen Vortrag.

Danke, sagte er. Sehen wir uns dann nächste Woche um die gleiche Zeit?

Er hätte durchaus mehr als Danke sagen können, dachte ich auf dem Heimweg vom Kino. Aus dem Abstand von fünfundzwanzig Jahren betrachtet, nahm sich das betont korrekte Verhalten des Psychoanalytikers etwas zwanghaft aus. Seine Zuwendung war rein beruflicher Natur, das wollte er mir gleich zu Beginn deutlich machen. Ich wusste noch, wie ich deswegen eine leichte Gereiztheit verspürt hatte. Trotzdem war ich eine Woche später erneut in die Hinterhofpraxis gegangen, wo ich aufgefordert wurde, mich für die Dauer der Sitzung auf einer Liege niederzulassen.

Und nun überkam mich an einem zufälligen Freitagabend bei der Erinnerung an ebendiese Szene, die mich von meinem Großvater umfasst auf dem Kindersitz des Fahrrads zeigte, eine Rührung von verwirrender Wucht. Ich wusste nicht, warum, konnte Selbstmitleid aber ausschließen. Offenbar brach sich ein auf Anhieb nicht zu differenzierender Gefühlsüberschuss Bahn.

Zu Hause angekommen, musste ich mir das Salz aus dem Gesicht waschen, doch fühlte ich mich weder erschöpft noch bedrückt, sondern erstaunlich frisch. Keine Spur mehr vom Jetlag. Ich mochte nicht ins Bett gehen, da ich befürchtete, den angenehmen Zustand an den Schlaf zu verlieren. Also zog ich Schuhe und Strümpfe aus, setzte mich auf den Fußboden, was ich sonst nie tat, und betrachtete meine nackten Füße, was ich noch nie getan hatte. Sie erinnerten mich an die Füße von antiken Statuen, weil die zweiten Zehen etwas über die großen Zehen hinauswuchsen, was in der Antike als Schönheitsideal galt.

Ich schämte mich ein wenig für meine Selbstbetrachtung, doch ich fühlte mich wohl, wie ich so dasaß und nichts Zweckmäßiges tat, und darum versuchte ich das Gefühl aufrechtzuerhalten, indem ich weitere Bilder weckte. Ich stellte mir die Arme meines Großvaters in allen Einzelheiten vor – kräftig wie die eines Turners, der täglich an der Teppichstange Klimmzüge machte – und landete prompt bei der Geschichte vom Attentat mit dem Schornstein, die mein Vater erzählt hatte und die meinen Großvater so gar nicht als Menschen darstellte, der Geborgenheit gab. Seine Arme besaßen vielmehr auch die Kraft, Schaden anzurichten.

Es war, wie wenn nach einem bewegenden Film das Licht angeht und man sich in einem kahlen Kinosaal wiederfindet. Es war eine Desillusionierung. Ich deutete sie als Mahnung, mich beim Blick auf die Vergangenheit nicht der Nostalgie hinzugeben, sondern das Erinnern unter Berücksichtigung der größeren Zusammenhänge strategisch anzugehen.

Barfuß ging ich zum Regal. Da ich keine Fotoalben besaß, in denen ich meine Großeltern hätte betrachten können, nahm ich einige Bücher über ihre und meine Heimatstadt heraus. Mein Vater hatte sie mir über die Jahre hinweg geschenkt, jeweils zu Weihnachten und zum Geburtstag, ich hatte sie mir alle angesehen, doch meist mit oberflächlichem Interesse, weshalb sie nun wie neu vor mir lagen, eine illustrierte Chronik der Stadt, Publikationen über den Dom, mehrere Bildbände mit Stadtansichten sowie im roten Schutzumschlag ein Buch über die Kriegsjahre. Es dokumentierte hauptsächlich die Luftangriffe der Alliierten und die daraus resultierende Zerstörung. Trümmerbilder füllten die Seiten, eines schlimmer als das andere. Schon blätterte ich wieder flüchtiger, weil das alles nichts mit mir zu tun hatte und ich mir weder meine Eltern noch meine Großeltern in die Fotografien hineindenken konnte, aber dann stieß ich auf eine Information, die mich elektrisierte.

Die Große Bleiche, jene breite, lange, vom Münsterplatz aus auf den Rhein zuführende Straße, eine der zentralen Achsen der Stadt, sei mit Holz gepflastert gewesen, hieß es in dem Buch. Bei den Luftangriffen sei sie deshalb zur *Todesfalle* geworden. »Aus der geteerten Holzpflasterdecke züngelten Flammen. Wer hier eine Flucht wagte, blieb im flüssigen Teer haften und verbrannte bei lebendigem Leibe. Die Windböen vereinigten sich über dem brennenden Pflaster zu einem Feuersturm. Umherfliegende Elektronspritzer explodierender Brandbomben tanzten auf dem Pflaster und ließen Tausende von Sternen sprühen.«

Ich betrachtete das dazugehörige Bilddokument ganz ruhig, gefasst, könnte man sagen, obschon mich bei seinem Anblick eine unglaublich grelle, ja geradezu blendende Erkenntnis durchzuckte: Ich wusste von etwas, das zu diesem Bild und seinem Text gehörte, und wenn mich nicht alles täuschte, wusste niemand außer mir davon.

Wir hätten zum Rochusberg pilgern müssen, murmelt der Vater am frühen Morgen beim Anlegen der Arbeitskleidung. Der Sohn weiß, was gemeint ist. Bevor man eine so gewaltige Arbeit aufnimmt, wie sie ihnen bevorsteht, rät es sich, die größtmögliche Hilfe in Anspruch zu nehmen. Immerhin hat der Junge einen Teil seines Morgengebetes an den heiligen Rochus gerichtet, den Patron der Pflasterer.

Sie laden das Werkzeug in die Karre mit den Gummirädern, Hämmer in unterschiedlicher Größe, den Stampfer, Hölzer und Schnur, die umschnallbaren, einfüßigen Hocker, dann ziehen sie los. Sie gehen vier Kilometer durchs Morgengrauen und erreichen die Baustelle, als die Sonne gerade die Pappeln auf der rechten Rheinseite übersteigt und quer über den Fluss hinweg ein Strahlenbündel durch die Häuserschneise jagt, in der sie von diesem Tag an mehrere Monate lang arbeiten werden, sechs Tage die Woche, den ganzen Frühling und Sommer hindurch, gewiss bis weit in den Herbst hinein. Ihre Aufgabe lautet, die Schneise, die jetzt für wenige Minuten wie eine erleuchtete Bühne vor ihnen liegt, zu einer Vorzeigestraße zu machen. Seit aus Amerika und England von den Vorzügen hölzerner Straßenbeläge zu hören war, hat es vermehrt Aufträge gegeben, Straßen mit Holz zu pflastern, bevorzugt solche, an denen Schulen liegen, damit die vorbeirollenden Wagen weniger Lärm verursachen und den Unterricht nicht stören. Dabei hat sich Jakobs Vater hohes Ansehen erworben. Inzwischen ist seine Firma die einzige, die solche Aufträge überhaupt noch ausführen kann, obwohl sie lediglich aus zwei Personen besteht, aus Vater und Sohn: Philipp und Jakob Flieder. Ein Mann und ein Jugendlicher. Nur die beiden wissen noch, wie man Holzpflaster verlegt, und jetzt haben sie eine Baustelle von einem Kilometer Länge und zwanzig Metern Breite vor sich. Zwanzigtausend Quadratmeter, zwei Millionen Holzklötze. Sie werden monatelang auf ihren einbeinigen Schemeln hocken und Holzklotz für Holzklotz setzen, sie werden jede Reihe in der Mitte beginnen, Seite an Seite, und Klotz für Klotz nach außen rücken, jeder in seine Richtung, und nachdem sie den Rand erreicht haben, treffen sie sich in der Mitte der nächsten Reihe wieder. Allerdings arbeitet der Vater mit seiner Erfahrung schneller als der Sohn, zumal dieser die zusätzliche Aufgabe innehat, frische Klötze herbeizuholen, wenn die bereitliegenden aufgebraucht sind.

Städtische Angestellte haben unter der Aufsicht von Philipp die Baustelle vorbereitet und notdürftig abgesperrt. Darum können die beiden Pflasterer, der alte und der junge, sich an diesem Morgen sogleich ans Werk machen. Kaum hocken sie auf ihren Schemeln und führen die ersten Hammerschläge aus, lockt das Geräusch Schaulustige an. Die beiden Männer arbeiten zügig, wie im Akkord, sie wissen, wie viele Klötze sie jeden Tag verarbeiten müssen, um vor den nassen Novembertagen fertig zu werden. Philipp gibt die Anzahl der Reihen vor, die sie bis zur Mittagspause schaffen wollen, dann werden die Klötze in den Sand gesetzt, und die Gummihämmer sprechen.

Die Baustelle hat den Vorteil, dass die beste Metzgerei der Stadt in der Nähe liegt. Man kann sich dort zum Mittag heiße Fleischwurst kaufen und aus dem Papier essen. Jakob lässt sich gern zum Essenholen schicken, denn er mag alles an der Metzgerei, die Kacheln, die Gerüche, die Würste an den Haken, die dünn gestreiften Schürzen der Verkäuferinnen, die ganze Geschäftigkeit, die vermittelt, dass hier mit Kostbarem gehandelt wird.

Während Vater und Sohn essend auf ihren Hockern sitzen, werden sie von den Einzelhändlern angesprochen, die in der Mittagspause vor ihre Läden treten. Ihnen gefällt der erschwerte Zugang zu ihren Geschäften natürlich nicht, andererseits rechnen sie mit einem Aufleben der Straße, wenn das besondere Pflaster erst einmal fertig ist. Früher wurde hier Wäsche gebleicht, bald ist es ein Boulevard, auf dem die Leute gern und langsam an den Schaufenstern vorbeiflanieren, denken sie und schlagen sich auf die Seite der Pflasterer. Die beiden sollen ihre Arbeit gut machen, aber auch zügig. Darum entscheiden sich die Einzelhändler für Ermunterung und Unterstützung, schenken den Männern auf den Hockern hin und wieder eine Brezel, einen Apfel, und gelegentlich kommt einer mit zwei Gläschen Schnaps. Philipp und Jakob kennen die Gepflogenheiten und wissen, wie sie sich zu revanchieren haben: indem sie die Mittagspause nicht ausdehnen, sondern weiterarbeiten, sobald sie das Metzgereipapier zerknüllt haben.

Nach zehn Stunden auf der Baustelle schnallen sie die Schemel ab, packen ihr Werkzeug in die Karre mit den Gummirädern und schieben sie für die Nacht in einen nahe gelegenen Hinterhof, denn so ist es mit den städtischen Auftraggebern vereinbart. Anschließend gehen sie aufrecht und mit den Händen in den Hosentaschen die wenigen Schritte zur Haltestelle und fahren die vier Kilometer, die sie am Morgen den Karren vor sich herschiebend gelaufen sind, mit der Straßenbahn nach Hause. Sie fahren nach Gonsenheim, der im Westen an die Stadt grenzenden Ortschaft. Es ist eine alte Gemeinde mit kleinen Häusern, umgeben von Gemüse- und Obstfeldern, ein wachsendes Bauerndorf, in dem man vor wenigen Jahren erst eine gewaltige neugotische Kirche mit weithin sichtbaren Türmen errichtet hat, Sankt Stephan geweiht, dem gesteinigten Märtyrer. Der hätte aufgrund seines Schicksals ebenfalls einen guten Patron der Pflasterer abgegeben, aber er ist für andere Dinge zuständig. Jakob und sein Vater wissen das, sie würden es nie infrage stellen. Beim Abendgebet werden sie sich deshalb wieder an den zuständigen Rochus wenden.

Am ersten Tag haben sie mehrere Dutzend Reihen geschafft. Damit sind sie zufrieden, auch wenn das Laienauge kaum ein Resultat erkennt. Noch tagelang wird man die beiden Männer auf ihren Schemeln ob des schier übermächtig erscheinenden Auftrags bemitleiden und vielleicht auch belächeln, weil einem das Missverhältnis zwischen den Kauernden mit ihren Hämmern und den Tausenden Quadratmetern, die noch bearbeitet werden wollen, ins Auge springt. Doch die Pflasterer wissen, dass man ihnen schon nach zwei Wochen wachsenden Respekt entgegenbringen wird, weil der Fortschritt unübersehbar ist. Anschließend wird die Achtung der Bürger einige Wochen anhalten, womöglich sogar zunehmen, dann aber wird die Phase der Ungeduld anbrechen, man wird sie fragen, wie lange sie noch brauchen, wann sie endlich fertig werden, ob diese Baustelle ewig bestehen wird. Wenn sie mit der Arbeit über die Hälfte hinausgekommen sind, geht auch diese Phase vorbei, weil das Ende absehbar ist. Die Ungeduld weicht der Vorfreude auf den Glanz des Neuen.

Bis dahin wird es noch dauern. Sie haben noch Tausende Reihen vor sich – oder eigentlich hinter sich, denn sie arbeiten sich mit dem Rücken voran auf das Rheinufer zu, und Jakobs Vater weiß jetzt schon, was er dem städtischen Straßenbauinspektor bei dessen erstem Besuch an der Baustelle sagen wird. Er wird sagen, der Inspektor müsse einen städtischen Arbeiter abstellen, damit auch Jakob sich ganz dem Verlegen des Pflasters widmen könne und nicht immer wieder unterbrechen müsse, um Klötze zu holen oder Sand.

Am Samstagmorgen nach dem Kinobesuch wachte ich in mindestens drei Zeiten gleichzeitig auf, wie mir schien, doch machte mich das nicht nervös. Ich war neugierig geworden und entschloss mich zu Nachforschungen.

Als Erstes versuchte ich etwas über den heiligen Rochus herauszufinden und fragte mich bald, was er den Pflasterern Philipp und Jakob zu sagen gehabt hatte, denn in seiner Legende tauchten nicht einmal Steine auf. Der Mann war nach Rom gepilgert, dort eingetroffen bei Ausbruch der Pest, jedoch nicht gleich wieder geflohen, sondern geblieben, um den Kranken beizustehen. Als ihn selbst die Pest ereilte, wäre er beinahe daran gestorben, hätte ihm nicht ein Hund jeden Tag ein Stück Brot auf die Brust gelegt, sodass er zu essen bekam und überlebte.

Der selbstlose Mann, der vom fürsorglichen Hund eines reichen Bürgers ernährt wurde – nichts bildete eine Parallele zum Leben des Pflasterers Jakob und seines Vaters. Außer der Armut vielleicht. Außer der Demut, derer es bedurfte, um mit dieser Armut zu leben. Ich kannte Jakobs winziges Elternhaus, weil wir dort gelegentlich seine Schwester Anni besuchten und weil ich dieser Anni später, als in den Armen meines Großvaters die Kräfte schwanden, in Jutesäcken, die ich auf die Karre mit den Gummirädern lud, Holz zum Heizen brachte. Das Haus war so winzig, dass ich beim Versuch, es zu rekonstruieren, der Erinnerung misstraute. Es hätte komplett in die Wohnung gepasst, die ich jetzt allein bewohnte, samt Giebel und Gauben.

Weil er es von klein auf gewohnt war, mit wenig Platz auszukommen, hatte Jakob sich ein Haus gebaut, das ebenfalls klein war, allerdings einen größeren Garten hatte. Ein Jahr vor der sogenannten Machtergreifung hatte der letzte sozialdemokratische Bürgermeister die Siedlung ausgewiesen, und weil das Vorhaben den Nationalsozialisten ins Konzept passte, übernahmen sie es kurzerhand, versahen die Unterlagen mit Hakenkreuz-Stempeln und brüsteten sich damit, Arbeitern und Handwerkern den Bau bescheidener Doppelhäuser in Eigenhilfe zu ermöglichen, auf Grundstücken, die groß genug waren, um den Obst- und Gemüsebedarf einer Familie zu decken. Jakob lieh sich das Geld von seinem Schwiegervater: fünfhundert Mark.

Das kleine Haus hielt allen Wechselfällen und Nöten stand, die einzige Tochter kam darin zur Welt, und der Garten brachte die Familie durch die *schlechte Zeit*.

Auch ich wäre in dem Haus zur Welt gekommen, hätten sich die Zeiten nicht geändert und eine Entbindung im Krankenhaus verlangt. Die Klinik, in der ich geboren wurde, war keinem anderen als dem heiligen Rochus geweiht. Das hatte ich schon immer gewusst, doch an jenem Samstag nach dem Kinobesuch kam es mir wie eine Neuentdeckung vor, im Namen des Pflastererpatrons das Licht der Welt erblickt zu haben, sogar am offiziellen Gedenktag des heiligen Rochus.

Getauft wurde ich allerdings auf den Namen des Märtyrers, den man gesteinigt hatte.

Über die genauen Umstände meiner Geburt war ich, abgesehen von der Uhrzeit, die meine Mutter bei jedem Geburtstag erneut erwähnte, nicht informiert, aber mir spukte eine etwas rätsel- und lückenhafte Geschichte im Kopf herum.

Ich war zwei Wochen überfällig und daher sehr groß, meine Mutter entband zum ersten Mal, es kam zu Komplikationen, und nach der Geburt atmete ich nicht. Warum, weshalb, ob man mich an den Füßen in die Höhe gehalten, mir den obligatorischen Klaps versetzt und vergebens auf den öffnenden Schrei gewartet hatte, wusste ich nicht. Ich sei künstlich beatmet worden, hieß es undeutlich in der bruchstückhaften Legende, die mir erinnerlich war oder die ich mir einbildete.

Mit Sicherheit wusste ich, dass meine Taufe bald nach der Geburt erfolgt war, dass als Taufpate mein anderer Großvater auftrat und ich deswegen seinen Vornamen als Zweitnamen trug. In diesem Zusammenhang meinte ich den Begriff *Nottaufe* gehört zu haben – wieder so ein Überlieferungsbruchstück, über das ich keine Gewissheit besaß. Hatte man die Taufe schnell durchgeführt, damit ich nicht als Heidenkind ins Jenseits käme, falls mir der Weg auf diese Erde verwehrt sein würde? Hatte ich mein Leben dem Einsatz der Ärzte, dem Zufall oder der Fürsprache der Heiligen zu verdanken?

Ich fand heraus, dass für Entbindungen der heilige Erasmus zuständig war. Der heilige Christophorus hätte auch gepasst, dachte ich, der große, stämmige Mann, der das Kind auf den Schultern durch den Fluss trug – der das Kind auf dem Fahrrad in die Welt fuhr, kam mir sogleich in den Sinn, und der Gedanke löste erstaunliche Heiterkeit in mir aus.

Gegen Mittag rief meine Mutter an und gratulierte mir zum Geburtstag.

Den habe ich ganz vergessen, sagte ich und fragte mich, ob das tatsächlich stimmt. Ich kam nicht dazu, es mir zu überlegen, denn nun formulierte meine Mutter den Vorwurf, der anfangs nur in ihrem Tonfall mitgeschwungen hatte. Sie hielt es für unangemessen, sich an diesem Tag einzuigeln. Die Familie, ließ sie verlauten, fühle sich um ein Fest gebracht. Den Fünfzigsten feiere man schließlich nur einmal im Leben.

Wie auch alle anderen Geburtstage, wandte ich ein, woraufhin sie resignierte. Sie reichte den Hörer an meinen Vater weiter, der ebenfalls bemüht schien, seine Stimme nicht zu wohlwollend klingen zu lassen. Geschenke wolltest du ja keine, sagte er spitz, und tatsächlich hatte ich in diesem Jahr erstmals den lang gehegten Wunsch geäußert, man möge mir nichts schenken. Sie hatten es nicht verstanden, was mich nicht wunderte, denn ich verstand es selbst nicht genau, doch offenbar hielten sie sich daran, und darüber war ich froh.

Mein Vater gab den Hörer an meine Mutter zurück, die nach kurzem Schweigen sagte: Vor fünfzig Jahren lag ich um diese Zeit im Krankenhaus und stöhnte, weil du überfällig warst und so groß.

Auch in diesem Satz schien noch ein kleiner Vorwurf mitzuschwingen.

Bin ich eigentlich nach der Geburt künstlich beatmet worden?, fragte ich sie, und sobald sie sich von der Überraschung über mein Interesse erholt hatte und sich in die Erinnerung begab, verlor sich der Bitterton in ihrer Stimme. Nein, so weit sei es nicht gekommen. Zwar habe man, da ich nicht gleich schrie, ein Sauerstoffgerät geholt, es jedoch nicht in Gebrauch nehmen müssen.

War die Taufe im Krankenhaus demnach gar keine Nottaufe?

Keineswegs, sondern das Übliche in der damaligen Zeit. Sie selbst habe noch an den Folgen der Geburt laboriert und darum in der Krankenhauskapelle auf einem Kissen sitzen müssen, erzählte meine Mutter, von Not könne jedoch in keiner Weise die Rede sein.

Es kam mir vor, als hätte sie mir etwas weggenommen.

Warum bist du so still?, fragte sie.

Ich beeilte mich, das Gespräch zu beenden, weil mir kein unverfängliches Thema mehr einfiel. Mir war, als hätte ich die Legitimation verloren, meine Existenz für einzigartig zu halten.

Außerdem fiel mir nun auf, dass mich außer meinen Eltern noch niemand wegen meines Geburtstags angerufen hatte. Post war auch keine gekommen.

Meister und Lehrling, Vater und Sohn arbeiten an fünf Tagen die Woche je zehn Stunden und samstags fünf, sie kommen voran, der Lehrling gewinnt an Geschick, und ein städtischer Arbeiter unterstützt die beiden als Handlanger. Er heißt Hugo, wohnt in der Altstadt und geht nach der Arbeit in ein Lokal in der Holzstraße, das wegen der Flussnähe von Rheinschiffern besucht wird. Es geht rustikal zu, man trinkt Bier statt Rheinwein und entscheidet oft selbst, was man zahlt, weil der Wirt regelmäßig sein Lokal verlässt und anderswo trinken geht, wo Frau und Kinder es nicht sehen. Hugo, selbst noch grün hinter den Ohren, fordert Jakob ein ums andere Mal auf, ihn nach Feierabend zu begleiten, doch Jakobs Vater erlaubt es nicht.

Es regnet nicht viel in diesem Frühling, kein einziger

Schlechtwettertag fällt an, die Vorzeigestraße wächst Reihe für Reihe säuberlich zu. Inzwischen kennen die Männer die meisten Anwohner und regelmäßigen Passanten. Sie sind Teil des Stadtviertels geworden und betreiben die beiläufige Konversation mit den Kiebitzen beinahe ebenso routiniert wie die Pflasterarbeit.

Erst im Juni regnet es an mehreren Tagen am Stück, und die Männer rücken morgens nicht aus. Der Sohn findet Gelegenheit, sich mit Freunden zu treffen, während der Vater eine Inspektion des Werkzeugs vornimmt und den einen oder anderen Hammerstiel austauscht.

Im Hochsommer erreichen sie den Tabakladen am Neubrunnenplatz. Nun können sie zwei Wochen lang mit täglichen Zuwendungen in Form von Zigaretten rechnen, denn der Inhaber lässt sich nicht lumpen. Da in seinem Laden auch Honoratioren einkaufen, kommt es eines Tages zur Begegnung mit dem Bürgermeister. Jakobs Vater erkennt ihn sogleich, steht auf und will den Hocker abschnallen, doch der Stadtvater heißt ihn die Arbeit fortsetzen. Er lobt sich selbst für seinen Entschluss, auch diese Straße mit Holz pflastern zu lassen, und das würde er nicht tun, wenn ihm das Pflaster nicht gefiele, er die Arbeit von Jakob und Philipp also nicht lobenswert fände. Zwar äußert er nichts dergleichen, weil man bei aller Jovialität die Hierarchie nicht aus dem Blick verlieren darf, doch es lässt sich folgern.

Philipp würde die Rangordnung von sich aus gewiss nicht in Zweifel ziehen, auch wenn der Bürgermeister bei Weitem nicht die höchstrangige Persönlichkeit ist, die er in seinem Leben zu Gesicht bekommen hat, denn er hat den Kaiser persönlich gesehen, an einem Sonntag zu Beginn des Jahrhunderts, am Ortsrand von Gonsenheim, bei den Schießständen, als der Monarch samt Gefolge zur kaiserlichen Polizeikaserne ritt, nachdem er die hochmoderne Waggonfabrik besichtigt und sich auf deren Balkon dem Volk gezeigt hatte. Mit einigen Freunden war Philipp zum zwischen Fabrik und Kaserne gelegenen Großen Sand gelaufen, um das berittene Regiment des Monarchen abzupassen. Auf allen Bildern, die sie kannten, fand sich der Kaiser umringt von großem Publikum, hier aber ritt er fast ungesehen durch die bewachsenen Dünen aus ehemaligem Rheinsand.

Die Männer folgten der Eskorte, kletterten wie kleine Jungen auf die Mauer der Kaserne und sahen Kaiser Wilhelm vor salutierenden Polizeioffizieren vom Pferd steigen. Die Kaserne war eine prächtige Ansammlung vielförmiger Backsteingebäude, die Stallungen hatten massive Dachstühle, alles war für die Dauer gemacht. Genau das hatte Philipp später zu Hause erzählt. Jakob mag es gehört haben, doch begriff er es nicht, denn er war fast noch ein Säugling und konnte nicht ahnen, dass die Kaserne schon dreißig Jahre später abgerissen und er, Jakob, davon profitieren würde. Zusammen mit den anderen Siedlern würden sie sich dort Baumaterial für die Häuser besorgen, die sie in gemeinschaftlicher Eigenleistung errichteten.

Es wird Herbst, die Männer haben sich dem Rhein so weit entgegengepflastert, dass es ihnen vom Fluss her kühl auf den Rücken weht. Sie tragen lange Flanellhemden und dicke Wollpullover unter den Arbeitsjacken, um die Nieren warm zu halten. Pflasterer sind anfällig für Blasen- und Nierenkrankheiten, das wird Jakob, der jetzt noch zu jung ist, um sich gravierende Erkrankungen vorstellen zu können, im Alter am eigenen Leib erfahren.

Und dann kommt der Tag, an dem der letzte Klotz eingeschlagen wird. Jakob hat trotz einer Rüge seines Vaters in die Unterseite seinen Namen geritzt, denn für ihn hat die Signatur nichts mit Eitelkeit zu tun. Er zeichnet verantwortlich.

Abschließend werden die an diesem Tag fertiggestellten Reihen gestampft, und dann gibt es auf einmal nichts mehr zu tun. Aufrecht stehen Vater und Sohn nebeneinander, den Rhein im Rücken, und blicken die Schneise entlang, die sie über Monate hinweg in eine Vorzeigestraße verwandelt haben.

Die obere Hälfte vom Münsterplatz bis zum Neubrunnenplatz ist längst in Betrieb genommen worden, man hat die Absperrungen in die untere Hälfte verlegt und ohne besondere Feierlichkeiten den Verkehr wieder zugelassen. Die Wagen rollen gut auf dem neuen Untergrund, die Hufeisen der Pferde pochen gedämpft. Hugo hat man vor einigen Tagen abgezogen, nachdem er die nötigen Klötze für den Rest der Arbeit herbeigeschafft und bereitgelegt hatte. Du kannst gehen, hat Jakobs Vater zu ihm gesagt, denn er mag es nicht, wenn Arbeiter untätig dastehen.

Nun stehen er und sein Sohn ebenfalls untätig da, aber das ist etwas anderes. Sie sind fertig und haben das Recht, ihr Werk zu betrachten. Die Arme des Vaters hängen herab, von den schweren Händen im Lot gehalten. Der Sohn schiebt seine Hände in die Hosentaschen. Das war's, sagt der Vater. Sie laden das Werkzeug in die Karre mit den Gummirädern, dann schieben sie das Gefährt auf dem gleichen Weg nach Hause zurück, auf dem sie es im Frühjahr hergeschoben haben.

Bevor sie die ersten Häuser von Gonsenheim erreichen,

gehen sie durch Felder, auf denen Gemüse und Kräuter angebaut werden. Obwohl der Herbst weit fortgeschritten ist, riecht es in der feuchten Abendluft nach Schnittlauch.

Zwei gebückte Männer auf einbeinigen Schemeln, Klotz für Klotz einschlagend, zwei winzige Menschen, die sich auf riesiger Fläche voranarbeiten und vergessen müssen, dass sie die Last der Erwartung von Tausenden tragen – mich ließ diese Vorstellung nicht los.

Als Kind war ich jeden Tag über Pflaster gelaufen, das mein Großvater gelegt hatte, denn er hatte den Weg vom Gartentor zu unserer Haustür kunstvoll mit kleinformatigen Steinen gestaltet. Es gab weiße Randlinien, mehrere weiße Sterne im Abstand von einem Meter, und vor der Eingangstreppe hatte er die weißen Steine so zwischen den grauen angeordnet, dass sie das Wort *Salve* bildeten. Man fühlte sich unwillkürlich ein wenig erhaben, wenn man auf diesem Untergrund zur Haustür schritt.

Da die ganze Siedlung durch Eigenleistung und Nachbarschaftshilfe erbaut worden war und jeder Bauherr seine beruflichen Fähigkeiten für die Allgemeinheit einsetzte, hatte mein Großvater auch andere Höfe gepflastert, doch keinen so kunstvoll wie den eigenen. Heute existierte das Kunstpflaster in unserem Hof nicht mehr. Es existierte nicht mehr, weil mein Großvater selbst es durch Verbundsteine ersetzt hatte. Es war seine letzte Arbeit auf dem umschnallbaren

Hocker gewesen, und sie hatte ihn viel Mühe gekostet, daran erinnerte ich mich, denn er wurde allmählich alt. Verbissen arbeitete er sich vom Geräteschuppen im hinteren Hofteil zum Gartentor vor, mit dem Rücken voran, im gerippten Unterhemd, in blauen Arbeitshosen, schwitzend und schweigend, ohne eine andere Hilfe von meinem Vater zu akzeptieren als das Anreichen der Verbundsteine, die in der Form eckiger Knochen gegossen waren.

Was hatte er beim Entfernen seines alten Kunstpflasters empfunden? Hatte er die einzelnen Steine mit Andacht aufgeklaubt oder sie achtlos auf einen Haufen geworfen? Und wo gerieten sie anschließend hin, die Steine, die er zu Beginn der Dreißigerjahre beschafft hatte? Konnten sorgsam behauene Steine zu Abfall werden? Wurden sie gelagert und später ins Fundament des zweiten Anbaus eingegossen, um das neue Bad, das Elternschlafzimmer und das neue Kinderzimmer zu tragen?

Aus dem Abstand von mehr als vierzig Jahren betrachtet, kam mir Jakobs Zerstörungswerk an der eigenen Arbeit tragisch vor. Er hatte seine Kenntnisse und Fähigkeiten ein letztes Mal eingesetzt, um die Spuren seiner eigenen Handwerkskunst zu tilgen. Niemand hatte ihn dazu gezwungen oder auch nur überredet, er selbst hatte sich für diesen Schritt entschieden, nachdem er mehrfach mit angesehen hatte, wie meine Schwester über die unebenen Steine gestolpert und, da sie als Zweijährige die Angewohnheit hatte, beim Laufen die Arme nach hinten zu strecken, als wollte sie Flügel simulieren, aufs Gesicht gefallen war. Ihr Weinen muss ihm so unerträglich gewesen sein, dass er lieber sich selbst Gewalt antat, als weiter das Kind leiden zu sehen.

Dass tatsächlich ein Künstler in ihm steckte, bewies eine

Blechdose im Keller unseres Hauses. Sie wurde in einer Ecke aufbewahrt, in der all das lagerte, was wir nur selten oder gar nicht mehr benutzten. Sie war grün und länglich und enthielt Zeichnungen, die mein Großvater angefertigt hatte: Entwürfe auf festem Papier, das sich durch die Aufbewahrung in der Dose dauerhaft rollte, Entwürfe für Pflastermosaike. Blumenmuster, die zur Mitte hin dichter, kleinteiliger, raffinierter wurden, Ornamente in einem Stil, der eine antike Tradition nachzuahmen schien, die es nie gegeben hatte, abstrakte Figuren nach dem Schönheitsgefühl eines Menschen, an dessen Ohr das Wort *Ästhetik* mit Sicherheit nie gedrungen war und der womöglich nie Darstellungen römischer Mosaike gesehen hatte. Volkskunst gewissermaßen, gezeichnet mit Sorgfalt und verblüffendem Feinsinn. Als hätte er nicht nur darauf geachtet, dass die Muster symmetrisch aufgingen, sondern sich zugleich von dem Drang, eine schöne Linie zu führen, leiten lassen.

Ich betrachtete ein Blatt nach dem anderen und schaute zu ihm auf. Er lachte verlegen, wie über eine Dummheit, die er in seiner Lehrzeit begangen hatte, als er fünfzehn, sechzehn, siebzehn war, ein Junge, ein Mensch, der noch weiß, wie man spielt, und sich hinreißen lässt.

Sobald ich mich an diese Dose erinnerte, wollte ich sie sehen. Ich rief meine Mutter an und fragte sie danach, doch wusste sie zunächst nicht einmal, wovon ich sprach. Erst als ich das Behältnis näher beschrieb, kam sie darauf. Ich schickte sie in den Keller, damit sie nachsah, doch die Dose war nicht mehr da, wie mir meine Mutter, als sie mich zurückrief, mitteilte.

Es waren Blumen, rief ich ins Telefon, die meisten Entwürfe waren Blumen. Blumen und girlandenartige Muster!

Meine Mutter verbat sich den aggressiven Ton und wies meinen Vorwurf zurück, sie habe die Dose mit den Beweisen für die Kunstfertigkeit meines Großvaters achtlos weggeworfen.

Ein einziges Mal in meinem Leben hatte ich sie in Händen gehalten. Mein Großvater hatte mich eigens mit in den Keller genommen, um mir die Rollen mit den Zeichnungen zu zeigen. Ich konnte mich erinnern, andächtig, aber auch etwas verwirrt gewesen zu sein, weil ich auf Anhieb keine einleuchtende Verbindung zwischen den Zeichnungen und seinem Beruf herstellen konnte, den er damals längst nicht mehr ausübte. Als mir der Zusammenhang endlich dämmerte, verschloss er die Dose schon wieder, und später war nie mehr davon die Rede gewesen.

Auch das erschien mir wie eine Tragödie. Ein Schatz war nicht bewahrt worden. Ich hatte ihn mir aus dem Haus stehlen lassen, als ich sein Hüter hätte sein sollen.

Für die Dauer von nahezu vier Jahren besuchte ich drei Mal die Woche die dunkle Hinterhofpraxis, setzte mich auf den Rand der Liege, um die Schuhe auszuziehen, und legte mich hin.

Von Beginn an störte mich die Papierserviette auf dem Kopfkissen. Sie drückte ein Hygienebedürfnis und die Absicht aus, das bestickte Kissen vor den Absonderungen meiner Haare und meiner Kopfhaut zu schützen, etwas, das ich als Herabwürdigung empfand – oder vielleicht auch nur als überdeutliche Mahnung, dass ich mich hier nicht als Gast bei einem Freund befand, sondern in einer Praxis, in der jemand seinen Beruf an mir ausübte.

Der Therapeut nahm hinter dem Kopfende der Liege auf einem Sessel Platz und justierte die Stehlampe so, dass ihr Lichtkegel auf die Kladde fiel, in die er sich während der Sitzung Notizen machte. Gelegentlich hörte ich den Kugelschreiber über das Papier eilen, weil er ganze Sätze, die ich sagte, mitzustenografieren schien, und beeilte mich, den Faden weiterzuspinnen. An anderen Tagen hielt ich im Sprechen inne, weil ich den Stift nicht hörte, obwohl ich glaubte, gerade etwas von großer Bedeutung gesagt zu haben. Dann reagierte der Mann mit dem Kugelschreiber. Ja?, fragte er, um zu erfahren, was mich stoppen ließ, oder um zu hören, wie der unterbrochene Gedanke weiterging.

Ansonsten sagte er wenig. Er hörte zu, nahm ich an, ohne mir jedoch sicher zu sein, denn ich konnte den Grad seiner Aufmerksamkeit ja nicht am Gesicht überprüfen, wie man es sonst bei Gesprächspartnern tut. Allerdings führten wir kein Gespräch. Die Rollenverteilung sah vor, dass ich redete und er zuhörte. Redete ich nicht, ließ er mich schweigen, wenn es sein musste, auch lange, sogar am Anfang der Stunde, was gar nicht so selten vorkam, denn nicht immer fiel mir auf Anhieb etwas ein, was mir des Erzählens wert schien.

Blieb ich stumm, merkte ich nach einer Weile oft, dass es nicht an der Leere in meinem Kopf lag, sondern vielmehr an der Überfülle. Es war, als sorgte der Aufruhr der Gedanken für eine Blockade der Zunge. Ich konnte, was ich als Schlachtengewimmel vor meinem inneren Auge sah, nicht in eine sinnvolle Ordnung bringen. Wenn ich trotzdem an irgendeiner Stelle den Faden aufnahm, dann aus Pflichtgefühl. Mir wurde diese Chance geboten, nun war es an mir, sie zu nutzen. Ich war entschlossen, meine Pflicht zu erfüllen, und dachte zugleich unterschwellig, dass in der Ordnung etwas nicht stimmte. Es war verkehrt, einem Hilfsbedürftigen die Verantwortung für seine Heilung zu übertragen.

Am Tag nach dem Kinobesuch und dem Geburtstagstelefonat mit meinen Eltern versuchte ich auch deshalb, konzentriert an die Besuche bei dem Therapeuten zurückzudenken, weil es in einer Sitzung um meine Geburt gegangen war. Ich hatte auf die Decke geblickt, die sich drei Meter über mir im Dämmer des Hinterhofzimmers auflöste, und auf einmal die weißen Stoffbahnen eines Sauerstoffzelts über mir gesehen, die lichtdurchlässige Gaze aus der Sicht des Neugeborenen, und diese Erfahrung hatte mich zutiefst gerührt, weil ich geglaubt hatte, an den Beginn meines Daseins zurückversetzt worden zu sein.

Durch die lapidaren Auskünfte meiner Mutter wusste ich nun, dass ich mich nicht erinnert, sondern mir etwas eingebildet hatte. Es kam mir wertlos vor, es kam mir vor, als hätte ich vor mir selbst Theater gespielt. Noch schlimmer war der Gedanke, dass es sich bei der Vision vom Sauerstoffzelt um eine Fantasie handelte, die womöglich den Wunsch nach besonderer Fürsorge ausdrückte.

Ich begann mich für etwas zu schämen, was ich vor mehr

als zwanzig Jahre geäußert hatte, sah mich aus der Sicht des Therapeuten bedeutsam gestikulierend auf der Patientencouch liegen und begriff plötzlich, dass mich dieser Mann jahrelang ausführlich betrachtet hatte. Ich selbst hatte ihm nur zur Begrüßung und zum Abschied für die Dauer eines Händedrucks ins Gesicht gesehen. Dazwischen hatte er aus dem toten Winkel heraus ungestört meinen Körper mustern und jede meiner Regungen beobachten können.

Es waren sonderbare Jahre gewesen. Die dreimal fünfzig Minuten pro Woche gaben meinem ganzen Leben den Takt vor. Kein Stadtviertel ist mir je so vertraut geworden wie das, in dem sich die Praxis des Analytikers befand, denn um mich nicht zu verspäten, kam ich jedes Mal zu früh aus der U-Bahn-Station und vertrieb mir die Zeit, indem ich durch die Gegend streifte. Nach den Sitzungen wiederum trieb ich mich oft noch eine Weile in eigentümlichem Gemütszustand im Viertel herum, spürte die Schwere meiner Knochen und schien trotzdem fast zu schweben, und alles, was die anderen Menschen taten, kam mir ein bisschen seltsam vor, wie unverständliches Ballett. Einzig das Verhalten der Kinder, die auf dem nahe gelegenen Platz am Springbrunnen spielten, leuchtete mir ein. Wenn ich ihnen eine Zeit lang zusah, fasste ich allmählich wieder Tritt und fühlte mich bereit, die U-Bahn zu benutzen und den Weg nach Hause oder zur Universität einzuschlagen.

Die Kinder, fiel mir nun ein, liefen über ein rötliches Pflaster, das sich zum Brunnen hin absenkte, und ich meinte, auch die Straße, in der sich die Praxis des Analytikers befand, sei gepflastert gewesen, womöglich, dachte ich mir, zog ich unbewusst Straßenviertel mit Kopfsteinpflaster vor, weil ich mich dort sicher fühlte, trittsicher, sozusagen.

Solche Dinge geisterten mir durch den Kopf, ich musste lachen, doch dann schlug mir wieder die Stille der Wohnung auf die Ohren. Sie wurde mir unheimlich, sodass ich auch am Samstagabend die Wohnung verließ, erneut zu der Geschäftsstraße, in der das Kino lag, ging und an der Ecke einer einmündenden Querstraße einen Pub namens *Old Swan* betrat, der bis ein Uhr geöffnet hatte.

Das Lokal war gut gefüllt von Paaren und Grüppchen. Man sah nicht allzu viele Fußballtrikots, aber einige doch, das Publikum wirkte normal und gemischt, und ich fühlte mich einigermaßen wohl, obschon ich der einzige Gast war, der allein am Tisch saß. Ich blätterte in einer Zeitung, um mich nicht ständig umblicken zu müssen und dadurch womöglich den Eindruck eines Anschlusssuchenden zu erwecken, konnte mich jedoch nicht konzentrieren, weil meine Gedanken nicht von den lange zurückliegenden Besuchen auf der Liege im Hinterhofzimmer loskamen. Es irritierte mich, so unvermutet mit diesem Abschnitt meiner Biografie in Berührung gekommen zu sein.

Als ich mich nun bemühte, den Verlauf der Therapie zu rekonstruieren, stellte ich fest, dass sie sich in wenigen Bildern verdichtete und sich in der Rückschau gar nicht wie eine vierjährige Periode ausnahm. Ich versuchte, mir einzelne Analysestunden ins Gedächtnis zu rufen, und stieß dabei auf eine Erinnerung, die ich einmal auf der Liege geäußert hatte und die möglicherweise tatsächlich meine früheste war. Allein unter Fremden in einem Pub im westlichen London, nahm sie nun die gleiche Gestalt an wie damals in der Praxis des Therapeuten in München.

Ich sah mich in der Küchentür stehen und den Blick auf meine Mutter richten, die am Herd beschäftigt war. Sie hatte eine Schürze umgebunden, was ihren großen Bauch betonte, und sie sah mich nicht an, denn sie hatte mir gerade etwas untersagt und unterstrich das Verbot, indem sie mir ihre Aufmerksamkeit entzog. Wie sich aus ihrem Bauch schließen ließ, war ich noch keine drei Jahre alt, denn meine Schwester kam drei Jahre nach mir zur Welt. Ich war gerade aus dem Garten hereingekommen und die Treppe hinaufgeeilt. Was genau ich von meiner Mutter wollte, wusste die Erinnerung nicht mehr, aber sie wusste noch, dass ich ein Stöckchen in der Hand hielt, einen abgebrochenen Zweig wohl von einem unserer Obstbäume, und sie wusste auch noch, wie sich diese Hand mit dem Stöckchen nun in eine Waffe verwandelte, die auf meine schwangere Mutter schoss. Sie hatte mich wütend gemacht, ich wollte sie zum Schweigen bringen.

Kaum hatte ich abgedrückt und dazu mit meinem Mund das Schussgeräusch simuliert, ließ meine Mutter den Kochlöffel los, sah mich an und begann zu weinen.

An dieser Stelle brach die Erinnerung ab, auf der Liege in München wie im *Old Swan* in London. Meine Mutter hatte erkannt, wie ernst es mir mit meiner Tötungsabsicht gewesen war, darum hatte sie mir im ersten Moment nicht einmal mein geringes Alter schuldmindernd ausgelegt.

Dies war meine Schornsteingeschichte. Sie erschien mir kurios, und innerlich lachte ich darüber auf dieselbe Art, auf die wir damals anlässlich der Erzählung meines Vaters über Jakobs Tötungsversuch auf dem Dach gelacht hatten.

Vor mir stand ein leeres Bierglas, ich erwog, es mir noch einmal füllen zu lassen, da fiel mein Blick auf eine Meldung in der noch immer aufgeschlagenen Zeitung. In einer Kleinstadt in Suffolk, hieß es darin, habe die Polizei nachts auf der Straße einen Mann wegen des Diebstahls von Baumaterial aufgegriffen, doch habe sich bald herausgestellt, dass den mutmaßlichen Dieb gar nicht unlautere Absicht, sondern vielmehr ein konstruktiver Impuls getrieben hatte. Seit Wochen sei er auf dem täglichen Weg zu seiner Stammkneipe an einer Stelle vorbeigekommen, wo offenbar der Gehweg erneuert werden sollte, denn das Pflaster sei aufgerissen gewesen, und daneben hätten sich Steine gestapelt. Da die Arbeit jedoch seit Tagen nicht vorangeschritten sei, habe er sich auf dem Heimweg vom Lokal kurzerhand entschlossen, sie zu vollenden, ein Klacks für einen ehemaligen Pflasterer. Anwohner hatten die Polizei verständigt, weil sie dachten, der Mann entwende die Steine. Ein Irrtum, wie leicht zu beweisen war, denn bis den Mann die Müdigkeit überwältigte, war er mit der Gehwegreparatur beträchtlich vorangekommen, trotz eines noch vor Ort ermittelten Alkoholanteils im Blut von mehr als zwei Promille.

Auf Pflaster kann man gehen, wer Steine verlegt, schafft eine Grundlage, die anderen dient. Ich fragte mich, ob in meiner Heimatstadt noch Spuren von Jakobs Arbeit zu sehen wären. Im Hof meines Elternhauses hatte er sie selbst getilgt, aber mir fiel ein, dass es früher manchmal geheißen hatte, vor der Christuskirche könne man noch Pflaster aus Jakobs Hand bewundern. Es musste dreißig, wenn nicht vierzig Jahre her gewesen sein, dass ich so etwas gehört hatte, mir war die betreffende Stelle nie gezeigt worden, und sie konnte mittlerweile vollkommen anders aussehen. Ich fand es schier unfassbar, dass ich nicht früher der Frage nachgegangen war, ob man das alte Pflaster noch besichtigen konnte und ob es weitere Beweise der Kunstfertigkeit meines Großvaters zu entdecken gab. Ob dieses ungeheuerlichen Versäumnisses machte ich mir Vorwürfe, eine große Traurigkeit stieg in mir auf, und der Schmerz des Nichtwissens durchfuhr meinen Leib.

Als erste Maßnahme zur Linderung fasste ich den Entschluss, möglichst bald nach Jakobs letzten Mosaiken zu suchen. Ich stellte mir vor, wie ich auf der Mittelpromenade der Kaiserstraße der Christuskirche entgegenging und ergriffen die Spur meines Großvaters aufnahm, doch sobald das Bild an Deutlichkeit gewonnen hatte, erfasste mich eine neue Welle der Bekümmerung. Wenn es das alte Mosaikpflaster noch gab, würde ich es sehen, mich sogar davon tragen lassen können. Was aber würde mein Enkelkind entdecken, sollte es sich einmal auf die Suche nach meinen Spuren begeben? Alles, was ich tue, dachte ich, löst sich im Stofflosen auf, nicht die geringste Fingerspur bleibt übrig.

Deutete ich im Gespräch mit Leuten aus der Branche an, wie mein beruflicher Werdegang in den letzten Jahren verlaufen war, erwarb ich mir schnell Respekt, weil ich innerhalb des ihnen geläufigen Paradigmas klug gehandelt hatte. Klug und gewinnbringend, wie ihr alles entscheidender Bewertungsmaßstab lautete. Für diese Leute spielte es keine Rolle, dass ich nur denken und organisieren konnte und nichts produzierte. Meine Aufgabe bestand allein darin, herauszufinden, was andere herstellen sollten, wo Bedarf an etwas herrschte, tatsächlich oder scheinbar, und wo sich die passenden Investoren und Märkte finden ließen. Dabei hatte ich gelernt, linear zu denken, denn nur einfache Strategien, die darstellbar waren, hatten Erfolg. Eine meiner erfolgreichen Ideen hatte darin bestanden, zentrale Daten von Unternehmen auf eine Weise anzuordnen, die sie für die Entscheidungsträger möglichst leicht zu überschauen machte. Sie war schlicht, diese Idee, hatte mir aber zu dem Job in London verholfen, und vielleicht hätte ich mich dafür sogar ein bisschen schämen müssen, denn ich hatte mir einfach überlegt, in welcher Situation ein Manager am ehesten das Gefühl bekam, alles im Griff zu haben und den Bereich, für den er die Verantwortung trug, sicher zu lenken. Das Verb »lenken« hatte mich bald auf die Antwort gebracht: beim Autofahren. Für Führungskräfte war das Autofahren wichtig. Wie sicher und überlegen sie sich dabei fühlten, verriet eine Studie, die ich entdeckt hatte. Demnach verstießen Führungskräfte häufiger gegen die Verkehrsregeln als andere Leute, insbesondere gegen die Geschwindigkeitsbeschränkungen, weil sie sich in ihren komfortablen Limousinen unverwundbar fühlten. Am Steuer hatten sie alles im Griff. Also folgerte ich, dass sie es schätzen würden, die Daten ihres Unternehmens auf die gleiche Art im Blick zu haben wie die Anzeigen auf ihrem Armaturenbrett.

Diese Idee setzten Programmierer und Grafiker um, während ich mich auf den Weg machte, sie zu verkaufen. Innerhalb eines Jahres hatte ich mehr als zweitausend Kunden gewonnen, die bereit waren, eine Menge Geld dafür zu bezahlen, dass sie wie auf der Straße den Überblick behielten.

Wer zufrieden ist, spricht darüber, und so dauerte es nicht lange, bis ein Headhunter mir den Sprung in ein anderes Land und eine andere Gehaltsklasse ermöglichte. Und das, obwohl ich nichts programmiert und auch nichts gestaltet hatte. Ich konnte das gar nicht. Ich konnte den Programmierern und Grafikern lediglich darlegen, worauf ihre Arbeit abzielen sollte.

Sollte sich mein Enkelkind auf die Spuren meiner Arbeit begeben, würde es nirgendwo etwas finden, weil die digitale Entwicklung darüber hinweggegangen sein würde. Das Pflaster, das mein Großvater vor der Christuskirche gelegt hatte, würde dasselbe Enkelkind hingegen noch betrachten können, sofern keine zerstörerische Sanierung stattgefunden hätte. Es würde seinen Nutzen und seine Schönheit erkennen, würde Bilder davon machen und den Fuß darauf setzen, um ein paar vorsichtige, ehrfürchtige Schritte zu gehen.

Die dritte Welle der Betrübnis wurde unweigerlich durch die Erkenntnis ausgelöst, dass es so ein Enkelkind nie geben würde, weil es weder Sohn noch Tochter gab.

Es war gefährlich, am Samstagabend allein zu trinken. Man kam auf seltsame Gedanken. Ich dachte: Ich will, dass ein Mensch, der Jahrzehnte nach mir geboren wird, nach Schlüsselmomenten meines Lebens sucht. Ich will, dass dieser Mensch etwas über mich in sein Tagebuch schreibt. Zum Beispiel den Satz: »Drei Jahre vor meiner Geburt zog mein Großvater nach London, wo er meine Mutter kennenlernte, als er schon nicht mehr damit gerechnet hatte, sich noch einmal die Liebe einer Frau zu verdienen.«

Ich musste bei diesen Vorstellungen überdeutlich den Kopf geschüttelt haben, denn der Wirt, der durch den Pub ging, um leere Gläser einzusammeln, sprach mich an, obwohl mein Glas noch halb voll war. Durch die Lautstärke meiner Gedanken hörte ich nicht, was er sagte, weshalb ich ihn zur Theke begleitete und einen Whisky zum Bier bestellte. Er deutete auf eine Flasche. Ich nickte.

Wussten Sie, dass Schottland zu den vierzig führenden Exportnationen der Welt zählt?, fragte er, als er das Glas vor mich hinstellte.

Ich wusste es nicht.

Öl, Whisky und irgendwas mit Finanzsachen, an das ich mich nicht mehr erinnern kann. Immer wieder erstaunlich, was Getränke für einen Wert besitzen.

Am liebsten hätte ich auf der Stelle den *Old Swan* verlassen und wäre nach Heathrow gefahren, um den nächsten Flug nach Frankfurt und von dort den ersten Zug in meine Heimatstadt zu nehmen. Da dies nicht infrage kam, tat ich, was alle taten, die allein in einem Lokal saßen: Ich nahm mein Telefon zur Hand. Allerdings nur, um im Kalender nachzusehen, wann meine Termine mir eine Tour zum Nachlass meines Großvaters erlauben würden.

Nachdem ich mich an die Regeln und Abläufe der Sitzungen sowie an die Dauer der genau fünfzig Minuten gewöhnt hatte, wuchs mein Bedürfnis, über die Symptome zu sprechen, wegen denen ich ursprünglich gekommen war. Doch der Therapeut fragte nicht danach, so wie er nie von sich aus ein Thema anschnitt. Ich wiederum wusste nicht, wie ich den Anfang finden sollte. Zusehends unzufriedener fuhr ich von den Sitzungen nach Hause, in denen ich, wie mir bald schien, meine Zeit vergeudete. Allerdings musste ich anerkennen, dass die Symptomatik in ihrer extremsten

Ausprägung seit Beginn der Analyse kaum mehr in Erscheinung getreten war. Zeichnete sich schon Heilung ab, wenn man nur noch niedergeschlagen war? Es fiel mir schwer, das zu glauben, und bald wurde meine Skepsis bestätigt, als mich Ulla besuchte, die vor meinem Umzug nach München Zeugin meiner schlimmsten Anfälle geworden war und deshalb dafür plädiert hatte, unsere Partnerschaft ruhen zu lassen. Die Mitteilung, ich würde *professionelle Hilfe* in Anspruch nehmen, hatte sie Hoffnung schöpfen lassen.

Bei der ersten Umarmung am Bahnhof kam es mir vor, als würde mir überraschend etwas gestattet, was mir ein hohes Gericht auf Lebenszeit untersagt hatte. Ihren leichten Schweißgeruch, die glatten und die unebenen Stellen ihrer Haut – alles nahm ich mit übermäßiger Deutlichkeit wahr. Ich fühlte mich wie der Proband einer Versuchsreihe, in der getestet wurde, wie Begehren ausgelöst wird. Es folgte die Nacht der Nächte, und unsere weiteren Aussichten hätten nicht günstiger sein können, wäre am nächsten Morgen, als ich mit Brötchen vom Bäcker zurückkehrte, nicht ein Klavierkonzert von Rachmaninow auf meinem alten Plattenspieler gelaufen.

Ich hatte nichts gegen Rachmaninow, hatte mir die Platte selbst gekauft, es war eine sehr gute Aufnahme, aber ich mochte sie nicht an diesem sonnigen Vormittag im Zustand gestillten Verlangens und aufkeimender Zuversicht zum Frühstück hören. Entspannte Hintergrundmusik hätte ich akzeptiert, sanften Jazz etwa oder italienischen Barock, aber nicht dieses unruhige Werk, das den aufmerksamen Zuhörer mit interessanten Kontrasten unterhielt, im Hintergrund laufend jedoch wie die konzertierte Aktion einer Bande von Quälgeistern wirkte.

Wie konnte jemand zum Frühstück Rachmaninow auflegen? Nur Banausen ohne jegliche Sensibilität konnten auf die Idee kommen, dachte ich und schämte mich natürlich sofort, meiner ehemaligen und, wie es aussah, nun wieder aktuellen Freundin das eine wie das andere zuzuschreiben. Ich schämte mich und hatte ein schlechtes Gewissen, doch Rachmaninow störte mich immer noch.

Können wir nicht etwas anderes hören?

Dieser schlichte Satz wäre vielen Zeitgenossen in einer vergleichbaren Lage eingefallen. Für mich aber war er nun nicht mehr greifbar. Stattdessen haderte ich mit mir, weil ich einen anderen Wunsch hatte als Ulla, die mit stillem Vergnügen den Tisch deckte und die Kaffeemaschine einschaltete. Bei ihr dauerte das Wohlgefühl der Nacht weiter an, während bei mir alles ins Rutschen geriet. Minuten später haderte ich nicht mehr, sondern fing an, mich zu hassen. Rachmaninow lief immer noch, aber nicht mehr lang.

Ulla drehte die Platte um. Es wäre der ideale Moment gewesen, einen anderen Musikvorschlag zu machen. Aber ich verpasste ihn, und so ging es mit Getöse weiter. Ich glaubte es nicht auszuhalten. Ich rang mit mir, machte mir Vorwürfe ob meiner Engstirnigkeit, versuchte dabei aber zu verbergen, was in mir rumorte, und mich am Frühstückmachen zu beteiligen, als würde mich die Mischung aus monumentaler Musik und erbärmlichen Gedanken nicht an den Rand des Wahnsinns treiben. Mit äußerster Beherrschung nahm ich den Filter aus der Kaffeemaschine, um ihn in den Mülleimer fallen zu lassen, doch der Mülleimer stand nicht an seinem Platz, denn Ulla, die am Esstisch hingebungsvoll Obst schälte, hatte ihn neben sich gestellt. Mit der nassen, prall gefüllten Filtertüte durchquerte ich den Raum, ging am Spiegel vorbei, sah flüchtig mein Bild, und in dem Moment erfüllte mich ein so gewaltiger Ekel vor mir selbst, dass ich den feuchten Klumpen mit voller Wucht gegen den Spiegel schleuderte.

Eine Sekunde später stellte Ulla die Musik ab.

Das Zimmer, mein kleines, mit Möbeln und Büchern vollgestelltes Mietzimmer, zu dem eine winzige Kochnische und ein Waschbecken gehörten, hatte sich völlig verändert. Nahezu alles war von den Spuren des explodierten Kaffeefilters betroffen, braune Flecken beschmutzten die Wände und Textilien, und Ulla starrte mich an. Ich sank zusammen wie ein endgültig gebrochener Mensch, begann bald hilflos zu wischen, machte dadurch alles nur noch schlimmer, und als ich ängstlich zu Ulla aufblickte, meinte ich in ihrem Gesicht außer Angst auch Abscheu zu erkennen, was meine Verzweiflung nur weiter steigerte und den Hass auf mich selbst, der ich immer alles kaputtmachen musste. Es war unerträglich, in diesem Körper zu stecken und die Person zu sein, die meinen Namen trug. Ich ließ den Wischlappen fallen, krümmte mich auf dem Fußboden und schlug mit beiden Fäusten auf den verhassten Kopf ein, bis mich dröhnender Schädelschmerz betäubte und Ulla entschlossen nach meinen Handgelenken griff.

ZWEI

Nach dem sonderbaren Wochenende, das aus einem einzigen, nur von etwas Schlaf unterbrochenen Gedankenwirbel bestanden hatte, wollte mir die Rückkehr in den gewohnten Rhythmus nicht gelingen. Das Montagsmeeting, das ich normalerweise mit gewissenhafter Aufmerksamkeit verfolgte, ließ ich an mir vorbeirauschen, die Mittagspause verbrachte ich allein unter dem Laubdach der Ahorn- und Kastanienbäume auf dem alten Friedhof nebenan, anstatt sie für eine Besprechung zu nutzen, und am Nachmittag konnte ich mich so schlecht auf Entwürfe, Vorlagen, Mails konzentrieren, dass ich bei allen anfallenden Arbeiten mehrmals neu ansetzen musste.

Daher zog sich der Bürotag in die Länge, aber am Abend nahm ich die Müdigkeit mit Genugtuung hin, weil sie vom konkreten Arbeitspensum kam anstatt von unproduktiven Verschlingungen des Denkens. Mein Zustand schien sich zu normalisieren. Einmal ausschlafen, und ich wäre wieder der Alte. Ich stellte den Wecker auf eine Stunde später als gewöhnlich, schlief auf der Stelle ein und fühlte mich am Dienstagmorgen beinahe so wie an jedem normalen Werktag.

Zwar tauchten auch jetzt noch vereinzelte Szenen aus dem Film vom Freitag vor meinem inneren Auge auf, doch kamen sie mir längst nicht mehr so albern vor. Während ich Kaffee kochte, ersetzte ich den Amerikaner kurzerhand durch mich selbst und sah mich barfuß, in Boxershorts und T-Shirt das Frühstück für die junge Russin zubereiten. Du bist kindisch, wies ich mich zurecht, schob das Küchenfenster hoch, um Luft herein- und meine Fantasie hinauszulassen, und legte zur Zeitungslektüre das Tablet auf den Tisch.

In dem Moment wurde die Wohnungstür aufgeschlossen.

Ich erschrak bis ins Mark, hörte, wie die Tür zugedrückt, ein Schlüsselbund abgelegt und eine Jacke aufgehängt wurde. Kurz darauf stand eine blonde Frau im Esszimmer.

Bis mir ihr Name einfiel, hatte auch sie sich gefasst. Sie hieß Neringa. Den Nachnamen hatte ich mir wegen der umständlichen Lautfolge von Anfang an nicht merken können.

Sie trug das Paket mit den gewaschenen Hemden der Vorwoche auf dem Arm, das sie auf dem Weg hierher bei *AAA Cleaning* abgeholt hatte, und wunderte sich, mich um diese Zeit noch in der Wohnung anzutreffen. Sofort entschuldigte sie sich und bot an, später wiederzukommen, doch ich bat sie zu bleiben und einfach so zu tun, als wäre ich nicht da.

Kurz zögerte sie, dann entsprach sie meiner Bitte. Es lag keine Spur von Zaudern mehr in ihren Gesten, als sie Schuhe und Strümpfe auszog, die Hemden auspackte, in den Schrank legte und anschließend anfing, vor meinen Augen die Küche aufzuräumen.

Sie war mir von Kollegen, bei denen sie ebenfalls sauber machte, empfohlen worden, und seit ihrem ersten Arbeitstag hatte ich nicht mehr mit ihr gesprochen. Ich hatte es geradezu darauf angelegt, ihr aus dem Weg zu gehen. Ihren Lohn hinterließ ich auf dem Tisch, denn es war mir peinlich, einen anderen Menschen meinen Schmutz beseitigen zu lassen – obwohl ich nur zu gern frei von Alltäglichkeiten sein wollte, die lästig waren, wenn sie nicht dadurch aufgewertet wurden, dass man sie mit jemandem teilte.

Es schien sie nicht zu stören, ihrer Arbeit unter meiner Aufsicht nachzugehen. Ich aber genierte mich, diese Frau von vielleicht dreißig Jahren beim Tilgen meiner Alltagsspuren zu beobachten. In ihrer Erscheinung entsprach sie nicht dem Klischee einer Putzfrau, sie hatte schmale Hände und einen intelligenten Blick, war kein bisschen plump und wirkte fehl am Platz, obwohl sie keinerlei Widerwillen verriet und alle Arbeiten sorgfältig ausführte.

Sie schien sich in meiner Wohnung besser auszukennen als ich selbst, steuerte alles mit sicherem Barfußschritt an, griff beherzt mit beiden Händen in den Wäschekorb und hielt gleich darauf einen Berg von Sachen, die ich am Leib getragen hatte, im Arm, als wären sie neutrale Gegenstände. Sie warf sie in die Waschmaschine und stopfte anschließend die in einem separaten Korb liegenden benutzten Hemden in den Beutel, den sie später zur Wäscherei bringen würde. Bevor sie die Waschmaschine einschaltete, fragte sie mich, ob mich das Geräusch in meiner Konzentration stören würde.

Ihre Höflichkeit verblüffte mich, und ich sagte, ohne nachzudenken, das Geräusch störe mich keineswegs. Aber kaum lief die Maschine, störte es mich doch. Also hörte ich auf, zu lesen, sondern tat nur noch so und verfolgte stattdessen Neringas Vorgehensweise. Sie wirkte ziemlich unsystematisch. Zuerst räumte sie in der Küche auf, dann reinigte sie im Bad die Becken und Armaturen, ging wieder in die Küche, um dort alles auf Hochglanz zu bringen, wischte anschließend Staub, putzte die Böden und so weiter, immer im Wechsel von einem Raum zum anderen und wieder zurück. Sie brauchte, wie es schien, nicht das Gefühl, etwas abzuschließen und hinter sich zu lassen. Zumindest brauchte sie es weniger als die Abwechslung, um die es ihr offenbar ging.

Kam sie beim Zimmerwechsel an mir vorbei, lächelte sie, ansonsten vermied sie Blicke in meine Richtung. Man hätte es als Hochmut deuten können, wie wenig sie mich beachtete, aber es war offensichtlich Bestandteil ihrer Diskretion, denn beim Umgang mit meinen persönlichen Gegenständen verriet sie ebenfalls keinerlei Anteilnahme. Sie zeigte Respekt vor meiner Intimsphäre. Oder sie schützte sich selbst.

Als sie ein weiteres Mal auf dem Weg zum Schlafzimmer an mir vorbeiging, kapierte ich endlich, dass ich noch immer nur Boxershorts und T-Shirt anhatte, außerdem fiel mir ein, dass ich vergessen hatte, das Bett zu machen. Sofort sprang ich auf und folgte ihr, aber zu spät, denn sie schüttelte bereits das Kopfkissen auf.

Sie drehte sich zu mir um, lächelte, und für einen winzigen Moment flackerte eine beschämende Zimmermädchenfantasie vor meinen Augen auf, in der sie mich ganz ohne Präliminarien vom Zölibat erlöste, und vielleicht durchschaute sie mich, denn sie wandte sich abrupt ab und beförderte mit energischem Schwung die Bettdecke auf den Sessel, um das Laken glatt zu streichen.

Ich spürte den Impuls, ihr in den Arm zu fallen, zu sagen, ich würde mein Bett nachher selbst machen, aber ich beherrschte mich, denn ich war mir nicht sicher, ob es sie verletzen würde, wenn ich ihr eine Arbeit abnahm, mit der sie ihren Lebensunterhalt verdiente.

Nächste Woche werde ich das Bett frisch beziehen, sagte sie, als alles akkurat und faltenfrei gerichtet war.

Eine Woche später erinnerte ich mich an diese Ankündigung und legte einen Schlafanzug, den ich noch nie benutzt hatte, ins ungemachte Bett, damit sie nicht sah, dass ich nackt schlief.

Nach dem Frühstück nahm ich ihn wieder weg, denn sie musste mich in den vergangenen Wochen längst als Nacktschläfer identifiziert haben.

Dieses Wort aber sprach wiederum für die Hinterlegung des Pyjamas. Unschlüssig stand ich vor dem Kleiderschrank, als Neringa bereits die Wohnungstür aufschloss und mich erneut zu Hause antraf. Sie gab mit keiner Miene zu erkennen, dass sie sich darüber wunderte. Ich inszenierte meinen Aufbruch betont sachlich, während sie Schuhe und Strümpfe auszog und die Haare hochsteckte. Dabei fragte sie mich, ob sie nächsten Monat einmal nicht kommen dürfe. Sie wolle nach Litauen reisen.

Selbstverständlich, sagte ich. Machen Sie Urlaub?

Nicht unbedingt, erwiderte sie. Ich muss zum Zahnarzt.

In der U-Bahn fuhr das schlechte Gewissen mit. Die junge Frau arbeitete schwarz für mich und mehrere Kollegen, es gab keine vertraglich festgelegte Urlaubsregelung, weshalb sie sich gezwungen sah, freie Tage zu erbetteln, damit sie nach Litauen reisen konnte, um sich dort die Zähne plombieren zu lassen, weil es billiger war als hier – oder weil sie hier nicht einmal krankenversichert war. Wahrscheinlich ging sie bei der Gelegenheit auch gleich zum Frauenarzt und zum Friseur, dachte ich, überlegte kurz, ob ich ihr ein offizielles Arbeitsverhältnis anbieten sollte, aber dann fragte ich mich auch schon etwas vollkommen anderes, nämlich ob sie bei ihren anderen Auftraggebern auch gelegentlich Zimmermädchenfantasien auslöste, ob sie sich gelegentlich unpassender Avancen erwehren musste oder sich als illegale Reinigungskraft gar genötigt sah, sie hin und wieder zuzulassen.

Um in der Fantasie nicht weiter abzugleiten, rechnete ich hoch, was sie als Putzfrau verdiente. Das Ergebnis war nicht dazu angetan, mein schlechtes Gewissen zu lindern: Ihr Jahreslohn fiel aller Wahrscheinlichkeit nach geringer aus als das, was mir pro Monat überwiesen wurde. Anders gesagt: Würde ich ein einziges Monatsgehalt an sie abtreten, könnte sie ein Jahr oder länger ihren Interessen nachgehen, anstatt bei mir und meinesgleichen putzen zu müssen.

Während ich sprach, flitzte der Stift, sobald ich mit meiner Erzählung am Ende war, stoppte er, um die Stille nicht zu unterbrechen. Vielleicht brauchte der Schreiber auch Zeit, um sich in Ruhe die Verwüstung im Kellerzimmer vorstellen zu können, die braunen Spritzer auf den Wänden, den Kaffeesatz überall, das Gesicht der schockierten Ulla und mich, gekrümmt auf dem Fußboden und so heftig schluchzend, dass der ganze Körper bebte wie bei Schüttelfrost.

Wir hielten den Atem an, der Therapeut und ich, wir beide ahnten, dass ich etwas Wichtiges erzählt hatte. In gewisser Weise war ich erleichtert, denn ich hatte soeben etwas ausgesprochen, was meine Besuche im Hinterhofdämmer allemal rechtfertigte, doch nun kam ich nicht weiter. Ich glaube, die Unruhe meines Zuhörers zu spüren, er rutschte auf seinem

Sessel hin und her, vermutlich wollte er das Eisen schmieden, bevor es abkühlte. Tatsächlich konnte er sich nicht beherrschen, sondern stellte entgegen seiner Gewohnheit eine Frage.

Ist Ihnen das schon häufiger passiert?

Ich erzählte ihm von meinen beiden Gitarren, in die ich hineingetreten hatte, von einem an die Wand geschleuderten Fotoapparat, von dem gedeckten Frühstückstisch, den ich umgeworfen hatte, samt Marmeladengläsern, Milch- und Saftflaschen. Von den Faustschlägen auf den Kopf, bis der ganze Schädel schmerzte.

Der Stift kam wieder in Fahrt, aber nur für wenige Wörter. Vermutlich wurden Fachbegriffe notiert.

Was ist der gemeinsame Nenner dieser Situationen?, wollte der Therapeut wissen.

Dass ich mich nicht ertrage.

Warum ertragen Sie sich nicht?

Weil ich widerlich bin. Und weil ich etwas will, was der andere nicht will.

Was ist so schlimm daran, etwas zu wollen?

Ich musste an meine Mutter denken, die jedes Mal, wenn ich als Kind »ich will« sagte, drohend die Hand erhob und sagte: Ich werde dich das Wollen lehren. Aber das sagte ich nicht. Es kam mir unzulässig vor, eine so bequeme Kausalbeziehung herzustellen, viel zu bequem und auch verkehrt. So einfach war es nicht. Die Formel lautete vielmehr: Wenn ich etwas wollte, verließ ich die Sphäre der Demut und maßte mir etwas an, was mir nicht zustand. Und wenn ich etwas wollte, was den Wünschen eines anderen widersprach, verursachte ich ein Problem. Dann war ich kein guter Mensch mehr und hasste mich deswegen.

Etwas in der Art legte ich dem Therapeuten dar, aber er verstand mich nicht.

Mhm, machte er, notierte mit langsamem Stift noch ein paar Wörter und begab sich wieder in die Rolle des schweigenden Zuhörers.

Wir schwiegen ab da beide bis zum Ende der Stunde, und ich nutzte die Zeit, mich an den allerersten Anfall dieser Art zurückzuerinnern.

Ich war mit meinem kleinen Fiat nach Paris gefahren, wo Ulla als Au-pair arbeitete. Ihr Zimmer unterm Dach maß nur wenige Quadratmeter, das Bett reichte von Wand zu Wand, es schien die Mauern auseinanderzuhalten und darum unablässig unter enormer Spannung zu stehen. Jeder Winkel des Raums wurde genutzt, nur dank eines ausgeklügelten Ordnungssystems brachte Ulla alle Sachen unter. Ich fühlte mich von Anfang an nicht wohl, es war mir zu eng, und die Art, wie Ulla einige Etagen weiter unten in der Wohnung ihrer Arbeitgeber von dem Vater der Kinder angesehen und bei jeder Gelegenheit kurz angefasst wurde, durchstach die dünne Membran, die das Eifersuchtsreservoir in mir umhüllte. Ich wollte ihr Vorwürfe deswegen machen, schämte mich aber meiner kleinkarierten Gedanken und kam zugleich nicht von ihnen los. Bald stellte ich mir vor, wie Pierre abends die Dienstbotentreppe hinaufstieg und zu Ulla ins Zimmer kam. Ins Zimmer hieß unweigerlich auch ins Bett, denn eine andere Sitzmöglichkeit bot der winzige Raum nicht.

Etwas Großes hatte ich mir von der Liebe in der legendären Stadt erhofft, doch nun erstickte meine Eifersucht die Leidenschaft im Keim. Und außerdem befürchtete ich, das Bett würden jeden Moment seine Kräfte verlassen, die beiden Wände, die es auf Abstand hielt, würden aufeinander zuschießen und Ulla und mich zermalmen.

Ich wollte mich gut fühlen, aber ich fühlte mich miserabel. Natürlich plagte mich deshalb ein schlechtes Gewissen, und natürlich gelang es mir nicht, mich zu entspannen oder gar nett zu Ulla zu sein, die sich überdies so beiläufig, ja geradezu zerstreut über meine Ankunft freute, als sollte es niemandem auffallen. Vor allem Pierre nicht, dachte ich, und so fand die destruktive Gedankenschleife kein Ende, die Stimmung wurde immer schlechter, wir stritten uns, anstatt uns zu umarmen, und irgendwann warf ich die Stange Weißbrot, die ich vom Einkaufen mitgebracht hatte, auf den Fußboden, trampelte darauf herum, als wollte ich mit Gewalt die Flammen der Destruktivität in mir austreten, und schlug, als ich mein Zerstörungswerk überblickte, vor Verzweiflung mehrmals mit dem Kopf gegen die Tür. Ich musste gewirkt haben wie der Insasse einer Anstalt.

Du spinnst ja total, sagte Ulla und verließ das Dienstmädchenzimmer, um in der Wohnung von Pierre und seiner Familie zu schlafen.

Meine nächste Dienstreise führte mich über Brüssel und Paris in mehrere deutsche Landeshauptstädte. Mein Auftrag lautete, Interesse für ein Produkt zu wecken, von dem bislang nicht mehr existierte als ein spektakulärer Präsentationsclip. Ich hatte in letzter Zeit mehrere solcher Reisen in dichter Folge unternommen, es war eine Art Hochgeschwindigkeitslobbyismus, den ich betrieb.

Man hatte mich nach London geholt, damit ich der Firma half, in Märkte vorzudringen, die nicht sexy waren, aber irrsinnig groß, und zu denen komplizierte Kommunikationswege und Entscheidungsstrukturen den Zugang erschwerten, weil Politik und Bürokratie das Sagen hatten anstelle von geschmeidigen CEOs. Märkte auf den Sektoren Gesundheit, Bildung, Gesetzgebung, Verwaltung. Allesamt Felder enormen Ausmaßes. Eine einzige Gesetzesnovelle erforderte hier unzählige komplizierte Rechnungen, weil sich durch sie Verteilungsschlüssel, Belastungskriterien, Zuteilungsbedingungen und weiß Gott was änderten. Dafür wurden schnelle und zuverlässige Lösungen benötigt, die für die ausführenden Beamten möglichst gut handhabbar waren. Wie weit wir in diesem Sektor kommen konnten, prüften wir gerade. Die Reisen durch die deutschen Bundesländer hatten mit einem anderen Bereich zu tun, in den meine Chefs unbedingt einsteigen wollten. Es ging um digitale Ausbildungsprogramme und Unterstützungssysteme für Schulen, und zwar in einem Fach, das in den meisten Ländern noch gar nicht existierte, in Zukunft jedoch vielleicht eines der wichtigsten sein würde: Programmieren.

Den jungen Leuten in den Start-ups fehlte die Geduld, sich mit Ministerialbeamten und Schulbehörden herumzuschlagen, außerdem fehlte ihnen die *administration credibility*. Genau hier lag unsere Chance. Wenn es gelang, unser Material trotz frei zugänglicher Internetangebote als Pionier- und Referenzprodukt in die drei größten EU-Staaten zu verkaufen, würden sich Wege in weitere Länder auftun. Die größte Herausforderung für uns bestand darin, dass es den Unterricht, für den wir das System produzieren wollten, noch nicht gab, jedenfalls nicht als Pflichtfach. Trotzdem war höchste Eile geboten, da einige europäische Länder dicht davorstanden, ein entsprechendes Schulfach einzuführen, allen voran Großbritannien, Estland und Finnland. Noch überwogen jedoch veraltete Informatik-Kurse, in denen die Schüler den Umgang mit Betriebssystemen und Programmen übten, bloß dass die meisten dort nichts lernten, sondern vielmehr ihre Lehrer in digitale Feinheiten einweihten, von denen diese noch nie etwas gehört hatten. Heute konnten bereits Dreijährige spielend mit einem Tablet umgehen. Die Kinder wurden mit dem binären Denken groß, sie probierten einfach aus und brauchten dafür keine Computerkurse. Mit ihrer Primatenmethode konnten sie zwar ein digitales Endgerät für den Alltagsgebrauch durchaus in den Griff bekommen, doch für den produktiven Umgang mit Algorithmen brauchte es mehr. Darum war es höchste Zeit, den nächsten Schritt zu tun und in den Schulen den systematischen Unterricht in Programmiersprachen einzuführen. So würde die Generation der User von der Generation der Coder abgelöst werden.

Das Programmieren muss zum Recht und zur Pflicht des Bürgers im 21. Jahrhundert werden, erklärte ich meinen Gesprächspartnern in den Ministerien. *Wir müssen die Computer beherrschen, anstatt uns von ihnen beherrschen zu lassen. In der zweiten Hälfte unseres Jahrhunderts wird man ohne die Kompetenz zum Programmieren gar nicht mehr auskommen, sie wird so fundamental sein wie Lesen und Rechnen.*

Solche Sätze trug ich im Dringlichkeitston vor, und ich formulierte sie so, dass sie von meinen Gesprächspartnern unverändert in diversen Gremien wiederholt werden konnten. Allerdings räumten auch die besten Argumente nicht das Problem aus der Welt, dass kein Land oder, wenn es um Deutschland ging, kein Bundesland seinen Lehrplan umbaute, bloß weil eine in London ansässige Firma ins Geschäft mit digitalen Lehrmitteln einsteigen wollte.

Den Termin in der rheinland-pfälzischen Hauptstadt hatte ich auf den Vormittag gelegt, damit mir Zeit blieb, meine Eltern zu besuchen und einige Recherchen im eigenen Interesse anzustellen.

Nach der Besprechung im Kultusministerium ging ich zu Fuß den halben Kilometer zum Stadtarchiv, um lückenhafte Informationen und vage Überlieferungen, die mit meinem Großvater zu tun hatten, zu überprüfen. Der Mythos meiner Geburt, den meine Mutter mit wenigen Sätzen am Telefon entkräftet hatte, war mir eine Lehre gewesen. Ich wollte herausfinden, ob tatsächlich Jakob Flieder und sein Vater das Holzpflaster in der Großen Bleiche verlegt hatten, so wie ich es exklusiv zu wissen glaubte.

Die Menschen im Lesesaal des Archivs nahmen keinerlei Notiz von mir, obwohl wir aufgrund der spärlichen Abmessungen des Raumes eng beieinandersaßen. Alle waren in ihre Schriftstücke vertieft, es herrschte eine Atmosphäre echter Neugier. Die Archivarin begegnete mir zunächst mit distanzierter Höflichkeit, doch sobald ich den persönlichen Hintergrund meines Anliegens andeutete, regte sich etwas in ihr. Sie gab mir konzise Anweisungen für die Recherche, setzte sich an ihren Computer – und recherchierte für mich mit, wie sich herausstellte, denn bald reichte sie mir einen Notizzettel mit Aktennummern nach dem anderen herüber. Schauen Sie hier mal nach. Oder hier. Alles geschah ohne Aufheben.

Nachdem ich einen Stoß Bestellzettel ausgefüllt hatte, nutzte ich die Zeit, die es in Anspruch nahm, die Akten auszuheben, für ein Mittagessen. Als ich den Lesesaal wieder betrat, wartete der Aktenstapel bereits auf mich. Offenbar hatte keiner der anderen Benutzer in der Zwischenzeit den Raum verlassen. Die saßen immer da und würden immer da sitzen, dachte ich und schlug die erste Mappe auf.

Bis kurz vorm Schließen las ich in den Unterlagen. Ich stieß durchaus auf erhellende Informationen, aber meinem Großvater und dessen Vater begegnete ich nicht. Ihre Firma war nicht aktenkundig. Die ortsansässigen Gewerbetreibenden im Pflasterhandwerk, die erwähnt wurden, hießen Hock, Geiger und Datz, für die Große Bleiche hatte die Stadtverwaltung auswärtige Betriebe beauftragt, Staerker & Fischer aus Leipzig und die Guido Rüttgers KG aus Wien. Eine städtische *Pflästererkolonne* hatte die Flickarbeiten ausgeführt. Von Philipp und Jakob Flieder keine Spur.

Immerhin lernte ich etliches über das in der Stadt verlegte geräuschdämpfende Pflaster, das vor allem in schmalen Straßen als wohltuend empfunden wurde, das es aber auch in breiten Straßen gab, zum Beispiel in der Ludwig-, Bopp-, Klara- und Kaiserstraße, am Markt, am Flachsmarkt, am Fischtor und eben in der Großen Bleiche. Seit 1886 war es in der Stadt gebräuchlich, im Jahr 1920 betrug die Gesamtfläche bereits 53 000 Quadratmeter. Die Holzpflasterstraßen seien der Stolz der Stadt, hieß es in den Akten der Großherzoglich Hessischen Bürgermeisterei, ihr vorzügliches Aussehen und ihre *gute Bewährung* nicht nur in der Fachwelt, sondern auch allgemein bekannt und anerkannt.

Ich erfuhr, dass zumeist auf einem Betonunterbau von 15 Zentimetern Stärke Holzklötze von 8 bis 10 Zentimetern Höhe verlegt worden waren. Die Unterhaltung und Instandsetzung schien aufwendig gewesen zu sein. Alljährlich wurde das Weichholzpflaster mit einem dünnen Teerüberzug versehen und dann mit Sand oder Perlkies überstreut. Der Teer entstammte dem Teerabfall aus Gaswerken. An anderer Stelle hieß es in den Akten, das Pflaster habe vierteljährlich mit Porphyrgrus beworfen werden müssen.

Kam es durch die dauerhafte Druckbelastung zu einem Drängen des Holzpflasters gegen die Randsteine, so galt es, die anstoßende Klotzreihe zu entfernen beziehungsweise durch schmalere Klötze zu ersetzen. Aber nicht nur an den Rändern entstanden Flickstellen. Das weiche Holz wurde durch Raddrücke stark beansprucht, und wenn Wasser unter das Pflaster drang, verursachte es rasches Faulen. Im Sommer wiederum musste das Pflaster zwei bis drei Mal am Tag mit Wasser aus dem Hydranten besprengt werden, um absolutes Austrocknen und die daraus resultierende Lockerung der Holzklötze zu verhindern.

Dauerhaftigkeit garantierte nur regelmäßiges Teeren. Zeitweise schien man das vernachlässigt zu haben, denn am 8. Oktober 1920 stellte das Tiefbauamt fest, im ganzen Stadtgebiet befinde sich das Holzpflaster in derart schlechter und für den Verkehr *gefahrdrohender* Verfassung, dass Ausbesserungen nicht länger hinausgeschoben werden könnten.

Was erklärte den schlechten Zustand? Das Tiefbauamt drückte sich folgendermaßen aus: In den Kriegsjahren sei dem Pflaster die Pflege entzogen worden.

Aufgrund des schlechten Zustands, aber auch wegen der Glätte des Holzes waren stürzende Pferde an der Tagesordnung, was die Fuhrleute zum Protest veranlasste. Der Verband deutscher Lohnfuhrunternehmer und der Droschkenkutscherverband fanden dabei Unterstützung vom Tierschutzverein. Die Stadtverwaltung reagierte mit einer Retourkutsche, indem sie falsche Hufbeschläge und die Unfähigkeit der Fuhrleute für die zahlreichen Unfälle verantwortlich machte, was die Fuhrleute wiederum nicht auf sich sitzen ließen, und so weiter und so fort. Ich hätte mich in diesem Konflikt verlieren oder mich in weitere Einzelheiten des Holzpflasterwesens vertiefen können, etwa in die Frage, ob und wie in diese Unterlage Straßenbahngleise eingelassen werden konnten, aber stattdessen legte ich alle Dokumente sorgsam in ihre Mappen zurück und stapelte diese so akkurat wie möglich, als wollte ich von der Archivarin ein Lob erhalten. Um ihr eine Freude zu machen, gab ich mich zum Abschied zufrieden und behielt meine Enttäuschung für mich. Die Firma von Philipp Flieder hatte es womöglich nie gegeben, und die Vorstellung, die ich mit Stolz gehegt hatte, nämlich dass mein Großvater und dessen Vater die Einzigen in Mainz gewesen seien, die sich in der ersten Hälfte des 20. Jahrhunderts noch auf Holzpflaster verstanden hätten, war eindeutig widerlegt. Wenn Überlieferungen überprüft wurden, so schien es, verloren sie alsbald ihren Glanz.

Und wenn man die Orte der Erinnerung aufsuchte, wurde man von der Banalität des Gegenwärtigen überschwemmt, dachte ich, als ich nach dem Besuch im Archiv die Große Bleiche entlangging. Auf der gesamten Strecke, die mein Großvater in meiner Vorstellung mit Holz gepflastert hatte, gab es für mich nichts Interessantes zu sehen. Die asphaltierte Straße diente dem Autoverkehr, an den Kreuzungen markierten Pfeile auf der Fahrbahn, wo man sich zum Geradeausfahren und zum Abbiegen einzuordnen hatte, rechts und links säumten Geschäfte die Straße, die ich mir einprägen wollte, aber hundert Meter weiter schon wieder vergessen hatte. Nur an der letzten Ecke, dort, wo die Große Bleiche auf den Münsterplatz stieß, zog ein Spielwarengeschäft meine Aufmerksamkeit auf sich, weil ich als Kind oft vor seinen Schaufenster gestanden hatte und angesichts der Fülle an Herrlichkeiten so ergriffen und aufgeregt gewesen war, dass ich mir kaum hatte vorstellen können, diesen Palast je zu betreten. Nun trat ich ein und streifte durch sämtliche verwinkelte Stockwerke.

Kann ich Ihnen helfen?, fragte eine Verkäuferin.

Ich musterte sie verständnislos, bis ich begriff, was sie von mir wollte.

Wo finde ich mechanisches Spielzeug?, fragte ich hastig, und keine zehn Minuten später verließ ich den Laden mit einem aufziehbaren Frosch aus Blech, stieg in ein Taxi und ließ mich zu meinen Eltern fahren.

Ich hoffte, im Gespräch mit meiner Mutter am Küchentisch einen Teil meiner Imagination wieder ins Recht setzen zu können, doch wie sich zeigte, war alles noch banaler als gedacht.

Mit einiger Sicherheit wusste meine Mutter zu sagen, dass die Holzpflasterung der Großen Bleiche nicht 1914, wie ich angenommen hatte, sondern fünfzehn Jahre später, im Jahr der großen Krise, stattgefunden hatte. Jakob war kein Jugendlicher mehr gewesen, sondern seit vier Jahren verheiratet und selbst Vater zweier Söhne. Die Firma seines Vaters gab es 1929 schon nicht mehr, womöglich hatte es sie gar nie gegeben, meine Mutter wusste es nicht genau, sie glaubte, Philipp Flieder sei vielmehr Teilhaber der Pflastererfirma von Friedrich Hock gewesen. Nach mehreren Minuten stummen Nachdenkens fiel ihr plötzlich etwas ein. Sie stand auf, ging zum Schrank und nahm eine Schachtel mit Dokumenten heraus, die ich noch nie gesehen hatte. Eines davon legte sie auf den Tisch. Es war der Lehrvertrag von Jakob Flieder, datiert vom 1. April 1915. An diesem Tag war Jakob von der Firma Friedrich Hock Erben als Lehrling aufgenommen worden, damit er das Pflastererhandwerk erlerne. Die Lehrzeit endete am 31. März 1918. Im ersten Lehrjahr erhielt der Lehrling achtzig Pfennige pro Tag, im zweiten eine Mark zwanzig, im dritten eine Mark achtzig. Der Lehrling sei der *väterlichen Zucht* des Lehrherrn unterworfen, hieß es in Paragraf 6, und zu *Treue und Gehorsam*, zu *gewissenhafter Befolgung der ihm erteilten Weisungen* und zur *Aufwendung von Fleiß und Achtsamkeit* in Erlernung des Handwerks verpflichtet sowie zu pünktlicher Einhaltung der Haus- und Werkstattordnung. Im Gegenzug verpflichtete sich der Lehrherr, bei der Beschäftigung des Lehrlings die durch das Alter desselben gebotene besondere *Rücksicht auf Gesundheit und Sittlichkeit* zu nehmen, ihn vor *Ausschweifungen* zu bewahren, zur *Arbeitsamkeit* und zu *guten Sitten* anzuhalten sowie zum Besuche der Fortbildungs- oder Fachschule, wozu er ihm wie zum Besuche des Gottesdienstes an Sonn- und Feiertagen die erforderliche Zeit und Gelegenheit gewähren würde.

Seltsam wohltuend wirkte es auf mich, die Eckpunkte von Jakobs Werteordnung vertraglich fixiert zu sehen, Kirchenbesuch inklusive. Eine Art Heile-Welt-Gefühl ergriff mich und ergänzte perfekt die Vorstellung, die ich von der Zwei-Mann-Firma mit der besonderen Kompetenz gehegt hatte, doch trug der Lehrvertrag auch zu der Beweiskette bei, die meine imaginierte Handwerkeridylle widerlegte.

Es waren nicht zwei Männer gewesen, die das Pflaster in der Großen Bleiche verlegt hatten. Ein ganzer Trupp der Firma Hock, so musste ich nun annehmen, hatte das Werk ausgeführt, und zwar – alles andere als idyllisch – im Akkord. Mein Großvater habe gerade diesen Umstand geschätzt, beteuerte meine Mutter, da er ein guter Arbeiter gewesen sei und bei dem Auftrag entsprechend gutes Geld verdient habe. Sein Verdienst sei so hoch gewesen, dass seine im Nachbarhaus lebende Schwester Katharina ihren Mann Johann, der seine Familie als kleiner Gemüsebauer nur mit Mühe über Wasser hielt, davon zu überzeugen versuchte, ebenfalls als Pflasterer anzufangen, anstatt Morgen für Morgen mit der Harke über der Schulter zum Wirsingfeld zu trotten.

An dieser Stelle versuchte meine Mutter, ein aufkommendes Schmunzeln zu verbergen, doch ich bemerkte es und fragte nach dem Grund. Über ihren Onkel Johann habe sie aus dem Mund ihrer Mutter wenig Gutes gehört. Diese habe gesagt, er sei *hinten nicht wie vorne*, weil er, obwohl verheiratet, *an sie gewollt* habe. Ich schmunzelte mit meiner Mutter über die raffinierte, weil völlig unbestimmte und doch eindeutige Formulierung meiner Großmutter.

Bis dahin hatten wir etwas steif am Tisch gesessen, aber mit dieser ersten Abschweifung löste sich die Verkrampfung. Ich spornte meine Mutter an, einfach weiterzuerzählen, stellte hier und da Zwischenfragen und erfuhr auf diese Weise allerhand, mit dem ich nicht gerechnet hatte.

Zum ersten Mal hörte ich, dass mein Großvater insgesamt zehn Geschwister gehabt hatte, und das rückte sein Elternhaus, dieses winzige Gebäude im Schulgässchen von Gonsenheim, in ein gänzlich neues Licht. Ich fragte mich, wie man dort elf Kinder untergebracht hatte. Mindestens zwei hatten sich jeweils ein Bett geteilt, wusste meine Mutter, außerdem seien vier der elf Kinder bereits im ersten Lebensjahr gestorben. Jakob war das fünfte Kind in der Reihe und hieß Jakob, weil ein Jahr zuvor das vierte Kind Jakobine mit sechs Monaten gestorben war. Drei Geschwistertode erlebte Jakob später mit, als Anderthalbjähriger, als Dreijähriger und als Achtjähriger. Zumindest der dritte Tod konnte ihn nicht kaltgelassen haben, denn dabei starb im Kindbett auch die Mutter.

Nichts davon war mir bekannt gewesen.

Mein Großvater hatte im Alter von acht Jahren seine Mutter verloren. Wer hatte von da an das Feuer geschürt und das Essen auf den Herd gestellt? Weitere Einzelheiten aus der Kindheit ihres Vaters wusste meine Mutter kaum zu berichten, aber an eine Geschichte erinnerte sie sich. Sie musste Eindruck auf sie gemacht haben: Einmal stibitzte der kleine Jakob ein paar Pfennige aus der Haushaltskasse. Als der Vater es herausfand, befahl er dem Sohn, die rechte Hand auf den Hackklotz zu legen, und griff zum Beil.

Ob er nur drohen wollte oder ob ihm im letzten Moment ein Engel in den Arm fiel, konnte meine Mutter nicht sagen, doch erzählte sie, die Einhaltung des siebten Gebots habe Jakob von da an keine Schwierigkeiten mehr bereitet.

Auch sonst nahm das Leben des Halbwaisen offenbar einen geraden Verlauf. Sechs Jahre nach der Gesellenprüfung heiratete er Agnes, die beiden bezogen eine Wohnung in der Jahnstraße und wurden bald Eltern von zwei Söhnen, denen sie durch die Namen Josef und Johannes die Nähe zum Heiland mit auf den Weg gaben.

Wer damals als Handwerker arbeitete, fand sein Auskommen, und auch als sich das im Krisenjahr 1929 änderte, gelang es Jakob dank der Holzpflasterung im Akkord weiterhin, genügend Geld für den Unterhalt seiner Familie zu verdienen. Andere sahen in Deutschland keine Zukunft mehr und wanderten aus, so auch Jakobs älterer Bruder Jean, über den Jakob laut meiner Mutter gesagt habe, der habe *nichts schaffen* wollen.

Jean überquerte den Atlantik allein, holte aber, nachdem er eine Stelle als Butler im Haushalt eines gewissen Howard E. Jones in Brooklyn gefunden hatte, seine Frau Klara und das gemeinsame Kind nach. Es war ihr einziges Kind, und es starb im Alter von sechs Jahren. Wieder so ein Lebensdrama, über das niemand mehr Genaueres wusste. Laut meiner Mutter hatte nie jemand Jean und Klara in New York besucht. Einmal sei eine Nichte auf einer Chorreise in der Stadt gewesen, doch habe man ihr abgeraten, Onkel und Tante zu besuchen, weil die in der Bronx wohnten, die damals als gefährlich galt.

An Briefe aus der Bronx konnte ich mich erinnern. Jean hatte sie an Jakob adressiert, doch an alle Geschwister gerichtet, die sich daraufhin bei uns versammelten, wo das frisch eingetroffene Schreiben verlesen wurde. Das mitgeschickte Foto wurde herumgereicht, meist zeigte es zwei alte Leute auf einem schmalen Sofa. Der Butler und das Dienstmädchen.

Manchmal durfte ich die Briefe vorlesen, und einmal stieß

ich in Jeans Altmännerhandschrift, in der sorgfältiges Bemühen mit dem Zittern der Aufregung oder des Alters rang, auf etwas Unglaubliches. In dem Moment, in dem ich dies schreibe, las ich, versucht jemand bei uns einzubrechen. Zum Glück ist unsere Wohnungstür mit mehreren Schlössern und massiven Riegeln gesichert.

Ich setzte ab und blickte in die Runde. Alle sahen aus, als liefen ihnen Schauer über den Rücken. Und Anni, Jakobs kleine, zerbrechliche Lieblingsschwester, schlug beide Hände vors Gesicht. Das war die Bronx.

Obschon sie unter solch bedenklichen Umständen lebten, gaben sie sich, wie meine Mutter behauptete, bei ihrem einzigen Besuch in der Heimat so, als wären sie gut betuchte Leute, die selbst Dienstmädchen und Butler beschäftigten, aber vielleicht hatte das auf meine Mutter auch nur so gewirkt, im Jahr 1957, als sie noch keine einundzwanzig war und der Nachkriegswohlstand kaum mehr umfaßte als das, was man zum Leben brauchte, jedenfalls im Haushalt eines Pflasterers, der inzwischen für die städtische *Pflästererkolonne* arbeitete und seinen Verdienst nicht mehr durch Akkordmaßnahmen steigern konnte. Jakob war zu jener Zeit nicht sonderlich zufrieden, falls sich meine Mutter recht erinnerte. Bei der Stadt seien *lauter Faulenzer* beschäftigt, habe er gesagt, und wenn er etwas nicht leiden konnte, dann fehlende Gewissenhaftigkeit und fehlenden Fleiß.

Ein Jahr nach Jean war ein weiterer Bruder ausgewandert. Ludwig, der ledige Schlossergeselle, hatte auf der MS *Europa* des Norddeutschen Lloyd eine Passage dritter Klasse von Bremerhaven nach New York gebucht und war an Bord, als der damals noch neue Dampfer seinem Schwesterschiff *Bremen* das Blaue Band abjagte. Damit aber verlor sich auch schon Ludwigs Spur in der Erinnerung meiner Mutter. Sie blickte ratlos ins Leere, als ich sie nach dem weiteren Lebensweg des damals Zweiundzwanzigjährigen fragte. Er war ein Ausgelöschter. Es gab niemanden mehr, der sich an ihn erinnern konnte.

Die sechs Jahre, die zwischen der Auswanderung des Onkels und ihrer Geburt lagen, übersprang meine Mutter mit nur einer Zwischenstation im Jahr 1934, als Jakob sich fünfhundert Mark lieh und das Haus baute, in dem ich später die Briefe aus der Bronx vorlas und in dem meine Mutter geboren wurde, das Haus, dessen Schornstein Agnes aufgrund einer Unbeherrschtheit ihres Mannes um ein Haar zum Verhängnis geworden wäre, das Haus, das ich vor nahezu dreißig Jahren hinter mir gelassen hatte, das Haus, in dem Jakob gestorben war, vor meinen Augen.

Die Regeln sahen vor, dass keine Therapiesitzung ohne Not ausfallen durfte. Nur Krankheit galt als hinlänglicher Grund. Allerdings fuhr der Therapeut mehrmals im Jahr in Urlaub. Als ich ihn nach den Sommerferien wiedersah, verriet seine Haut den Aufenthalt im Süden. Kein privates Wort nach der dreiwöchigen Unterbrechung, doch klang seine Art, sich hinzusetzen, die Kladde auf- und ein Bein über das andere zu schlagen, frisch und neugierig.

Ich hatte eine bedeutsame Neuigkeit in petto, wusste aber nicht, wie ich anfangen sollte. Mein Schweigen dauerte und dauerte an. Der Stift wartete über der Kladde. Je länger ich schwieg, umso weniger wusste ich, ob ich überhaupt anfangen wollte. Ich verstand die Logik dieser Veranstaltung nicht mehr. Dieses Aufsteigenlassen der Wörter in die Luft, wo sie sich kräuselten wie Qualm und schließlich im Dämmerlicht auflösten. Was hatte es für einen Wert, meine Stimme in einen fremden Hinterhofraum zu tragen, ohne je eine Antwort zu erhalten? Warum sprach ich nicht einfach in meinen eigenen vier Wänden vor mich hin?

Eure Uhren verstehe ich nicht, hatte mein Großvater gesagt und sich zur Wand gedreht. Es war sein letzter zusammenhängender Satz gewesen. Mit ihm hatte er unsere Wirklichkeit verlassen und sich einer Ordnung zugewandt, die uns anderen unzugänglich blieb.

Gleich am ersten Tag meiner vom Urlaub des Therapeuten vorgegebenen Ferien war ich für einen kurzen Besuch anlässlich der silbernen Hochzeit meiner Eltern in meine Heimatstadt gefahren, doch gleich am zweiten Tag meines Aufenthalts erlebte ich Jakobs Abkehr von der Welt, verstand, dass er nicht mehr lange leben würde, und beschloss, länger als geplant zu bleiben.

An der Feier hatte er noch teilgenommen, sich aber vorzeitig von mir nach Hause fahren lassen. Ich half ihm ins Bett, setzte mich auf den Rand, betrachtete ihn und hörte zu, wie er in seiner wortkargen Art Bilanz zog und sich mit seinem Leben einverstanden erklärte. Ich sagte ihm, er sei ein guter Opa gewesen, was er mit einem langen Blick an die Decke quittierte. Über ihm hing im ovalen Rahmen das Bild der Muttergottes. Ihr glattes Gesicht zeigte Wohlwollen und Zufriedenheit.

Schon am nächsten Morgen gingen Jakobs Uhren anders. Sein Lebensrhythmus änderte sich grundlegend, er wachte nachts und schlief am Tag, wehrte sich gegen alle Pflegemaßnahmen, verrichtete auf zitternden Beinen absurde Übungen und letzte Gänge, bis ihn die Kräfte ganz verließen und er nur noch liegen konnte, von Schmerzmitteln betäubt. Der Hausarzt kam täglich und sagte das Ende so genau voraus, dass wir uns rechtzeitig am Bett versammeln konnten, um beim letzten Atemzug dabei zu sein.

Dem Ausatmen folgte kein Atemholen mehr. Man merkte es nicht gleich, erst nach einer Weile blickten wir uns an. Ich war es, der den Rasierspiegel holte und ihn Jakob vor den Mund hielt. Als ich den anderen zeigte, dass er nicht beschlug, fing meine Großmutter an zu weinen.

Nichts davon erzählte ich dem Therapeuten, obwohl ich alles deutlich vor mir sah.

Plötzlich hörte ich ihn trotzdem etwas notieren und wurde wütend. Da blickte einer auf mich wie auf ein Versuchstier, dessen Verhalten er protokollierte. Wahrscheinlich wurden gerade wieder Fachbegriffe zu Papier gebracht, eine Vorstellung, die heftigen Protest in meinem Kopf auslöste, und doch lag ich weiterhin reglos auf dem Rücken und starrte an die Decke.

Der Therapeut hatte inzwischen aufgehört zu schreiben. Am Rascheln der Kleiderstoffe erkannte ich, dass er Mühe hatte, seine Unruhe im Zaum zu halten. Mein Schweigen störte ihn. Er ist in seinem Kabinett doch nicht allmächtig, dachte ich und beschloss, bis zum Ende der Stunde stumm zu bleiben, fünfzig Minuten lang, auf Kosten der Krankenkasse.

Die Männer vom Bestattungsinstitut hatten meinem Großvater einen schwarzen Anzug und ein weißes Hemd angezogen und ihn mit einer Rose zwischen den gefalteten Händen in den offenen Sarg gelegt. Obwohl ich traurig war, fiel es mir nicht schwer, den Toten zu betrachten. Ich hörte jemanden das Wort *friedlich* sagen und dachte: Nicht friedlich, sondern tot. Die Kategorien von uns Lebenden waren hier unbrauchbar. Jakob verstand unsere Uhren nicht mehr.

Ich hatte oft gesehen, wie bei Hinterbliebenen die Trauer aufwallte, wenn die erste Handvoll Sand hörbar auf den Sargdeckel fiel, weil dieser Moment die Trennung begreifbar machte. Es gab dann kein Zurück mehr, über dem Toten schloss sich die Erde, und darüber dehnte sich der Raum des Verlusts aus, bis er so groß war wie die ganze Welt. Ich hatte es beobachtet und mir darüber Gedanken gemacht, die vielen Male auf dem Friedhof, als ich neben Hartenberger stand und die Menschen Abschied nehmen sah, nachdem er das letzte Gebet zum Begräbnis gesprochen hatte. Der Bestattungsunternehmer chauffierte uns jedes Mal mit seinem Privatwagen zum Friedhof. Auf der Rückbank des Opel Admiral saß ich neben Hartenberger, und dessen Hand lag auf dem Leder neben mir.

Was ist?, fragte der Therapeut.

Entweder hatte ich mich auffällig bewegt oder er sah in meinem Gesicht einen Mienenwechsel, der ihn beunruhigte.

Ist Ihnen nicht gut?

Mir war überhaupt nicht gut, aber ich hatte jetzt keine Zeit, Fragen zu beantworten, denn ich versuchte, die aufsteigenden Bilder festzuhalten. Hartenberger redete während der Fahrt unablässig mit dem Bestattungsunternehmer, und ich griff heimlich nach dem Türgriff, zog vorsichtig daran und merkte, dass mich die Kindersicherung einsperrte. Keiner richtete ein Wort an mich, und auch ich sagte nichts. Ich blickte nicht zur Seite, nicht aus dem Fenster, nicht aufs Leder der Rückbank, sondern auf die Hand des Bestattungsunternehmers, die den Hebel der Lenkradschaltung bediente, ich schaute immer nur auf die sinnvollen, richtigen Bewegungen dieser Hand, und als wir vor dem Friedhofseingang anhielten und der Bestattungsunternehmer von außen die schwere Wagentür öffnete, fühlte ich mich ungeheuer erleichtert. Aus der Kapelle drang die Stimme des blinden Vitus, der sich wie immer eingefunden hatte, um vor dem Begräbnis lauthals den Rosenkranz vorzubeten.

Unsere Zeit ist um, sagte es hinter mir.

Ich sprang auf, griff die Türklinke und probierte, ob sie sich öffnen ließ. Dann erst zog ich die Schuhe an, gab dem braun gebrannten Therapeuten flüchtig die Hand und machte mich davon.

Auf dem Rückflug legte sich allmählich die Enttäuschung über die verlorene Erinnerungsidylle. Was spielte es schon für eine Rolle, ob Jakob in der Firma seines Vaters oder bei Friedrich Hock beschäftigt gewesen war? Die Arbeit war identisch, es blieben die Holzklötze, es blieben Hocker und Hammer und der gebeugte Körper des Mannes, der die Klötze festklopfte, ganz gleich, wie viele andere um ihn herum auf der Straßenbaustelle kauerten und Stöckel für

Stöckel einsetzten. Es blieben das sorgfältige Teeren und die anschließende Zufriedenheit über das im Akkord verdiente Geld. Ein Mann setzte in gebückter Haltung sein Können fürs Gemeinwesen ein und erhielt dafür seinen Lohn. Auch wenn um ihn herum andere Männer das Gleiche taten, ergab dies eine Idylle argloser Tüchtigkeit.

Das Gegenbild blieb ebenfalls erhalten: die Brandbombe, die auf das Holzpflaster fiel und das Werk der Arglosigkeit für ihr Zerstörungswerk missbrauchte.

In dem Buch mit dem roten Schutzumschlag hatte die Fotografie eines amerikanischen Armeeangehörigen das Ausmaß der Verwüstung gezeigt. Die Bildunterschrift hatte gelautet: »Blick vom Münsterplatz in die Große Bleiche – die Todesstraße des 27. Februar 1945. Hier verbrannten viele Flüchtende bei lebendigem Leib durch das entflammte Holzpflaster. Das städtische Leben ist völlig erloschen.«

Jakob Flieder hatte es gut gemeint, als er 1929 seine Hände für das öffentliche Wohl und für den Unterhalt seiner Familie einsetzte. Seine Hände waren unschuldig gewesen und hatten dennoch zum Inferno beigetragen.

Lange projizierte ich die beiden gegensätzlichen Bilder auf die Wolken: die arglose Produktivität des Arbeiters und den zerstörerischen Brand. Gedanken über unverschuldete Schuld und schuldig gewordene Unschuld nahmen mich in Beschlag, und erst als mir während des Landeanflugs die Ohren zugingen, fiel mir ein, dass ich vergessen hatte, das letzte noch erhaltene, aus der Hand meines Großvaters entstandene Pflaster zu besichtigen. Reisen in die Vergangenheit, so schien es, führten leicht in die Irre. Wozu unternahm man sie überhaupt? Warum diese Suche nach den Spuren der Großväter?

Vielleicht um durch die Gegenüberstellung die lächerliche Geringfügigkeit des eigenen Lebenslaufs zu erkennen.

Schon ein flüchtiger Blick auf die historischen Daten, zwischen denen das Leben meiner Großväter verlief, relativierte alles, was meine Generation für sich als Herausforderung deklarierte. Und trotzdem benutzten wir gewichtige Begriffe, wenn wir uns beschrieben, Begriffe, die ein Mann wie Jakob Flieder nie auf sich angewendet hätte. Unvorstellbar, dass er je über seine *Identität* spekuliert hätte. Er war der, der er war, von Gott zu einer bestimmten Zeit an einem bestimmten Ort in die Welt gesetzt und mit einer überschaubaren Anzahl von Aufgaben betraut, die genau benannt werden konnten.

Ich musste laut lachen, als ich mir das Wort *Identität* im Mund meines Großvaters vorstellte, und zog damit die verwunderte Aufmerksamkeit der Flugbegleiterin auf mich, die gerade kontrollierte, ob alle Passagiere angeschnallt waren.

Meine Großeltern hatten solche Begriffe nicht gekannt, aber sie hatten dazu beigetragen, dass ich war, wer ich war, indem sie meine Eltern zu dem gemacht hatten, was sie waren, und mit ihrer Anwesenheit und anspruchslosen Zuneigung die Versäumnisse meiner Eltern ausgeglichen hatten.

Mit derartigen Überlegungen verkürzte ich mir noch in der *Tube* die Zeit, und als ich in South Kensington umstieg, fühlte ich mich stolz, von einem fleißigen, frommen Pflasterer abzustammen. Auf schwer erklärbare Weise wertete es mich auf, und so kam ich mir bei der Heimkehr groß und aufrecht vor.

Aber was hieß schon Heimkehr. Ich betrat eine Wohnung, die ich nutzte. Mit einem Zuhause, wie Jakob es mehr als fünfzig Jahre sein Eigen nannte, ließ sich das nicht vergleichen. Mit dem Begriff *Heimkehr* verhielt es sich umgekehrt als mit dem Wort *Identität*: Er passte in Jakobs Mund, doch nicht in meinen. Er hatte die Heimkehr gekannt, die eine, große aus dem Krieg, aber auch die alltägliche, nachdem er im Freien gearbeitet hatte. Heimkehr hieß, nach der Arbeit von angenehmer Wärme oder Kühle empfangen zu werden, je nach Jahreszeit, und Jakob wusste, wie das war.

Agnes wartet. Sie rührt sich nicht von ihrem Sessel in der Küche. Genau genommen ist es eher ein Stuhl, aber niedriger und breiter als die Stühle am Esstisch, mit Armlehnen aus gebogenem Holz, die Sitzfläche und die Lehne geflochten. Die Hände liegen gefaltet auf dem Stoff der Kittelschürze in ihrem Schoß. Es gibt nichts zu tun, denn es ist alles getan. Das Essen steht fertig in den Töpfen auf dem Herd, der Tisch ist gedeckt. Nun tickt die Uhr im Stillen. Ganz selten fährt in der Parallelstraße ein Auto vorbei, es gibt so wenige davon, dass man auf jedes einzelne aufmerksam wird, und wenn gar eines durch die eigene Straße fährt, eilt man unwillkürlich ans Fenster.

Natürlich glimmt Feuer im Herd, aber es brennt nicht lichterloh. Wenn es den ganzen Tag über schwelt, genügt das auch im Winter. Man kann sparsam heizen und es trotzdem warm haben.

Sie weiß, dass Jakob sich nie verleiten lässt, nach der Arbeit in ein Lokal zu gehen, aber sie weiß nie genau, wann die Arbeit endet, es hängt davon ab, wie schnell die Männer am Tag vorangekommen sind.

Es ist so still, dass sie seine Schritte vernimmt, noch bevor sie das Hoftor erreichen. Sie hört seine Stimme, als er einen Nachbarn grüßt, und sie lauscht kurz, ob er stehen bleibt, um ein Schwätzchen zu halten – nein, das Gartentor geht auf, und nach einem guten Dutzend Schritten über die gepflasterten Sterne im Hof und über das Wort *Salve* nimmt er die vier Stufen zur Haustür, stampft den Schmutz von den Schuhen und tritt ein.

Agnes sieht gleich, wie kalt ihm ist. Er begrüßt sie nur flüchtig, geht geradewegs auf den Herd zu, legt Holz nach, öffnet die untere Klappe, damit Zug entsteht, und schon Sekunden später braust das Feuer. Agnes wird unruhig. Ihr Mann reibt sich die Hände vor dem Herd, zieht dann erst Jacke und Pullover aus und legt noch einmal Holz nach. In den Kochgefäßen hört man es bereits sprudeln, die Deckel fangen an zu scheppern, Agnes muss aufstehen, um die Töpfe an den Rand zu schieben, aber ihr Mann hat noch immer nicht genügend Wärme aufgenommen, er gibt ein weiteres Holzscheit in den Ofen und dann noch eins, bis die Herdplatten bläulich glühen.

In dem Moment kann Agnes nicht mehr an sich halten. Sie schimpft, wirft ihrem Mann Vergeudung vor, sie kann den Anblick der erhitzten Herdplatten nicht ertragen, vielleicht weil er ihren Ordnungssinn stört, sie weiß es selbst nicht, sie weiß nur, dass sie die Herdplatten nicht blau glühen sehen will. Es ist warm genug in der Küche, und das Essen ist fertig, es wird ihn von innen wärmen.

Hör auf, befiehlt sie ihrem Mann. Es reicht. Und kaum hat

sie das gesagt, erschrickt sie, denn sie erkennt, dass sie gerade seine Reizschwelle überschreitet. Er hat nichts anderes gewollt als warme Knochen, nachdem er den ganzen Tag auf seinem einbeinigen Schemel in der Kälte gehockt und kalte Steine angefasst hat. Er hat lediglich einmal kräftig einheizen und dann die Wärme wieder auf normales Niveau absinken lassen wollen, aber jetzt sieht er sie mit diesem ganz bestimmten Blick an – sieht sie an und sieht sie nicht an, schwer zu sagen bei diesem Blick, und dann greift er zum Schürhaken.

Ich stellte den Koffer im Flur ab und schüttelte den Kopf, als könnte dies helfen, das mutmaßlich falsche Fantasiebild loszuwerden. Attacken mit dem Schürhaken waren nicht überliefert. Von den blauen Herdplatten hatte ich gehört, allerdings nichts von den Konsequenzen.

Als Kind hatte ich mir Jakobs abendliche Heimkehr als triumphalen Einzug vorgestellt, nachdem mir nämlich seine Schwäche für mechanisches Spielzeug zu Ohren gekommen war. Wenn er auf Baustellen in der Innenstadt arbeitete, begegnete er nach Feierabend auf dem Weg zur Straßenbahnhaltestelle häufig fliegenden Händlern, die auf ihren Bauchläden bockende Esel, Mädchen in Nöten, hüpfende Frösche, Papageien fütternde Zwerge und kleine Karusselle mit Handantrieb feilboten, und nicht immer konnte er den kleinen Wunderwerken aus Blech widerstehen. Wer sich über einen solchen Bauchladen beugte, entkam dem Händler meist nicht mehr, ohne wenigstens einen Brummkreisel oder eine Knackente erstanden zu haben.

Mit Trophäen dieser Art, so hatte man mir erzählt, kam Jakob also gelegentlich an ganz gewöhnlichen Werktagen nach Hause, und als Kind hatte ich mir genau darin den Ursprung des Wortes »Feierabend« vorgestellt: Es war ein Fest, wenn neues Spielzeug ins Haus kam, und Jakob musste seinen Söhnen und später auch seiner Tochter des Öfteren solche kleinen Alltagsfeste beschert haben. Ich verspürte damals, erinnerte ich mich, sogar ein wenig Neid auf meine Mutter, weil sie einen solchen Vater gehabt hatte, und verstand nicht recht, warum ich von meinem Großvater selbst nicht häufiger mit Spielsachen bedacht wurde. Vermutlich weil er nicht mehr arbeiten ging, tröstete ich mich dann nach intensiver Überlegung selbst. Das Denken in Kausalketten war mir schon als kleiner Junge nicht fremd gewesen, dachte ich nun und zog die schmutzige Wäsche aus dem Koffer. Ich warf die Hemden in den einen Wäschekorb und den Rest in den anderen. Am Dienstag würde die Putzfrau kommen, die Kleidungsstücke aus den Körben nehmen und waschen. Abgesehen von den Hemden. Die würde sie auf dem Heimweg zu *AAA Cleaning* bringen.

Der Gedanke an die junge Litauerin versetzte mich endlich ins Hier und Jetzt. Ich sah vor mir, wie sie in meiner Wohnung ihrer Arbeit nachging, ohne verstohlene Blicke auf mich zu werfen, ich sah ihre nackten Füße auf dem Parkett und fragte mich, ob ich am Dienstag einen Schein mehr auf den Tisch legen sollte. Oder ob ich sie abpassen sollte, um mit ihr über eine Lohnerhöhung zu sprechen. Sie war keine Putzfrau, so viel stand fest, womöglich hatte sie sogar studiert und in London bloß noch keine Stelle gefunden, weshalb sie ihr Auskommen vorläufig mit einfachen Arbeiten sicherte. Da diese Jobs schlecht bezahlt wurden, spekulierte ich, brauchte sie mehrere, um über die Runden zu kommen, weshalb sie keine Zeit hatte, sich eine adäquate Tätigkeit zu suchen. In dem Fall würde es ihr helfen, wenn ich ihr zum Beispiel das Doppelte bezahlte. Dann könnte sie einen Putzjob streichen und die gewonnene Zeit auf die Stellensuche verwenden.

Ob es statthaft wäre, ihr ein solches Angebot zu unterbreiten, stand auf einem anderen Blatt. Am Ende würde sie mir die Erwartung von Gegenleistungen unterstellen.

Sind Sie dienstags jetzt immer hier?, fragte sie, nachdem sie Schuhe und Strümpfe ausgezogen hatte. Sie schien es geahnt oder zumindest für möglich gehalten zu haben, mich anzutreffen, denn sie hatte geläutet, anstatt den Schlüssel zu benutzen.

Stört es Sie?, fragte ich zurück.

Nein. Aber vielleicht möchten Sie lieber, dass ich an einem anderen Tag komme.

Auf keinen Fall! Sie sollen Ihr Programm nicht wegen mir ändern. Es hat sich nur zufällig so ergeben, dass ich an zwei Dienstagen hintereinander hier gewesen bin.

An drei, sagte sie beiläufig und auf dem Weg in die Küche, wo es praktisch nichts zu tun gab.

Kann ich den Boden wischen?, fragte sie, während sie die nötigen Utensilien bereits aus dem Besenschrank nahm.

Ihre Gebärden folgten einer eigenwilligen Choreografie. Es sah aus, als hätte ein von Natur aus eher ungeschickter Mensch sich antrainiert, zweckmäßig zu handeln, ohne jedoch die Anzeichen der Ungeschicklichkeit je vollkommen getilgt zu haben.

Kann ich?

Ihre Zehen spreizten sich gelenkig und irgendwie niedlich, während sie auf meine Antwort wartete. Alle ihre Bewegungen erschienen mir sonderbar interessant. Wenn ich mehr davon sehen wollte, blieb mir nichts anderes übrig, als mit ihr im Gespräch zu bleiben.

Also?

Ja, natürlich, sagte ich und tastete innerlich nach einem Weg, etwas über sie zu erfahren, ohne ihr zu nahe zu treten.

Studieren Sie noch?, fragte ich.

Nicht mehr.

Was hat Sie denn nach London verschlagen? Die geringen Chancen in Ihrer Heimat?

Was heißt schon Heimat?

Heimat heißt Entronnensein, fiel mir ein, ein Satz, der vermutlich aus meinem Studium stammte, von irgendeinem Philosophen, aber das sagte ich nicht. Ich sagte, ich meinte das Land, aus dem sie komme.

Sie füllte Wasser und Putzmittel in den Eimer. Inzwischen stellte ich die Stühle auf den Tisch. Dann trat ich in den Türrahmen zurück, damit sie freie Bahn hatte.

Die meisten denken, es gibt dort keine Chancen. Darum kommen viele hierher. Ich weiß nicht. Eigentlich ist es nicht schlecht dort. Aber alle sind so anders.

Wie anders?

Anders als ich.

Wie sind Sie denn?, rutschte es mir heraus, und prompt stoppte sie den Wischer, oder wie das Werkzeug hieß, und sah mich an.

Ich meine, alle wollen etwas anderes als ich.

Und Sie wollen anderen Leuten den Dreck wegmachen?

Ich hielt ihrem Blick stand.

Hier gibt es keinen Dreck, erwiderte sie. In dieser Wohnung spiele ich meine Arbeit nur.

Tut mir leid.

Es muss Ihnen nicht leidtun, dass Sie sauber sind. Mir soll es recht sein. Einerseits.

Und andererseits?

Andererseits lassen Sie mich meine Arbeit nicht machen, aber bezahlen mich dafür, da fragt man sich, warum, erklärte sie und zog dabei mit dem Wischgerät eine letzte gerade Bahn an der Türschwelle entlang.

Soll ich noch die Fenster putzen?

Nein.

Dann sauge ich im Schlafzimmer.

Vermutlich wollte sie das Gespräch beenden, aber jetzt ließ ich nicht mehr locker.

Vielleicht wäre es Ihnen ja lieber, diese Arbeit nicht zu machen, schlug ich vor.

Dann hätte ich kein Geld und müsste zurück.

Wäre das so schlimm?

Ziemlich.

Wohin zurück?

In die nördlichste Stadt Deutschlands.

Ich sah sie fragend an, und da lachte sie.

Das war sie einmal. Klaipėda heißt die Stadt.

Aha.

Kennen Sie die?

Ehrlich gesagt, nein.

Liegt nicht weit von Kaliningrad. Oder Königsberg, wie Sie sagen.

Ach so.

Als sie noch deutsch war, hieß sie Memel. Wie der Fluss.

Von der Maas bis an die Memel, dachte ich unwillkürlich, behielt es aber für mich und machte stattdessen einen neuerlichen Vorschlag: Sie könnten eine andere Arbeit machen.

Dafür müsste ich etwas anderes können, gab sie zurück und zog den Staubsauger am Schlauch ins Schlafzimmer.

Lassen Sie das, sagte ich. Seit Ihrem letzten Besuch habe ich zwei Nächte hier verbracht. Ich hatte gar keine Chance, Staub aufzuwirbeln.

Was soll ich dann tun?

Trinken Sie einen Kaffee mit mir.

Ich kann die Espressomaschine nicht bedienen.

Aber ich.

Na gut, sagte sie, räumte den Staubsauger weg, nahm die Stühle vom Tisch und setzte sich. Im Sitzen sah sie klein aus. Ich schob das Geld zu ihr hinüber und wandte mich der Kaffeemaschine zu.

Was für einen möchten Sie?

Espresso.

Doppelt?

Nein. Sie fragen wie im Coffeeshop. Da akzeptiert auch keiner, wenn man bloß was Einfaches will.

Wahrscheinlich weil die meisten in Ihrem Alter heute *Latte* trinken.

Das ist ein Kindergetränk.

Tatsächlich?

Damit werden in Italien die Kinder an den Kaffee gewöhnt. Milch ins Glas, einen Schuss Kaffee rein und obendrauf noch Schaum, damit es nicht so braun aussieht.

Für den lärmenden Mahlvorgang mussten wir das Gespräch unterbrechen. Anschließend kam ich auf das zurück, was sie zuvor gesagt hatte.

Es gibt bestimmt etwas, das Sie besonders gut können.

Ich weiß nicht. Was können *Sie* denn besonders gut?

Espresso machen, sagte ich und stellte die beiden Tassen auf den Tisch.

Sie können gut ausweichen, sagte sie und nahm einen Schluck.

Im Ernst, sagte ich. Was haben Sie studiert?

Sind Sie Berufsberater? Englisch.

Das merkt man. Das können Sie zum Beispiel richtig gut.

Und Deutsch. Aber das kann ich nicht so gut.

Schade. Wollten Sie Lehrerin werden?

Ich habe so getan. Damit meine Eltern zufrieden sind.

Sind sie es?

Schon lange nicht mehr.

Inzwischen wäre es mir lieber gewesen, sie hätte *Latte* bestellt, denn ihr Tässchen war bereits leer.

Wir schwiegen. Ich drehte meine Tasse am Henkel im Kreis. Vor dem Fenster sang der Vogel, der immer dort sang, morgens und abends, manchmal bis spät in die Nacht hinein.

Ein Rotkehlchen, stellte Neringa fest.

Ach ja?

Sie nickte lächelnd und wirkte kein bisschen kokett.

Ich muss jetzt los, sagte sie und schob die Geldscheine wieder zu mir herüber.
Das ist Ihr Lohn.
Den kann ich nicht annehmen. Ich habe nichts dafür getan.
Doch.
Sie sah mir in die Augen, wachsam, vielleicht auch neugierig oder forschend, dann schüttelte sie den Kopf. Nicht einmal sonderlich energisch, trotzdem gab ich auf. Während sie Strümpfe und Schuhe anzog, fragte ich sie nur noch, wie die Memel auf Litauisch hieß.
Nemunas, sagte sie.
Nemunas, sprach ich nach. Aber da hatte sie die Wohnung bereits verlassen. Am liebsten hätte ich sie bis zu ihrer Haustür verfolgt, um zu sehen, in welchen Verhältnissen sie lebte.

Von der Universität aus fuhr ich zwei Stationen, stieg in eine andere Linie um und fuhr weitere vier Stationen, ohne an etwas Besonderes zu denken, doch als ich die Treppe des U-Bahnhofs hinaufging und in die Straße des Therapeuten einbog, kam mir die Hand auf dem Ledersitz wieder in den Sinn, die ich in der vorigen Stunde gesehen hatte. Sie rückte näher und wurde immer plastischer. Ich sah die einzelnen Fingerglieder, dann den Ärmel, aus dem sie ragte, ich registrierte die Beschaffenheit des schwarzen Stoffs und war mit einem Mal von seinem Geruch umgeben, es kam mir vor, als läge das gesamte Stadtviertel unter einer Glocke schwarzen Stoffgeruchs, und mein Fluchtinstinkt wurde aktiviert. Besinnungslos beschleunigte ich die Schritte, sodass ich überraschend schnell vor der Praxistür stand. Ich wollte schon die Klingel drücken, da fiel mein Blick auf die Armbanduhr. Ich bin viel zu früh, schoss es mir durch den Kopf, ich habe noch acht Minuten, und in dem Moment ging die Tür auf, und eine schwarzhaarige Frau im dunkelblauen Popelinemantel stand unmittelbar vor mir. Sie erschrak. Ich war verlegen. Kurz schien sie erstarren zu wollen, dann schob sie sich an mir vorbei. Sie wirkte wie benommen, und während ich ihr Parfum einatmete, kam mir der Verdacht, dass der Schleier in ihrem Blick möglicherweise von den Bildern herrührte, die sie gerade fünfzig Minuten lang betrachtet hatte.

Ich trat nicht ein, sondern schaute ihr nach. Am Hofausgang wandte sie sich nach rechts, also nicht zur U-Bahn-Station. Ohne zu überlegen, folgte ich ihr. Mit dem Mantel, der Feinstrumpfhose und den schwarzen Pumps erinnerte sie an eine geheimnisvolle Person aus einem französischen Film der Sechzigerjahre, in den ich hineinschlüpfte und den ich mir zugleich weiterhin als Zuschauer ansah. Ich spielte den Verfolger mit hochgeklapptem Kragen und sah mich ihr unauffällig folgen, in Schwarz-Weiß. Eine seltsam süße Aufregung erfasste mich, als spürte ich, dass mir die spannendsten Stunden meines bisherigen Lebens bevorstanden, doch dann betrat sie eine Apotheke, und ich musste mich, wie ich es von den Filmen gelernt hatte, einem Schaufenster zuwenden, in dem Uhren ausgestellt waren. Alle zeigten die gleiche Zeit und sagten mir im Chor, dass in drei Minuten meine Stunde begann.

Eine Stunde, die man unentschuldigt ausfallen ließ, musste man aus eigener Tasche bezahlen, da sie der Therapeut der Krankenkasse nicht in Rechnung stellen konnte: hundertzehn Mark, eine ungeheure Summe. Es schmerzte mich, aber ich ließ die Frau in den Feinstrumpfhosen und den schwarzen Pumps ziehen und kehrte in den Hinterhof zurück. Vielleicht würde ich sie ja wiedersehen, sagte ich mir.

Sie wirken so aufgeregt, stellte der Therapeut fest, sobald ich mich hingelegt hatte. Er konnte also doch die Initiative ergreifen. Vermutlich spürte er, dass etwas Akutes in mir glühte, und wollte es nicht ungenutzt abkühlen lassen.

Ich schloss die Augen, bemühte mich, gleichmäßig zu atmen.

Ich habe eine Hand auf einem Ledersitz gesehen, sagte ich. Und ich habe den Stoff des Ärmels gerochen, aus dem die Hand ragte. Die ganze Welt roch nach diesem Stoff.

In den folgenden Wochen versuchte ich vergebens, die Frau im Popelinemantel abzupassen. Womöglich war sie gar keine Patientin, sondern nur eine Bewohnerin des Hauses, oder sie hatte jemanden besucht, redete ich mir ein, um ihr Bild loszuwerden, aber ich merkte, wie schwer mir der Abschied von der Vorstellung fiel, jemanden kennenzulernen, der mit mir im selben Film mitspielte und die Lichtverhältnisse im Hinterhofzimmer kannte. Ich hätte sie gern gefragt, was sie von der Serviette auf dem Kopfkissen hielt.

Ich schob den Lohn, den die Putzfrau nicht akzeptiert hatte, in ein Kuvert und schrieb ihren Namen darauf. Schon bei der ersten Begegnung war ich auf ihre Gebärden aufmerksam geworden. Ihnen fehlte das Ausgreifende, so als wollte sie nicht zu viel Raum einnehmen, und doch wirkten sie nicht schüchtern. Sie waren weich, aber nicht betont weiblich. Wenn sie sich die Haare hochsteckte, sah es nicht so aus, als hätte sie die Geste von einer Schauspielerin abgeschaut. Sie sandte keine Botschaft aus, sondern steckte einfach die Haare hoch, und vielleicht verlieh gerade das der Geste ihre Anmut. Es galt für alle ihre Bewegungen: Sie wollten nichts Zusätzliches ausdrücken, sondern waren einfach ganz und gar von ihrem eigenen Sinn erfüllt.

Fast hätte ich wieder auf sie gewartet, aber im letzten Moment entschied ich mich dagegen, legte das beschriftete Kuvert auf den Tisch und daneben einen Zettel: »Bitte nehmen Sie das Geld!«

Am Abend war das Kuvert weg. Den Zettel hatte sie umgedreht und die Rückseite mit der Erinnerung versehen, sie werde nächste Woche nicht kommen, wegen des Besuchs beim Zahnarzt. Mehr stand nicht darauf, und das versetzte mir einen Stich. Gerade so, als hätte ich etwas zu erwarten gehabt.

In den folgenden Tagen merkte ich, dass ich an sie dachte. Sie können gut ausweichen, hörte ich sie sagen. Es muss Ihnen nicht leidtun, dass Sie sauber sind. Und manchmal sagte ich das Wort *Nemunas* vor mich hin. Das alles hatte etwas zu bedeuten, wusste ich, denn seit meiner Ankunft in dieser Stadt war mir nichts Vergleichbares passiert. In der Firma gab es mehrere Frauen, überproportional viele für die Branche, die meisten vermutlich in Neringas Alter, also jung, und ich betrachtete sie heimlich, um mich an ihrer Jugend zu freuen. Allerdings weckten ihre schönen Körper kaum Begehren, sondern mehr die Einsicht, dass ich solche Körper nie mehr berühren würde.

Sie waren nett zu mir, die Dreißigjährigen in der Firma, so zwanglos nett, wie sie zwanglos kreativ und leistungsbereit waren, Zwanglosigkeit galt in der Branche als Tugend und wurde von mir nur deshalb nicht vollumfänglich erwartet, weil ich einer anderen Generation angehörte und andere Aufgaben hatte als die Kreativen in den Kapuzenpullis und den Tops, unter denen man die BH-Träger sah. Sie begegneten mir freundlich, wären aber nie auf die Idee gekommen, mit mir zu flirten, so wie sie auch nicht auf die Idee kamen, Blutwurst zu essen oder Pelze zu tragen.

Weil ich mir dessen bewusst war, hatte ich mir angewöhnt, erst gar kein erotisches Interesse aufkeimen zu lassen.

Wenn ich nun den Namen meiner Putzfrau vor mich hin sprach und mir jedes Wort, das sie gesagt hatte, in Erinnerung rief, musste das etwas zu bedeuten haben.

In der dritten Sitzung nach dem Sommerurlaub teilte ich dem Therapeuten endlich den Tod meines Großvaters mit. Ich erzählte, worüber ich zuvor geschwiegen hatte, bis mich der Kummer übermannte und viele Minuten lang am Sprechen hinderte.

Als ich wieder zu mir kam, fühlte ich mich wie auf einem Floß, das auf dem Stillen Ozean trieb. Es war spät am Nachmittag, der Himmel beinahe dunkel – nein, nicht der Himmel, sondern der Raum, der mich umgab, dieses unveränderliche Zimmer im Hinterhof. Erschrocken richtete ich mich auf, drehte mich zum Kapitän des Floßes um und fragte ängstlich: Fahren wir ins Helle?

DREI

Sie trugen Anzüge, doch maßgeschneiderte, was ich mich nach wie vor nicht traute, obwohl man damit in London keineswegs aus der Reihe fiel. Sie waren in meinem Alter, aber reicher als ich und vor allem selbstsicherer, weil sie wussten, dass andere von ihnen abhängig waren. Manche gaben sich ruppig, manche arrogant, manche betonten ihre Maskulinität so sehr, dass ich bei Verhandlungen mit ihnen keine Frauen mit am Tisch haben wollte, um nicht Zeuge der Demütigungen werden zu müssen, denen sie die Kolleginnen dann aussetzten.

Wenn ich etwas zu bieten hatte, gelang es mir jedoch, mit ihnen auf Augenhöhe zu kommunizieren, denn sie waren auf die Kreativität und Kompetenz anderer angewiesen. Das gefiel ihnen nicht, auch wenn sie so taten, als bewunderten sie die schöpferischen Kräfte, aber sobald sie einstiegen, drehten sie den Spieß um und gaben zu verstehen, dass ohne sie noch die schönste kreative Leistung verpuffen würde, denn sie waren die Investoren und gaben uns ihr Geld.

In unserem Geschäftssegment agierten sie, weil sie um dessen Potenziale wussten. Dabei stierten sie in letzter Zeit wie besessen auf mögliche Interferenzen von nützlicher Anwendung und Spiel, weil die zunehmende Verbreitung von Game-Apps auf mobilen Endgeräten die Nutzer immer mehr darauf konditionierte, komplexe Zusammenhänge nach dem Schema von Spielen zu erfassen. Unterhaltsame Formen der Problemlösung – das ist die Wachstumsbranche schlechthin, sagte einer von ihnen am Konferenztisch. Da ist der Rahm noch längst nicht abgeschöpft.

Bei unseren Kreativen stieß er damit auf offene Ohren, denn auch sie wollten Apps und Games und Mischformen machen, sie hatten das Zeug und die Motivation dazu, es juckte sie, Fantasie und Strategie zusammenzuführen, aber ich plädierte dafür, lieber digitale Baukästen herzustellen, mit deren Hilfe die User sich selbst ihre Apps basteln konnten. Die Investoren fanden das interessant, die kreativen Köpfe eher enttäuschend. Anstatt selbst aufzutrumpfen, müssten sie so anderen die Chance dazu geben.

Dieser Teil des Meetings lief allerdings noch unter Vorgeplänkel, auch wenn es alle Beteiligten ernst meinten. Eigentlich stand etwas anderes auf der Tagesordnung, nämlich der Versuch der Erweiterung unseres Tätigkeitsfelds auf die Bereiche Recht, Medizin und Personalmanagement.

Juristisches Datenmanagement wurde in den USA bereits ansatzweise versucht, hier musste man entweder schnell oder besonders clever sein, wenn man noch konkurrenzfähige Mustererkennungssoftware lancieren wollte, mit der es zum Beispiel möglich wäre, in der Rechtsprechung eines Landes nach Präzedenzfällen zu suchen und damit eine Menge gut bezahlter Rechtsanwälte einzusparen.

Auch im medizinischen Datenmanagement ging es in Riesenschritten vorwärts, was sogar der Laie leicht nachvollziehen konnte. Eine gute Diagnosesoftware konnte in Sekundenschnelle gigantische Datenmengen nach einer bestimmten Konstellation von Symptomen durchforsten – im

Idealfall sämtliche Krankheitsbilder der Welt – und darauf ihre Diagnose gründen. Behandlungsmethoden und -erfolge würde sie zusätzlich ausspucken.

All das lag bereits im Rahmen des Möglichen, und ich räumte ein, dass es sinnvoll sein könnte, sich hier zu engagieren. Beim dritten Thema legte ich mich quer. Wenn Personalmanagement zur Überwachung wurde, widersprach das meinen Vorstellungen von gesunden Arbeitsverhältnissen, darum riet ich davon ab, in die Entwicklung von Screening-Produkten für diesen Zweig einzusteigen.

In drei Jahren wird das Screening von Mitarbeitern eine ganz normale Dienstleistung sein, wandte Investor 1 ein.

Kann sogar sein, dass manche Staaten in absehbarer Zeit routinemäßige Überprüfungen verlangen, zumindest bei exportorientierten Unternehmen, sprang ihm Nummer 2 bei, und zwar zur Prävention von so unschönen globalen Phänomenen wie Geldwäsche oder Terrorismus.

Und Investor 1: Logistikunternehmen tracken heute schon ihre Lieferfahrzeuge. Die Fahrer tracken sie bei der Gelegenheit gleich mit. Zum Tracken der Mitarbeiter ohne ihr Fahrzeug ist der Schritt da nur minimal.

Wer das für unmoralisch hält, muss sich eben Lösungen einfallen lassen, die das moralische Problem reduzieren, fügte Investor 2 mit herausforderndem Blick zu mir hinzu.

Am besten integriert man die Mitarbeiter, schlug sein Partner vor. Man lässt sie beim Datensammeln aktiv mitmachen. Dann fühlen sie sich nicht ausspioniert, sondern beteiligt.

Man muss es ihnen nur schmackhaft machen, bestätigte Investor 2 sogleich, was Investor 1 dazu veranlasste, sofort weiterzudenken: So etwas wäre übrigens auch in anderen

Bereichen vorstellbar. Ich denke da zum Beispiel an Krankenversicherungen. Wer einen Chip am Handgelenk trägt, der ständig Daten zum physischen Zustand meldet, zahlt geringere Beiträge. Sofern die Daten positiv sind, natürlich.

David ließ solche Dialoge an sich vorüberziehen wie ein Autist, er sah aus, als führte er zum Zeitvertreib innerlich komplizierte Integralrechnungen durch. Colin nahm alles amüsiert zur Kenntnis, gab dem Affen zwischendurch noch Zucker, indem er eine provozierende Bemerkung oder einen statistischen Wert in die Debatte einwarf.

Wie aufmerksam die beiden dennoch zuhörten, merkte man daran, dass solche Gespräche tatsächlich zu Maßnahmen führten. Colin und David berieten sich in den Tagen danach, konsultierten mich und einige weitere Kollegen und fassten Beschlüsse, die in Strategien umgesetzt wurden. Anschließend riefen sie ihre Leute zusammen, verteilten Aufgaben, nannten Deadlines, und schon nach wenigen Wochen wurden erste Resultate zur Bewertung vorgelegt, womit auch schon der Prozess der Konkretisierung und Feinabstimmung begann – und für mich die Phase, in der ich meine Verkaufsstrategie entwarf und anfing, pausenlos zu telefonieren, zu mailen, zu reisen. Wochenlang aß ich jeden Tag mit beruflich relevanten Personen zu Mittag, und wenn ich am Abend nach Hause kam, erschien es mir stets absurd, nicht weiterzuarbeiten, weil noch immer so viel zu tun war. Deshalb beschränkte ich die Erholung oft auf eine Stunde Laufen und eine Stunde Dehnen, Duschen, Essen, bevor ich wieder meinen Rechner einschaltete, um vor dem Schlafengehen noch ein paar Kleinigkeiten zu erledigen.

Dann wäre da noch die Sache mit dem Coden als Schulfach, sagte Investor 1.

Wir sind skeptisch, fügte Investor 2 hinzu.

Konkret glauben wir einfach, dass ihr zu spät dran seid, ergänzte Investor 3, und ich musste automatisch an Tick, Trick und Track denken.

Wir haben gehört, dass es in einem deutschen Bundesland – wie heißt es noch …

Baden-Württemberg, half Investor 2 aus.

Genau, danke. Also, dass da schon seit zehn Jahren an Wirtschaftsgymnasien das Programmieren mit Java unterrichtet wird.

Mit welchem Material?, wollte Colin wissen.

Eine Behörde hat Lehrbeispiele erstellt, und auf der Basis machen die Lehrer ihre eigenen Sachen.

Colin nickte und sah mich an.

Das Landesinstitut für Erziehung und Unterricht hat ein paar Lehrer freigestellt, und die haben dann die Lehrbeispiele entwickelt, präzisierte ich. Aber das ist alles nicht systematisiert, und in anderen deutschen Bundesländern gibt es so gut wie gar nichts.

Aber wo wäre unser Ansatz, wenn irgendwelche Informatiklehrer das notwendige Material auch selbst machen können?, fragte Colin.

Unser Angebot muss unabhängig von einer einzigen Programmiersprache sein. Es muss die Möglichkeit bieten, von einem Modul ins nächste zu wechseln, in die Breite und in die Tiefe und ins Detail zugleich zu gehen. Es muss selbst durch und durch die Dimensionen des Digitalen abbilden, dann ist es unschlagbar.

Klingt nach einer Vision, meinte Investor 1.

Die aber gegen die staatliche Bürokratie durchgesetzt werden muss, fügte Investor 2 hinzu.

Und Vision und Bürokratie sind auf diesem Planeten die größten Gegensätze, die man sich vorstellen kann, rundete Investor 3 ab.

David grinste. Entweder war seine Kopfrechnung zufriedenstellend aufgegangen, oder er hatte die Neffen von Dagobert Duck auch noch in Erinnerung.

Nicht *gegen* die Bürokratie, sondern *mit* ihr, rief ich.

Die Investoren packten ihre Unterlagen und diversen Endgeräte ein.

Wir bleiben dran, sagte Colin abschließend, ohne mich anzusehen.

Wie war die Reise?, erkundigte ich mich, als Neringa das Paket mit den Hemden auf dem Tisch ablegte.

Gut, sagte sie. Zwei neue Plomben. Und kein Zahnstein mehr. Haben Sie frei?

Nein. Aber ich möchte etwas mit Ihnen besprechen.

Das höre ich normalerweise, bevor ich gefeuert werde.

Ich will Ihnen einen Vorschlag machen.

Ihr Gesicht nahm einen skeptischen Ausdruck an. Sie packte die Hemden aus und trug sie ins Schlafzimmer. Ich folgte ihr. Sie verstaute die Hemden im Schrank, dann nahm sie Kopfkissen und Decke vom Bett und strich mit beiden Händen das Laken glatt.

Was würden Sie davon halten, wenn ich Ihren Lohn verdopple?, fragte ich.

Sie schüttelte Kopfkissen und Bettdecke auf, legte sie zurück an ihren Platz und breitete die Tagesdecke darüber. Alles ging zügig, obwohl die einzelnen Bewegungen kein bisschen hastig wirkten.

Warum sollten Sie das tun?, wollte sie wissen.

Es klang ein bisschen so, als fühlte sie sich zum Misstrauen verpflichtet.

Damit Sie weniger putzen müssen und stattdessen etwas anderes tun können.

Was wollen Sie?

Nichts, es ist nur ein Angebot, ich verdiene gut und dachte ...

Sie wollen der Wohltäter sein, unterbrach sie mich.

Nein, gar nicht, aber ...

Nun verließ sie das Schlafzimmer, um sich in der Küche zu schaffen zu machen. Ich konnte ihren Unmut spüren, an der Art, wie sie beim Gehen die Fersen aufsetzte, was sie sonst nicht so energisch tat, und am Scheppern des Geschirrs, als sie anfing, die Spülmaschine auszuräumen.

Ich hatte mir keine Taktik zurechtgelegt, sondern mir einfach gedacht: Zahl ihr das Doppelte, dann kann sie sich in Ruhe einen adäquaten Job suchen. Dir tun die paar Pfund nicht weh.

Ihr Unmut schien von Sekunde zu Sekunde zuzunehmen, bald war sie erkennbar wütend, und ich hatte das angerichtet. Das war nicht meine Absicht gewesen. Ich trat zu ihr, berührte sie leicht am Oberarm, da ließ sie den Teller, den sie gerade in den Schrank räumen wollte, fallen. Sogleich griff sie nach dem nächsten Teller in der Spülmaschine, ließ auch diesen auf dem Küchenboden zerschellen und streckte die Hand nach dem nächsten Geschirrteil aus, wobei sie mich unablässig im Auge behielt, als ginge von mir eine Gefahr aus.

Ich hob beide Hände und wich zurück. Sie befürchtete offenbar etwas, das sie von anderswoher kannte, es war entsetzlich, ich hätte mich ohrfeigen können, ich hasste meine Idiotie, die Schaden anrichtete, wo ich es gut meinte. Warum hatte ich die Frau nicht einfach in Ruhe gelassen? Sie war zufrieden mit Job und Lohn, sie hatte sich nicht beklagt und mir keinen Anlass zum Klagen gegeben. Warum eine funktionierende Konstellation stören?

Weil.

Weil ich in den zwei Wochen ihrer Abwesenheit täglich daran gedacht hatte, wie sie sich bewegte, wie sie die Haare hochsteckte und ihre Zehen spreizte. Weil ich tatsächlich ihr Wohltäter sein wollte, aber nicht so, wie sie es mir unterstellte. Unter diesen Umständen, wurde mir klar, als sie mir in die Augen sah und ich aufgrund des Lichts nicht genau erkennen konnte, ob ihre eigenen grün oder blau waren, durfte ich sie nicht weiter als Putzfrau beschäftigen. Der Vorschlag, ihren Lohn zu verdoppeln, war der falsche Ansatz gewesen.

Jetzt wurden ihre Augen auch noch feucht.

Ich muss Ihnen leider kündigen, sagte ich trotzdem, solange ich es noch über mich brachte.

Ich kann Ihnen die Teller ersetzen, erwiderte sie.

Es ist nicht deswegen.

Aha.

Sie schlüpfte an mir vorbei und zog sich im Flur Strümpfe und Schuhe an.

Es ist auch nicht das, was Sie denken, beteuerte ich.

Was denke ich denn?

Ich will Sie nicht loswerden.
Und warum werfen Sie mich dann hinaus?
Mein Taschentuch war unbenutzt, ich gab es ihr. Sie zögerte, als sie merkte, dass es nicht aus Papier war, faltete es dann aber behutsam auseinander. Bevor sie es benutzte, sah sie es einen Moment lang an, als müsste sie sich überwinden, den sauberen, trockenen Stoff zu beschmutzen.
Darf ich Sie ein Stück begleiten?, fragte ich.
Sie zuckte mit den Schultern, worauf ich mir rasch die Jacke überwarf.

Sie schlug den Weg zur U-Bahn-Station ein, ging jedoch daran vorbei, nicht sonderlich schnell und ohne erkennbaren Versuch, mich abzuschütteln, vielleicht nicht einmal zielstrebig, sondern einfach geradeaus, bis sie das Tor zum Park erreichte und eintrat. Wir sprachen kein Wort, auch nicht, als sie sich überraschend auf eine Bank setzte.
Es war keine besondere Stelle, man hatte keinen Blick auf Wasser, es war einfach eine nicht lackierte Bank an einem Weg, und wir warfen lange Schatten. Morgenschatten, dachte ich, weil ich vor Hilflosigkeit nichts Vernünftiges denken konnte. Neringa blickte unverwandt auf die Erde. Ihr Rücken wirkte wie die stumme Aufforderung, eine tröstende Hand darauf zu legen, aber ich wagte es kaum, auch nur den Blick auf sie zu richten. Schließlich konnte ich mich nicht einfach so vom Täter in den Tröster verwandeln.
Allmählich traute ich mich dann, sie verstohlen zu betrachten, und da sah ich, dass sie fast unmerklich die Finger bewegte. Sie starrte nicht einfach zu Boden, sondern beobachtete ihre Finger dabei, wie sie auf dem Sand Schatten bildeten. Sie machte Schattenspiele, ließ Tierköpfe entstehen,

Vögel, Hase, Wolf, aber auch Schlange und Krokodil, es vollzog sich, indem sie nichts anderes tat, als leicht die Finger in der Morgensonne zu bewegen, eine ununterbrochene Metamorphose.

Vielleicht war sie gar nicht bedrückt, sondern nur versonnen, dachte ich und beschloss, sie nicht zu stören. Sie schien vertieft in ihre Kunst, dann aber wandte sie mir abrupt das Gesicht zu, wie eine, die aus einem ungeplanten Schlaf am Tag hochschreckt. Ihre Augen waren blau.

Sie können das gut, sagte ich.

Kommentarlos fasste sie meine Krawatte, zog mich daran ein Stück nach vorn und hielt sie zwischen ihren Händen so ins Licht, dass sich auf dem Sandweg plötzlich ein großer Falter sonnte. Sanft bewegte er die Flügel, wie beim Atmen. Sie ließ die Krawatte los, der Falter erschlaffte zu einem spitzköpfigen Wurm, und Neringa blickte geradeaus in den Park. Langsam streckte sie den Arm aus und deutete auf ein Gebüsch, unter dem sich etwas regte. Ein Igel.

Entschuldigung wegen der Teller, sagte sie.

Schon gut. Mir fallen ständig welche herunter, behauptete ich.

Sie richtete sich auf und wandte mir den Blick zu. Haben Sie eine Neue?, fragte sie.

Was meinen Sie?

Eine neue Putzfrau.

Nein.

Warum muss ich dann gehen?

Darf ich Sie irgendwann einmal zum Essen einladen?, fragte ich.

Irgendwann einmal?

Darf ich Sie zum Essen einladen?

Warum? Als Entschädigung? Nein danke. Ich muss jetzt los.

Sie stand auf.

Ich würde Sie gern wiedersehen, sagte ich hastig. Aber nicht als Angestellte.

Weil es mit dem finanziellen Angebot nicht geklappt hat, probieren Sie es jetzt auf diese Tour, gab sie zurück.

Ich kenne keine Touren. Ich meine es ernst.

Und weg war sie. Sie löste sich natürlich nicht in Luft auf, ich konnte sie lange auf dem geraden Weg davongehen sehen, aber ich folgte ihr nicht, denn es kam mir vor, als hätte ich das Recht darauf verwirkt. Sofort begann ich, mir Vorwürfe zu machen. Ich fand mich unmöglich und gleich darauf unerträglich, du verdammter Idiot, dachte ich, ballte die Fäuste und dachte es offenbar auch laut, denn ein Jogger blickte mich fragend an, obwohl er Knöpfe im Ohr hatte, er verlangsamte seinen Trab und beschleunigte gleich wieder, als er mein Gesicht sah. Jetzt hätte *ich* Geschirr zerschlagen können, aber ich hatte nichts zur Hand, meine Hände waren leer, ich führte es mir selbst vor Augen, indem ich meine Fäuste öffnete. Da fiel mein Blick auf die Armbanduhr, und ehe ich einen weiteren Gedanken fassen konnte, holte ich schon aus und schlug das linke Handgelenk mit voller Wucht gegen die Rückenlehne der Bank.

Einmal war ich auf die Idee gekommen, den Therapeuten zu fragen, wie seine Diagnose über mich lautete. Er drückte sich vor der Antwort. Vielleicht später einmal, sagte er, und ich fügte mich. Später vergaß ich, erneut danach zu fragen, und tatsächlich habe ich nie eine offizielle Formulierung zu Gesicht bekommen, keine Beschreibung meiner Persönlichkeit im Fachjargon.

Irgendwo musste es mit Sicherheit Unterlagen geben, die verrieten, warum ich behandelt worden war und wie viele Hundert Stunden meines Lebens ich auf der Liege im Münchner Hinterhof verbracht hatte. Aber die Kenntnis der exakten Zahl würde nichts daran ändern, dass mir von all den Stunden nur einzelne Szenen im Gedächtnis geblieben waren. Meine Erinnerung verdichtete vier Jahre auf wenige Momente, gerade so, als hätte es dem Gros der Sitzungen an Bedeutsamkeit gefehlt.

Am stärksten ist mir die Trauer in Erinnerung geblieben. Es hatte Stunden atemberaubender Traurigkeit gegeben, und einmal war sie mit solcher Macht über mich hereingebrochen, dass mich der Therapeut nach Ablauf der fünfzig Minuten nicht einfach wegschickte, sondern mir anbot, liegen zu bleiben.

Ich hatte von einem der Albträume erzählt, die mich in unregelmäßigen Abständen heimsuchten und stets ähnlich verliefen. Diesmal hatte ich, ohne etwas Böses zu ahnen, in einem Kellerabteil Kisten aufeinandergestapelt, als ich plötzlich Stimmen hörte. Einige Männer kamen in den Keller und machten sich ein paar Bretterverschläge weiter vorne zu schaffen. Ich verstand nicht, was sie sagten, aber es ging etwas Bedrohliches von ihnen aus, und irgendwann begriff ich, dass einer von ihnen beschlossen hatte, zu mir herüberzukommen. Ich spürte seine Entschlossenheit. Sie war es, die meine Angst auslöste, ich wusste, dieser Mann würde sich von nichts und niemandem aufhalten lassen. Er kannte keine Skrupel und würde nicht davor zurückschrecken, Gewalt anzuwenden. Je näher seine Schritte kamen, desto mehr wuchs meine Angst, und genau in dem Moment, in dem er den Verschlag, in dem ich wie gelähmt ausharrte, betrat, wachte ich auf.

Obwohl mir dadurch der weitere Tathergang erspart blieb, fühlte ich mich vernichtet, nachdem ich den Albtraum erzählt hatte, wie zu unförmigen Klumpen zerhackt. Mein Anblick muss entsprechend gewesen sein, denn der Therapeut reichte mir Papiertaschentücher und eine Wolldecke.

Ich glaubte, vor Schwäche nie mehr auf die Beine zu kommen, zog die Wolldecke über mich und die Knie an mich heran, in der Erwartung, die Aaskrähen würden mich holen. Lange lag ich regungslos da, im Kopf nichts als ein quälendes Rauschen ohne Struktur.

Nach einer Weile wurde ich mir der Situation bewusst, und kurz darauf folgte auch schon der Gedanke, es müsse bald ein neuer Klient hereinkommen. Es kam aber keiner. Womöglich plante der Therapeut zwischen den Sitzungen einen Puffer ein, oder es war Zufall, dass es an diesem Tag eine Lücke gab, jedenfalls durfte ich weiter ungestört liegen bleiben. Ich weiß nicht, ob er mich dabei beobachtete oder ob er den Raum verließ, ich kann mich nicht erinnern, doch ich weiß, dass ich aufstand, sobald ich notdürftig Fassung gewann, und die Praxis auf schwachen Beinen verließ. Mir war elend, und trotzdem kam nach und nach die Ahnung auf, etwas Entscheidendes erlebt zu haben. Zwar hatte keine Katharsis stattgefunden, aber ein Schmerzpunkt war unter dem Vergessen freigelegt und berührt worden. Benennen konnte ich ihn nicht. Ich wusste nun lediglich, dass es ihn gab.

Colin schnappte wie ein Raubtier zu. Deine kleine DeVille hat einen Sprung!, rief er, und es klang ehrlich entsetzt. Erst als der Kaffeeautomat verstummte, weil unsere Tassenzwillinge gefüllt waren, ließ Colin mein Handgelenk los. Er sah auf seinen mindestens doppelt so großen und zehn Mal so teuren Chronografen, als befürchtete er, der Schaden könnte ansteckend sein.

Was ist passiert?, wollte er wissen.

Grotesker Zwischenfall, erklärte ich. Hatte beim Anziehen der Jacke zu viel Schwung drauf und bin mit der Uhr gegen die Wand geschlagen.

Eigentlich müsste das Glas so etwas wegstecken, fand Colin. Ich würde das reklamieren.

Vielleicht hast du recht, gab ich zu, denn er war der Chef und mochte es, wenn man ihm sagte, dass er vielleicht recht hatte, vor allem, weil er dann, wie jetzt, mit der Replik kontern konnte: Nicht vielleicht, sondern garantiert.

Flache Hierarchien, größtmögliche Transparenz, aber klare Verhältnisse – nach diesen Richtlinien waren auch die

Räumlichkeiten kreiert worden, kein Großraumbüro im herkömmlichen Sinn, eher eine Landschaft mit asymmetrischer Struktur und wechselnden Gestaltungsschwerpunkten, riesigen Lümmelkissen für die Kreativen, halb geschlossenen Kapseln für Leute, die auch mal diskret telefonieren mussten. Mir und meiner Assistentin hatte man einen Flügel ohne Knautsch- und Kuschelzonen, sondern mit kühl gestylten Tischen und Stühlen aus Glas, Stahl und Leder zugeteilt, denn bei uns nahmen regelmäßig die Investoren Platz. Je vier Landschaftszonen teilten sich eine Tee- und Kaffeeinsel, darum der Zusammenstoß mit Colin, dessen Vordenkerspielwiese gleich nebenan lag.

Schlagartig wurde mir klar, dass er sein Augenmerk schon beim ersten Gespräch gezielt auf meine Uhr gerichtet haben musste, da ihm nun der Sprung im Glas aufgefallen war. Vielleicht war es mein Glück, dass ich damals, als es um mein Engagement ging, diese Uhr trug, vielleicht hatte er in meine Entscheidung für dieses Modell eine Bedeutung hineingelesen, die ihm gefiel. Aus seiner Sicht hatte ich mich für ein bescheidenes, doch hochwertiges Modell entschieden, das relativ preiswert war, auch wenn es mehr gekostet hatte, als Neringa in zwei Monaten verdiente.

Was einer wie Colin wirklich dachte, wusste ich freilich nicht. Er trug als Erwachsener genau die Sneakers, von denen ich als Zwölfjähriger geträumt hatte. Damals hatten sie Turnschuhe geheißen und waren meiner Mutter immer zu teuer gewesen. Colin war zu der Zeit noch gar nicht auf der Welt gewesen, er konnte sich die damalige Welt kaum vorstellen, so wie ich mir in jener Welt nicht hatte vorstellen können, dass es einmal Telefone ohne Spiralschnur geben würde, tragbare Computer in der Größe einer Tafel Schokolade und separate Turnschuhsorten für den Sport und für die Straße. Heute könnte ich mir die damals erträumten Schuhe leisten, würde damit aber lächerlich aussehen, wohingegen Colin sie ganz natürlich und überzeugend trug.

Für den Nachmittag war ein Meeting mit den Schweden angesetzt. Colin empfahl mir, die beschädigte DeVille abzulegen. Nacktes Handgelenk sieht auch nicht gut aus, aber du kannst auf keinen Fall mit kaputter Uhr am Verhandlungstisch sitzen, sagte er.

Ich nickte und ließ die Uhr in der Sakkotasche verschwinden. Das brachte mir ein leichtes Schulterklopfen seitens des Mannes ein, der zwölf Jahre jünger war als ich und sich zu den Verhandlungen mit potenziellen Investoren aus Nordeuropa niederließ, ohne auch nur ein einziges Blatt Papier vor sich auf den Tisch zu legen.

Männer meiner Generation durchschaute ich auf Anhieb, aber solche wie Colin irritierten mich. Einerseits glaubte ich ihm anzumerken, dass er sich seine Verhaltensweisen bis ins Detail in amerikanischen Fernsehserien abschaute, weil es ihm stets auf seine Wirkung ankam, andererseits waren manche seiner Entscheidungen nur mit einem Minimum an moralischer Integrität erklärbar. Sein Partner David war ein Nerd und bei Fragen, die außerhalb des reinen Datenverarbeitungsprozesses lagen, eher indifferent, aber Colin wollte, dass *ein paar Dinge auf diesem Planeten funktionierten*, wie er es bei unserem ersten Gespräch formuliert hatte. So hatte er zum Beispiel begriffen, dass die Frauen in unserer Branche zu kurz kamen, und in seiner Firma den Anteil weiblicher Mitarbeiter stetig gesteigert – wenn auch nicht, weil er es auf Gutmenschenpunkte abgesehen hatte, sondern *um die kreativen Ressourcen zu nutzen, die nur Frauen einbringen* konnten.

Sogar die Skandinavier, bei denen die Gleichberechtigung als besonders weit fortgeschritten galt, staunten, als sie sich neben Colin und mir drei Frauen gegenübersitzen sahen, und konnten es sich nicht verkneifen, gleich zu Anfang entsprechende Bemerkungen zu machen. Die harmloseren bezogen sich auf das Thema der bevorstehenden Verhandlungen, bei denen es um Lösungen für den Gesundheits- und Pflegebereich gehen sollte. Ist ja ein klassisch weiblicher Kompetenzbereich, meinte der Oberschwede, der zehn Jahre älter war als ich und sich tatsächlich noch die Haare gelte. Mit einem Zwinkern an Colins Adresse fügte er später hinzu: Danke, dass du für so eine reizende Atmosphäre gesorgt hast. An dieser Stelle ergriff ich das Wort und brachte das Gespräch aufs Inhaltliche, bevor eine der Kolleginnen die Gelegenheit bekam, im Ohrfeigenton zu kontern, aber selbst als der Leitschwede die Frauen schließlich zum Essen einlud und Colin und mir scherzhaft zuwarf, wir hätten doch sicherlich nichts dagegen, wenn er unserer Firma für ein paar Stunden die ästhetische Aufwertung entziehe, konterte niemand, weshalb ich mich kommentarlos verzog.

Zumal mir auch durch dieses Meeting neue Arbeit entstanden war. Die Schweden hatten Druck erzeugt, den Colin aufgenommen, gebündelt und umgehend an mich weitergegeben hatte. Alle wussten, was sie wollten, und ich sollte nun dafür sorgen, dass es möglich wurde.

Wir brauchen jemanden, der Verantwortung übernimmt, hatte Colin bei unserem ersten Gespräch gesagt und seitdem keine Gelegenheit ausgelassen, mir welche zu übertragen. *Wir wollen jemanden, der noch analog sozialisiert worden und dadurch in der Lage ist, das große Ganze jenseits der Benutzeroberfläche zu sehen. Dem nicht vor lauter Gim-*

micks und Gadgets die Sicht aufs Tragfähige und Nachhaltige verstellt ist.

Als ich daran zurückdachte, schämte ich mich, mir solche Sätze jemals ans Revers geheftet zu haben. Ich zog die Uhr aus der Sakkotasche, um sie meiner Assistentin Carla hinzulegen, damit sie sich um die Reparatur kümmerte, besann mich aber im letzten Augenblick und schnallte mir das beschädigte Schmuckstück einfach wieder um.

Ich kannte nur ihren Namen und ihre Bewegungen. Ihre Gebärden, die gelenkigen Zehen, ihre Art zu lächeln, ohne dabei versteckte Botschaften auszusenden. Mehr nicht. Die Voraussetzungen für eine erfolgreiche Suche waren denkbar ungünstig. Da ich die Kollegen, die sie mir empfohlen hatten, nicht unnötig neugierig machen wollte, verzichtete ich darauf, mich bei ihnen zu erkundigen. Stattdessen setzte ich beim einzigen mir bekannten Faktum an: bei Neringas Nationalität. Ich wählte die Nummer des jungen Wirtschaftsattachés der litauischen Botschaft, den ich schon einmal gebeten hatte, mir einen Ansprechpartner im Ministerium für Bildung und Wissenschaft in Vilnius zu empfehlen, und fragte ihn, wo sich seine Landsleute in London zu treffen pflegten. Für den Fall einer misstrauischen Rückfrage hatte ich mir eine stichhaltig klingende Antwort zurechtgelegt, aber der Attaché wunderte sich kein bisschen. Beim Basketball natürlich, rief er begeistert aus und erklärte mir sogleich, was für eine Bedeutung diese Sportart für sein Land besitze. Sie sei größer als die des Fußballs für die Engländer. Die Beziehung der Litauer zum Basketball weise geradezu religiöse Züge auf. Ob ich wisse, welchen Platz Litauen in der FIBA-Rangliste einnehme?

Ich wusste es nicht.

Den vierten! Hinter den USA, Spanien und Argentinien.

Ich gab mich beeindruckt.

Trotzdem haben wir im EM-Finale gegen Frankreich verloren, das einen Rang hinter uns steht. Es wäre der erste EM-Titel seit zehn Jahren gewesen und der vierte insgesamt, fügte er zerknirscht hinzu.

Aha, machte ich. Waren Sie auch schon mal Weltmeister?

Mein Gesprächspartner zögerte eine Sekunde, vielleicht zwei, dann sagte er: Ja, 2005, allerdings nur mit der U-21.

Gern hätte ich jetzt seinen Gesichtsausdruck gesehen. Meiner wurde von einem Grinsen bestimmt.

Sind die Menschen in Ihrem Land überdurchschnittlich groß, dass dieser Sport so populär ist?, wollte ich wissen.

Nicht mehr als anderswo, aber alle Großen spielen Basketball, das macht den Unterschied.

Anstatt eine Bemerkung über die Reste der sowjetischen Staatssportstrukturen fallen zu lassen, kam ich auf die hiesigen Verhältnisse zu sprechen.

Wie heißt das litauische Team in London denn, und wo trägt es seine Spiele aus?

Nun wurde am anderen Ende gelacht.

Das litauische Team! Lieber Freund, wir haben hier eine eigene Liga mit zwei Divisionen. In der ersten spielen acht Mannschaften, in der zweiten zwölf. So sieht es aus! Aber überzeugen Sie sich selbst: *Sydney Russell Leisure Centre* in Dagenham. Dort wird jeden Tag trainiert.

Nach dem Telefonat bat ich Carla, mir ein paar Informationen über die litauischen Einwanderer in London zusammenzustellen, und eine Stunde später lag mir das Wesentliche vor. Laut der Volkszählung von 2011 lebten vierzigtausend Litauer in London, aber man ging davon aus, dass es in Wahrheit wesentlich mehr waren, mindestens doppelt so viele. Die meisten lebten im Osten der Stadt, bevorzugt in Newham, Barking und Dagenham, sie hatten ihre katholische Kirche, eigene Geschäfte und auch sonst eine gut funktionierende Infrastruktur. Für die besser situierten aus der Finanzbranche gab es sogar einen eigenen Klub, den *Lithuanian City of London Club*. Seit dem 18. Jahrhundert schon wanderten Menschen aus Litauen ein, aber nach dem EU-Beitritt des Landes 2004 hatte die Anzahl der Immigranten schlagartig zugenommen.

Ich fragte Carla, wie es mit Flugverbindungen aussah.

Vilnius ist nicht ganz so gut angebunden wie Riga. Hat sich wahrscheinlich noch nicht als Partystadt durchgesetzt, meinte Carla. Aber fünf Flüge täglich sind trotzdem die Regel. Hauptsächlich von Billiganbietern.

Am folgenden Samstag brach ich zu einer Expedition in den Osten Londons auf, fuhr über zwanzig Minuten mit der Central Line bis Mile End und anschließend noch einmal so lang mit der District Line bis Dagenham Heathway und folgte dann zu Fuß der endlosen Häuserzeile, die erst nach einer Viertelstunde von einem Schulkomplex mit Sporthallen unterbrochen wurde. Es kostete mich viel Überwindung, die Milchglastür zu öffnen, aber nach einigen Schritten beschleunigten nicht mehr Unsicherheit und Angst meinen Herzschlag, sondern altbekannte Geräusche. Trampelnde Laufschritte, quietschende Gummisohlen, aufprallende Bälle und dann, sobald ich eine weitere Tür aufmachte, Gerüche, oder besser *der* Geruch, zusammengesetzt aus schwer zu spezifizierenden Bestandteilen: Schweiß, Putzmittel, Magnesium-Kreide, dem Hanf der Kletterseile, dem Gummi der Turnmatten. Echte Turnhallenatmosphäre schlug mir entgegen, eingefasst von gelben Backsteinwänden und getragen von hellem, lackiertem Holzboden, auf dem sich verschiedenfarbige Linien kreuzten. Ich musste an die Sportarten denken, die ich als Schüler in solchen Hallen betrieben hatte, Handball, Volleyball, Basketball – mir fielen auf Anhieb einzelne Spielszenen ein, ein gelungener Fallwurf vom Handballkreis, ein rettender Hechtsprung in die äußerste Ecke des Volleyballfeldes und mein erster Dreier im Basketball, Sternstunden meines Menschseins, dachte ich, und erst dann wurde ich aufmerksam auf die Männer in den langen, ärmellosen Hemden, den riesigen Shorts und den enormen Turnschuhen, die ein Trainingsspiel absolvierten. Ein Mann mit Trillerpfeife pfiff immer wieder ab und erklärte offenbar, wie man den Spielzug besser hätte aufbauen oder – aus Sicht der Verteidigung – stören können. Ich folgerte es aus seinem Gestikulieren, denn von dem, was er sagte, verstand ich kein Wort.

Von der Tribüne aus wollte ich den knapp zwei Dutzend Riesen zusehen, bis sie ihr Training beendet hatten, aber nach einer Weile unterbrachen sie ihr Spiel, weil der fremde Tribünengast immer mehr verstohlene Blicke auf sich zog und die Konzentration nachließ.

Der Trainer rief mir etwas auf Litauisch zu. Als ich auf

Englisch antwortete, ich sei zum ersten Mal hier und bräuchte eine Information, sogleich aufstand und über die leeren Sitzreihen nach unten stieg, versammelten sich die Spieler im Halbkreis und betrachteten mich neugierig.

Sind Sie von der Presse?, fragte der Trainer. Wollen Sie etwas über unsere Basketballliga wissen?

Nein. Oder doch. Eine Frage hätte ich: Warum spielen Sie nicht in der britischen Liga?

Sofort fingen alle Männer an zu lachen und durcheinanderzureden, bis einer das Wort ergriff, um mir zu antworten.

Weil da andere Sitten herrschen. Weil unsere Familien und unsere Fans da nicht so laut sein dürfen, wie sie es gewohnt sind.

Die Briten akzeptieren nur beim Fußball, dass geschrien wird, ergänzte der Trainer. Sonst noch was?

Ja, aber es hat nichts mit Sport zu tun. Ich suche eine Frau …

Wieder sportmannschaftliches Gelächter und Kommentare, diesmal in zwei Sprachen. Etwas ernster wurde es, als ich den Namen nannte. Einige Spieler kannten Frauen, die so hießen, aber die kamen nicht infrage, weil sie zu alt oder zu jung oder mit einem guten Freund verheiratet waren.

Stammt sie aus der Gegend von Klaipėda?, erkundigte sich einer.

Ja. Wie kommen Sie darauf?

Weil der Name auf die Küste dort verwies, erklärten sie mir, und dann erzählte mir einer, dessen Trikot die Nummer vier trug, die Legende von Neringa. Diese sei eine sehr schöne Jungfrau gewesen, aber auch eine Riesin.

Basketballspielerin halt, warf einer ein. Gelächter.

Eine Riesin mit goldblonden Zöpfen, fing Nummer vier wieder an.

Passt die Beschreibung bis jetzt?, unterbrach ihn ein Mannschaftskamerad, und natürlich wurde gleich wieder gelacht.

Die Jungfrau liebte die Fischer und war stets bereit, ihnen beizuspringen. Wenn zum Beispiel der Sturm ihre Boote zu versenken drohte, half sie ihnen, die Ufer der vielen kleinen Inseln zu erreichen. Das gefiel den Fischern, nicht aber dem Meeresgott Bangputis, der umso heftiger in die Wellen blies und ein ganzes Jahr lang nicht mehr damit aufhörte. Da schleppte Neringa in ihrer Schürze riesige Mengen Sand heran und schüttete einen hundert Kilometer langen Damm auf. Hinter dem entstand eine Lagune, wo es für die Fischer nicht so gefährlich war wie auf der offenen Ostsee. Wütend ließ der Meeresgott daraufhin Wellen gegen den Wall schlagen, doch nach zwölf Tagen gab er auf. Die schöne Riesin hatte ihn bezwungen, und aus Dankbarkeit tauften die Fischer den Damm auf den Namen Neringa.

Und der liegt bei Klaipėda?, fragte ich kleinlaut.

Genau, *The Curonian Spit.*

Einen Moment dauerte es, dann begriff ich: die Kurische Nehrung. Und die Lagune hinter dem Wall war das Haff. Wieso aber Neringa?

Auch das wurde mir noch erklärt, aber dann wollten die Sportler weitertrainieren und verteilten sich wieder auf dem Feld.

Nummer vier hatte offenbar Mitleid mit mir, denn er blieb noch einen Moment, um mir etwas mitzuteilen. Über den Nachnamen wäre die Person relativ leicht zu finden, sagte er. Ansonsten könne er sich mal in den sozialen Medien umhören, ob jemand eine Neringa kenne, aber wenigstens einen genaueren Anhaltspunkt müsse ich ihm schon geben, sonst wäre es aussichtslos – Alter, Wohnort, Beruf, irgendetwas.

Sie putzt schwarz, sagte ich, noch immer kleinlaut.

Das kann ich so nicht posten, lachte er. Wenn die NSA mitliest, weiß es am nächsten Tag das britische Finanzamt.

Ein Pfiff des Trainers kommandierte ihn zurück aufs Feld, ich ging und hörte hinter mir wieder das Trampeln und Quietschen, bis die Tür zugefallen war.

Große Männer, die in einer schäbigen Turnhalle trainierten, wo sie sich ungestört in ihrer Muttersprache Kommandos zurufen konnten. Sie machten einen aufgeräumten Eindruck. Wahrscheinlich hatten sie ihr Land verlassen, um hier ein besseres Leben anzufangen, und vielleicht war ihnen das gelungen. Auf jeden Fall hatten sie Landsleute gefunden, mit denen sie sich Bälle zuwerfen konnten. Für gute Laune am Samstag genügte das allemal.

Die nächste Sitzung fing anders an als die anderen. Mein Therapeut wartete nicht ab, bis ich selbst einen Gesprächsfaden spann, sondern stellte mir Fragen, zuerst ganz schlicht, mit leicht fürsorglichem Unterton: Wie geht es Ihnen? Dann, hörbar darauf bedacht, nicht bloß fachlich interessiert zu klingen: Was hat Sie beim letzten Mal so stark bewegt?

Anstatt ihm sofort zu antworten, ließ ich seine Besorgnis

eine Weile über mir im Raum schweben. Es war, als betrachtete ich eine Wolke von unten, und dabei fiel mir eine lange zurückliegende Episode aus einer anderen Praxis ein, in der ebenfalls Sorge um mich in der Luft gelegen hatte.

Damals saß ich als Vierzehnjähriger unserem Hausarzt gegenüber und hatte einen bekümmerten Mann im weißen Kittel vor mir, der nicht wusste, wie er zum Ausdruck bringen sollte, was er mir mitzuteilen hatte. Ich war von meinen Eltern geschickt worden, weil ich in den Monaten zuvor immer wieder Ohnmachtsanfälle erlitten hatte, in der Kirche, im Kino, auf der Straße und einmal auf dem Bahnhofsvorplatz, nie jedoch zu Hause. Der Arzt hatte mich abgehorcht, meinen Blutdruck gemessen, ein EKG erstellt und mein Blut im Labor untersuchen lassen, aber keine Erklärung für die Schwächezustände gefunden, die in immer dichteren Abständen aufgetreten waren. Nun saß er mir in seinem ungeheuer weißen Kittel gegenüber und tastete sich Wort für Wort in seiner Hiobsbotschaft voran. Er wolle mich nicht beunruhigen, sagte er, sehe sich aber veranlasst, mich sicherheitshalber an einen Neurologen zu überweisen, um den Verdacht auf einen Gehirntumor auszuschließen. Ich sagte nichts, sah ihn nur an, ohne zu wissen, was in diesem Moment der angemessene Gesichtsausdruck gewesen wäre. Er beobachtete mich und schien erleichtert zu sein, weil ich keine auffällige Reaktion zeigte. Meinen Eltern müsse ich davon nichts sagen, erklärte er mir, und das war nun etwas Besonderes, denn ich fühlte mich dadurch ein bisschen erwachsen. Der Doktor und ich, wir beide entschieden, wie vorgegangen wurde, und wir waren nicht verpflichtet, irgendjemanden einzuweihen.

Trotzdem klärte ich meine Eltern auf; nicht weil ich ein enges Vertrauensverhältnis zu ihnen gehabt hätte, sondern weil ich vielmehr ihre Sorge provozieren wollte. An ihre Reaktion erinnerte ich mich allerdings nicht mehr, ich wusste nur noch, dass ich allein zum Neurologen ging und dass mich dessen kühl-futuristisch möblierte Praxis an ein Raumschiff erinnerte, dessen Besatzung allein aus dem kleinen, bärtigen Männchen mit Glatze bestand, das nicht nur einen weißen Kittel, sondern auch eine weiße Hose trug, wodurch es sofort von einem gewöhnlichen Hausarzt zu unterscheiden war. Es schlug mir mit einem Hämmerchen ans Knie, das Männchen, fuhr mit einer harten Metallspitze über verschiedene Körperstellen und maß meine Gehirnströme mittels straffer, perforierter Gummibänder, die mir um den Kopf gelegt wurden und an denen mehrere Kabel angeschlossen waren. Resultat negativ.

Beim internistisch spezialisierten Hausarzt hatte ich keine Kreislaufstörungen, beim Neurologen keinen Tumor, warum also klappte ich immer wieder zusammen?

Welchen Reim die Medizin sich darauf gemacht hatte, war mir entfallen, aber unter der Besorgniswolke im Behandlungszimmer des Psychotherapeuten erkannte ich auf einmal die Gründe für meine damaligen Ohnmachtsanfälle: Ich hatte sie selbst herbeigeführt, hatte mich autosuggestiv in einen Zustand versetzt, in dem ich mich nicht mehr auf den Beinen und bei Bewusstsein halten konnte, und das stets, um mich so einer Überforderung zu entziehen. Um einen unanfechtbaren Grund für verspätetes Nachhausekommen vorweisen zu können oder zu vermeiden, an einer Jugendgruppenfahrt teilnehmen zu müssen. Um nicht sagen zu müssen: Ich will nicht. Oder gar: Ich will.

Wahrscheinlich wollte ich nebenbei auch ein bisschen Aufsehen erregen, Zuwendung einheimsen und mich wichtigmachen. Ein Glanz von dramatischer Besonderheit sollte mein banales Dasein veredeln.

Diese Erinnerung verhinderte, dass ich dem Therapeuten sofort auf seine Frage antwortete, was nach einigem Abwarten neue Fragen auslöste.

Was haben Sie? Warum schweigen Sie?

Ich konnte ihm den Grund nicht nennen, aus Furcht, dadurch meinen dramatischen Traueranfall der vorigen Stunde in Misskredit zu bringen und den Verdacht der Simulation zu wecken.

Er insistierte nicht, sondern kehrte zu seinem eigentlichen Interesse zurück. Warum waren Sie so traurig?, fragte er.

Ich gab mir einen Ruck und versuchte, es ihm und mir selbst zu erklären, indem ich beim Sprechen einen Gedanken nach dem anderen verfertigte, langsam und tastend. Es hatte mit Alleinsein zu tun, sagte ich. Damit, alleingelassen zu werden. Oder mit etwas allein zu sein. Nicht genügend beschützt zu werden. Gar nicht beschützt zu werden. Ausgeliefert zu sein.

In dem Moment hörte ich das Klicken seines Kugelschreibers, der gleich darauf geschwind übers Papier flitzte. Er erkannte etwas, begriff ich, oder glaubte, etwas zu erkennen, und so redete ich weiter, über die Abwesenheit meiner Eltern, dass sie nicht da gewesen waren, wenn etwas Schlimmes geschah, wenn Gefahr drohte, und dabei wusste ich, dass ich nicht log und mich nicht wichtigmachte und auch nicht nur weiter seine Zuwendung anzufachen versuchte, sondern mich ganz wahrhaftig vorwärtstastete in einem Nebel, der sich nicht lichten wollte, und dass mir dabei wieder sterbenstraurig zumute wurde, ohne dass ich zu sagen gewusst hätte, warum.

Als ich am Dienstagmorgen aufwachte, fragte ich mich als Erstes, wie eindeutig ich mich gegenüber Neringa ausgedrückt hatte, ob sie vielleicht doch wiederkommen würde.

Ich hatte es gerade geschafft, mich zu duschen und anzuziehen, als es läutete.

Sie stand vor der Tür und hielt mir meinen Wohnungsschlüssel hin.

Den hatte ich vergessen, sagte sie.

Dann zog sie mein Taschentuch hervor.

Gewaschen und gebügelt, sagte sie. Die passenden Teller habe ich auf die Schnelle nirgends finden können. Außerdem wollte ich Ihnen sagen, dass Sie daran denken müssen, Ihre Hemden in die Reinigung zu bringen.

Mit einer Handbewegung bat ich sie herein, aber sie schüttelte den Kopf und wandte sich ab.

Warten Sie, sagte ich.

Ich muss weiter.

Haben Sie schon Ersatz für mich gefunden?, rief ich ihr hinterher, und um ein Haar hätte sich meine Stimme dabei überschlagen.

Sie war bereits an der Treppe und reagierte bloß mit einer vagen Handbewegung.

Noch in Pembridge Gardens holte ich sie ein.

Ich habe versucht, Sie zu finden, aber ich wusste Ihren Nachnamen nicht und hatte auch keine Telefonnummer, teilte ich ihr keuchend mit.

Meine Nummer müsste in Ihrem Handy gespeichert sein. Schließlich haben Sie mich damals angerufen, als Sie fragten, ob ich noch Kapazitäten frei hätte.

Habe ich mich so ausgedrückt? Unter N habe ich Sie nicht gespeichert, das habe ich geprüft, und Ihren Nachnamen kenne ich eben nicht.

Schauen Sie mal unter C wie *char* nach.

Ich tat es, und ja: Da stand sie. *Char.* Putzfrau.

Sehen Sie. Alles ganz einfach.

Sie sah mich fest an. Ich erkannte weder Groll noch Bitterkeit in ihrer Miene.

Tut mir leid, sagte ich.

Darauf lachte sie ein bisschen und setzte ihren Weg fort.

Ehrlich, ich habe Sie gesucht, beteuerte ich, nachdem ich wieder zu ihr aufgeschlossen hatte.

In einer Stadt wie London? Das war ja furchtbar aussichtsreich.

Ich bin bei den Basketballern gewesen, in Dagenham.

Darauf sagte sie nichts, blieb auch nicht stehen, aber in ihre Schritte kam ein kleines Zögern, schien mir.

Weil man mir gesagt hat, dass sich dort Ihre Landsleute treffen. Ich dachte, vielleicht kennt Sie jemand.

Sie schüttelte den Kopf.

Warum schütteln Sie den Kopf?

Ich habe nicht viel mit meinen Landsleuten zu tun.

Wohnen Sie nicht da draußen?

Wieder schüttelte sie den Kopf.

Da bin ich erleichtert.

Warum das denn?, fragte sie, und nun blieb sie stehen.

Weil Sie einen irrsinnig langen Weg zur Arbeit hätten, wenn Sie dort wohnen würden.

Es ist ja nur einmal die Woche. Außerdem fällt die Fahrt in Zukunft weg.

Man kann niemanden für sich putzen lassen, den man gern kennenlernen will, hörte ich mich sagen. Damit war es heraus, aber nichtsdestotrotz nahm die Aufregung weiter zu. Nervös fuhr ich mir mit der Hand durch die Haare, in den Nacken und übers Gesicht.

Ihre Uhr hat einen Sprung, sagte Neringa, schaute dabei aber nicht auf mein Handgelenk. Sie ging weiter, langsamer nun, sodass ich sie ohne Hast begleiten konnte.

Die ganze Zeit hatte es für mich keine Rolle gespielt, dass wir Englisch miteinander sprachen, ich hatte es sozusagen gar nicht gemerkt, jetzt aber dachte ich, dass man in dieser Sprache eigentlich gar nicht wissen konnte, ob man sich siezte oder duzte, und es trotzdem irgendwie spürte.

Als wir bereits auf den belebten Straßenabschnitt stießen, in dem das Kino lag, deutete Neringa schräg nach rechts auf die andere Straßenseite. Dort befand sich die Filiale von *AAA Cleaning*. Ich nickte, und dann stiegen wir gemeinsam die Treppe zur U-Bahn-Station hinunter, als hätten wir das von Anfang an vorgehabt.

Wir konnten ohne Umsteigen durchfahren, denn ihre Station lag auf der Central Line. Also hatte sie dienstags, wenn sie sich dem Strom der Servicekräfte anschloss, die sich in allen Großstädten Europas von den Ostbezirken, wo die Armen lebten, in die Westbezirke, wo die Reichen wohnten, begaben, tatsächlich keinen allzu langen Weg zurücklegen müssen.

In der U-Bahn sah sie mir von der Seite aufmerksam zu, wie ich eine Nachricht an Carla schickte, unmittelbar darauf von Carla angerufen wurde und ihr vorschwindelte, ich hätte am Morgen eine Art Schwächeanfall gehabt und sei jetzt gerade auf dem Weg zum Arzt, um mich durchchecken zu lassen. Sie beobachtete, wie ich gleich darauf beteuerte, Schwächeanfall sei das falsche Wort, wahrscheinlich kündige sich bloß ein Infekt an, besser, es gleich abzuklären und was dagegen zu tun, als nachher vielleicht für mehrere Tage auszufallen, und kaum hatte ich meine Assistentin einigermaßen überzeugt, stieß mich Neringa leicht an, um mir zu signalisieren, dass wir aussteigen mussten. Sie hatte nicht gesagt, dass wir zu ihrer Wohnung gingen, und ich wusste nicht, woher ich die Legitimation nahm, sie zu begleiten, aufgefordert hatte sie mich nicht. Vielleicht nahm sie mich einfach ernst, denn immerhin hatte ich behauptet, sie kennenlernen zu wollen.

Wir passierten Häuser aus hellbraunem Backstein, von denen viele im Erdgeschoss Läden, Lokale, Reiseagenturen, Telefonshops und dergleichen beherbergten, Menschen unterschiedlicher Ethnien kamen uns auf dem Bürgersteig entgegen, und dass mir das in London auffiel, sagte etwas über dieses Stadtviertel aus.

Zu ihrer Wohnung gelangte man durch ein hohes Gittertor, das nur noch in einer Angel hing, über einen kleinen Hof mit Müllbehältern und anschließend eine Treppe aus Metall, die ursprünglich wohl als Feuerleiter gedacht war. Auf halbem Weg blieb Neringa abrupt stehen. Ich wollte wissen, was los sei, und sie wies nach oben. Aus dem offenen Fenster drang penetrante, stampfende, nach Kunststoff klingende Musik. Neringa hörte ein paar Sekunden hin, dann löste sich ihre Erstarrung, sie zog den Schlüssel aus ihrer Jackentasche und nahm die restlichen Stufen zur Wohnungstür hinauf.

Im einzigen Zimmer der Wohnung saß eine in Tränen aufgelöste Frau. Als sie uns sah, stellte sie die Musik ab und fing sofort an, Neringa ihr Leid zu klagen. Jedenfalls nahm ich an, dass sie lamentierte, denn Gesichtsausdruck und Tonfall legten es nahe, aber ich verstand kein Wort.

Meine Schwester, erklärte Neringa und wandte sich dann wieder der verweinten Frau mit den blondierten Haaren und der verlaufenen Wimperntusche zu. Sie sieht eher aus wie eine, die putzen geht, dachte ich, oder an einer Supermarktkasse sitzt, dann aber fing Neringa an zu reden, und ich hörte sie zum ersten Mal in ihrer Muttersprache sprechen. Es kam mir vor, als würde eine mir vollkommen unbekannte Musik aufgeführt. Sie klang gläsern – hart wie Glas, zerbrechlich wie Glas, und mir schien, als hätten die Vokale A und I die lautliche Übermacht.

Die Wohnung bestand aus einer kleinen Küche und diesem einen Zimmer, das nun ganz vom Wortwechsel der Schwestern erfüllt war. In der Diele stand die Tür zum Bad offen. Es fiel mir schwer, mich in der Enge umzusehen, und ich wusste nicht, wo ich mich hinsetzen sollte, ich wusste nicht einmal, warum ich überhaupt hier war.

Neringa musste ihre Schwester ernstlich trösten, mit Zureden und Umarmung, eben voller Zuwendung, weshalb für mich nicht viel Aufmerksamkeit übrig blieb. Sie entschuldigte sich zunächst mit Blicken, und als die Schwester ins Bad ging, erklärte sie mir, Aldona sei aus ihrer Wohnung in Newham geflohen, weil sie es nicht mehr ausgehalten habe mit den anderen Bewohnern, mit denen sie sich Küche und Bad teilte.

Ich gehe nicht mehr zurück in die verdammte Kommunalka, rief die Schwester prompt auf Englisch durch die Badezimmertür. Ich habe die Schnauze voll von allen Litauern.

Übertreibt sie ein bisschen?, flüsterte ich.

Keineswegs, ich kenne das Haus. Ich habe da auch mal gewohnt, ganz am Anfang, aber nur für ein halbes Jahr. Aldona wollte mit allen Mitteln verhindern, dass ich ausziehe, und jetzt hält sie es selbst nicht mehr aus. Sie wollte damals bleiben, weil die Mitbewohner Landsleute waren, und ich wollte aus demselben Grund weg. Ich bin nicht nach London gekommen, um halb in Litauen zu bleiben. Ich wollte ein internationales Leben und meine eigene Wohnung.

Ihre Schwester schien durch die Tür hindurch weiter zugehört zu haben, denn als sie herauskam, meinte sie: Du kannst dir das vielleicht leisten, ich nicht. Es klang nicht aggressiv, sondern bitter. Und gleich darauf schwenkte sie wieder auf Litauisch um.

Ich suchte Neringas Blick und zeigte auf die Armbanduhr. Daraufhin richtete sie ein paar Worte an ihre Schwester und begleitete mich dann aus der Wohnung hinaus bis zur U-Bahn-Station.

Warum kann Ihre Schwester sich keine andere Wohnung leisten?, fragte ich unterwegs und merkte erst hinterher, wie blödsinnig die Frage klingen musste. Jeder hier kannte die Mietpreise, die selbst in schäbigen Vierteln über den Tarifen von anderen europäischen Großstädten lagen.

Sie kann nicht so viel Geld ausgeben, antwortete Neringa jedoch ohne jede Verächtlichkeit. Sie hat zwei Kinder zu Hause.

Zu Hause? In Newham?

Nein, in Klaipėda.

In Klaipėda?

Ja, in Klaipėda.

Wo ...

Bei den Großeltern.

Und ihr ...

Ihr Mann ist auch in England, aber nicht in London. Sie wollte zu ihm ziehen, aber als wir kamen, ist er mit einer anderen Frau in den Norden gegangen, wo er einen besseren Job gefunden hatte.

Wie oft ...

Einmal im Vierteljahr fliegt sie hin. Damit die Kinder sich noch an sie erinnern.

Bis dahin hatte Neringa ganz sachlich geklungen, aber in ihrem letzten Satz schwang etwas Vorwurfsvolles mit.

Bin mal gespannt, wie lange ich mich um sie kümmern muss. Wie es aussieht, wohnt sie jetzt erst mal bei mir.

Aber Sie haben doch nur ein Bett, rutschte es mir heraus.

Na und?

Ich meine ja nur.

Wir sind die Enge gewohnt. Während meines Studiums, habe ich immer mit jemandem ein Zimmer geteilt, die meiste Zeit sogar mit drei anderen, und ein Jahr lang waren wir zu sechst.

Wir. Damit waren nicht sie und ihre Schwester gemeint, sondern eine ungleich größere Zahl von Menschen, ganze Völkerscharen. *Wir in Osteuropa*, sollte das heißen.

Es dauerte ein paar Tage, aber schließlich drang die größte historische Wende seit dem Ende des Zweiten Weltkriegs auch in das Dämmerzimmer im Münchner Hinterhof vor. Mir spukten irritierende Bilder und riesige, schwarz-rotgolden gerahmte Schlagzeilen im Kopf herum, ich hatte die mehrere Hundert Meter langen Schlangen vor den Ausgabestellen des Begrüßungsgeldes und die dicht gedrängten Menschen in den sonderbar gefleckten Jeans auf den Bahnsteigen am Hauptbahnhof gesehen, ich hatte Kommentare gelesen und gehört, und so fing ich eines Tages auf der Liege an, über den 9. November und seine Folgen zu sprechen, weil in diesem Bildergewimmel keine anderen Gedanken und Traumreste auffindbar waren. Ich maßte mir eine Beurteilung der Lage an, äußerte Skepsis angesichts der sich abzeichnenden Entwicklung, nachdem es zuerst *Wir sind das Volk*, bald aber schon *Wir sind ein Volk* und schließlich immer häufiger *Deutschland einig Vaterland* geheißen hatte. Ich äußerte Großdeutschlandängste, Befürchtungen, es könnte zur Wiedervereinigung kommen, wie sie von den Konservativen schon immer verlangt worden war, und verstieg mich zu der Aussage, in diesem Fall das Land verlassen zu wollen.

Ich redete mich in eine Betroffenheit hinein, die in Wahrheit gar nicht existierte, und erhob mich damit über die wirklich Betroffenen, für die es um die Frage ging, unter welchen Umständen sie zukünftig ihr Leben fortsetzen würden. Ihre Sehnsucht nach Freiheit und Wohlstand konnte ich damals nicht ermessen, und offenbar entging dem Therapeuten mein

Versagen nicht, denn mein Schwadronieren machte ihn ungeduldig. Er schrieb nicht mit, sondern wechselte in immer dichterer Folge die Haltung, was ich am Rascheln der Kleider hörte, es fiel ihm schwer, sich zu beherrschen. Am liebsten hätte er mich wohl unterbrochen, und als mir das endlich bewusst wurde, unterbrach ich mich selbst und schämte mich für den Rest der Stunde schweigend. Die größten historischen Umwälzungen waren mir gerade gut genug, um sie für die trotzige Auflehnung gegen das Weltbild meiner Eltern einzuspannen.

Jenseits der Mauern und Zäune erstreckte sich nach Osten hin das Reich des Bösen, denn dort bekämpfte man die Religion, ohne die eine vollwertige menschliche Existenz nicht denkbar war. Gläubige Christen wählten die Parteien mit dem C, teilten deren politische Ziele, setzten DDR in Gänsefüßchen und hielten die Wiedervereinigung der beiden Teile Deutschlands für unbedingt erstrebenswert, aber in den Jahren des Kalten Kriegs beruhigte sie das Wissen um die überaus sicheren Grenzanlagen nichtsdestotrotz, denn so konnte das Böse von drüben nicht ohne Weiteres herüberschwappen.

Viele sahen es so, nicht nur meine Eltern, aber niemand sagte es laut. Womöglich war sich kaum einer bewusst, dass er tief im Inneren so dachte, aber wesentlich anders konnte es nicht gewesen sein. Hinter dem *Eisernen Vorhang* lag amorph, gesichtslos, unberechenbar das Unheimliche und

Bedrohliche. Niemand in unserer Verwandtschaft kannte Polen oder Tschechen, Russen oder Balten, nicht einmal mit Menschen aus der *Ostzone*, wie meine Großeltern beharrlich sagten, kamen wir in Berührung. Bis zum Herbst 1989 hatte ich keinen einzigen Ostdeutschen in natura zu Gesicht bekommen.

Dieser Gedanke erschien mir kurios, und er kam mir in der U-Bahn, als ich mich nun gerade auf dem Weg in den Osten befand: ins East End und zu einem Menschen, der östlich der Mauern und Zäune zur Welt gekommen war. Ich hatte meine Einladung zum Essen wiederholt, und Neringa hatte sie angenommen, mich aber gebeten, sie nicht zu Hause, sondern an einer anderen Adresse abzuholen. Samstags proben wir immer, hatte sie erklärt, und als ich fragte, was, hatte sie geantwortet, das werde ich dann schon sehen.

Neringa war sieben oder acht, als sich ihr Land von der Sowjetunion abtrennte und unabhängig wurde, sie war unter der Beschallung durch die Hymne *Go West!* groß geworden und hatte sich an deren Imperativ gehalten. Wie auch ihre Schwester, die dafür sogar in Kauf nahm, sich von ihren Kindern zu entfremden. Eine ungeheuerliche Vorstellung. Ich selbst, dachte ich, würde es niemals über mich bringen, meine Kinder allein wegen besserer Verdienstmöglichkeiten zu verlassen, aber dann fiel mir ein, wie leicht man sich verschätzte, wenn man die Umstände nicht aus der eigenen Erfahrung kannte – so wie es mir damals auf der Couch im Hinterhofzimmer schon passiert war, als ich vor lauter Mangel an Unfreiheitserfahrung drohte, mein Land im Falle der Wiedervereinigung zu verlassen.

Als es dann so weit war, tat ich es natürlich nicht. Es dauerte zwei Jahrzehnte, bis ich wegkam, an die Wiedervereinigung hatte sich die Welt da längst gewöhnt, und was mich bewog, ins Ausland zu gehen, hatte mit höheren ideellen Vorstellungen rein gar nichts zu tun. Ich suchte eine neue Chance, hatte im Prinzip also die gleichen Beweggründe wie Neringa und ihre Schwester. Womöglich wurden wir alle drei von den Behörden als Arbeitsimmigranten aus der EU geführt, und doch verbuchten sicherlich nicht einmal Tories und Populisten die Litauerinnen und mich in derselben Ausländerkategorie. Solche wie ich wurden nicht angefeindet. Darum berührte es mich nie persönlich, wenn Politiker bis hinauf zum Premierminister öffentlich verkündeten, es kämen zu viele europäische Einwanderer nach Großbritannien, und wenn mir einer meiner Kollegen einen einschlägigen Artikel unter die Nase hielt und scherzhaft sagte, du bist zu viel, hier steht es schwarz auf weiß, dann machte ich mich mit ihm darüber lustig, zumal Untersuchungen besagten, dass wir Migranten mehr Steuern zahlten, als der Staat für uns aufwenden musste.

Nachdem ich an diesem frühen Samstagabend im East End aus der U-Bahn-Station kam, mich kurz orientierte und die Straße entlangging, die Neringa mir genannt hatte, achtete ich mit besonderer Aufmerksamkeit auf die vielen Menschen unterschiedlicher Herkunft und fragte mich, wie Neringa wohl die Berichterstattung über das Migrationsthema aufnahm. Sie zählte nicht zu den *qualifizierten Arbeitskräften*, wurde aber zweifelsohne gebraucht. Ich erinnerte mich an eine Karikatur im *Independent*: In einer mit Frischhaltefolie bespannten Styroporschale lagen statt Hühnerschenkeln kleine Menschen. Der Produktaufkleber informierte: *Migrant Workers. Cheap labour value pack.*

An einer Stelle wurde die Straße von einer Art Brücke

überspannt, die zwei einander gegenüberliegende Gebäude verband. Darunter lagen ewig schattige Ecken, und in einer davon hing ein mindestens zwei Quadratmeter großes Schild mit der Aufschrift *Please use toilets provided.*

Verdutzt starrte ich das Schild an, dann ging ich zögernd weiter, mit dem Gefühl, beobachtet zu werden, beschleunigte aber bald meine Schritte, bis ich die Querstraße erreichte, deren Namen ich mir notiert hatte. Hier herrschte plötzlich keine Londoner Betriebsamkeit mehr, sondern verblüffende Leere. Es war wie früher, dachte ich, wenn man vom Verkehrsgewimmel Westberlins nach Ostberlin kam, wo bloß alle zwei Minuten ein Wartburg oder ein Trabi an einem vorbeiknatterte, und in dem Moment stutzte ich schon wieder, obwohl mein Blick diesmal auf kein sonderbares Schild fiel. Vorhin war ich mir noch sicher gewesen, bis 1989 nie einen Ostdeutschen zu Gesicht bekommen zu haben, und jetzt wollte ich mich plötzlich an Straßenansichten von Ostberlin erinnern?

Langsam ging ich weiter, an einer Backsteinmauer entlang, an einem Zaun entlang, dann wieder an einer Mauer, und während ich ging, begriff ich allmählich, dass ich mich sehr wohl erinnerte, und musste mich, als ich es erkannte, an der Backsteinwand abstützen, weil mich ein Gefühl überkam, wie ich es von früher kannte, vor allem aus Stunden der psychoanalytischen Behandlung vor fünfundzwanzig Jahren.

Wie einer, der halluziniert, sah ich abgerissene Bildfolgen, verwackelte Sequenzen von Hartenberger und mir in einem Auto, aber nicht im Opel Admiral des Bestattungsunternehmers, sondern auf einer Autobahn, und nicht auf einer Rückbank aus Leder, sondern vorne auf Veloursitzen, und ich am Steuer, ja, am Steuer, ich hatte gerade den Führerschein gemacht, und damit hatte er mich geködert zu dieser Tour nach Berlin, du darfst auch fahren, was für ein Modell war es noch, keine Ahnung, beige war es gewesen und wurde heute nicht mehr gebaut, so viel stand fest, in diesem Wagen fuhr er immer mit irgendeinem jungen Mann in Urlaub, ich kannte sogar einige seiner Urlaubsbegleiter, und jetzt war ich einer von ihnen geworden und machte es anschließend wie sie, sprach nicht darüber, schon gar nicht zu mir selbst, und vielleicht hatten sie es wie ich gemacht und alles auf bestimmte Weise vergessen: beerdigt.

In vielen Western gab es diese Szene: Mit letzter Kraft erreicht der Held die Stadt. Man hat ihm das Pferd abgenommen und ein Loch in die Wasserflasche geschossen, den einzigen Schatten auf dem Marsch durch die Prärie warf der Geier, der ihn begleitete. Mit schief getretenen Stiefeln schleppt er sich bis zur Ortsmitte, wo er im Staub zusammenbricht.

Dieses Bild vor Augen, taumelte ich in den Hof, der von ehemaligen Lagergebäuden aus Backstein umstanden war, die inzwischen, wie die vielen bunten Schilder verrieten, als Ateliers, Studios, Treffpunkte und dergleichen genutzt wurden. Wie vom Wüstenlicht halb erblindet beugte ich mich an die Aufschriften heran, um sie zu entziffern, und als ich die von Neringa genannte fand, setzte ein spontanes Lachen einen Punkt hinter die aufkommende Niedergeschlagenheit. *Misera Figura* stand auf dem Schild, und mein Zustand gab eine komische Entsprechung dazu ab. Auch wenn es bei einem kleinen Lachen blieb, genügte es, um mich durchatmen zu lassen und in aufrechte Haltung zu bringen.

In der Halle lief klassische Musik. Eine Frau sang, begleitet von kleinem Orchester, ein grenzenlos ergreifendes, trauriges Lied – oder vielmehr eine Arie. Ich hatte sie schon einmal gehört, gewiss nicht in der Oper, denn dort ging ich nicht hin, also musste es im Kino gewesen sein.

Weder Sängerin noch Orchester waren zu sehen, die Musik kam aus Lautsprechern, man sah in dem ansonsten schwarzen Raum einen großen, kräftigen Mann im Licht eines einzelnen Scheinwerfers stehen und die Hand ausstrecken. Die Handfläche des dunkelhäutigen Mannes zeigte nach oben, sie war der Mittelpunkt des Raums und die Bühne, denn zur italienischen Musik tanzte auf ihr eine Figur. Diese Figur jedoch war nichts anderes als eine Bananenschale, die so geöffnet worden war, dass zwei Streifen lange Arme bildeten. Auf den ersten Blick sah diese Ballerina komisch aus, dann aber zog die Anmut der Bewegungen alle Aufmerksamkeit auf sich, und man fragte sich, wie das möglich sein konnte.

Die Bananenschale war an gebogenen Drähten befestigt und wurde von zwei Händen geführt, eine bewegte den Rumpf, die andere die Schalenarme, beide Hände steckten in schwarzen, bis zu den Ellenbogen reichenden Handschuhen und gehörten Neringa, auf deren Gesicht ein Abglanz des gebündelten Scheinwerferlichts lag. Sie stand auf einem Podest, damit sie ihre Figur auf der Handfläche des groß gewachsenen Mannes leichter führen konnte, und ich sah, wie die Konzentration und der Hauch eines Lächelns ihre Haut glätteten.

Die Choreografie endete damit, dass die Tanzende in sich zusammensank und die Arme um sich schlang, wie eine Frau, die ganz für sich ihr Schicksal beweinte und sich doch danach sehnte, dass sich eine tröstende Hand auf ihren Rücken legte. Kaum war die Musik verklungen, verwandelte sich die Ballerina zurück in eine Bananenschale, das Licht ging an, Neringa sprang vom Podest, der Mann schüttelte kräftig seinen Arm aus, zwei, drei Leute klatschten kurz, einer rief: Perfekt! Das kann so bleiben.

Neringa strahlte.

Es galt nicht mir, aber etwas davon blieb erhalten, als sie mich erkannte und zu mir kam.

Toll, sagte ich.

Danke.

Es gibt also doch etwas, das Sie besonders gut können.

Aber das ist brotlose Kunst.

Muss es ja nicht bleiben. Treten Sie nicht auf?

Doch, aber nicht gegen Gage. Nur bei Veranstaltungen vom *Refugee Council* und so.

Es waren an die zwanzig Personen unterschiedlicher Nationalität in der Halle, man hörte alle denkbaren Schattierungen des Englischen und mehrere der hundert Sprachen, die in London gesprochen wurden. Manchmal warf jemand im Vorbeigehen Neringa ein paar Worte zu, mich nahm man mit freundlicher Flüchtigkeit wahr, alle hatten zu tun, übten geschäftig an den verschiedenen Aufbauten, mehreren großen Tischen mit Miniaturlandschaften, die an Modelleisenbahnen erinnerten, denen man jedoch ansah, dass für sie keine fertigen Bausätze verwendet worden waren, sondern alle möglichen Utensilien und Fundstücke, ein enormes Sammelsurium. In diesen Kulissen wurden kleine Figuren bewegt.

Es sah aus wie das Spiel von Kindern, aber es war mehr, denn über dem Tisch hing ein Bildschirm, der die Figuren in Nahaufnahme zeigte. Ich begriff, dass in den Kulissen Minikameras eingebaut waren. Deren Bilder wurden an ein Regiepult gesendet, wo jemand entschied, welches Kamerabild auf dem Screen zu sehen war. Neringa erklärte, bei den Aufführungen würden die Bilder auf eine Leinwand gebeamt, dann wären die Figuren für die Zuschauer so groß wie die Personen, die sie auf den Tischen bewegten.

Ich erfuhr, dass die Truppe unter dem Namen *Misera Figura* mit allen möglichen Formen von Figurentheater experimentierte. Der gemeinsame Nenner bestand darin, dass nichts edel, teuer, glanzvoll sein durfte. Alles sollte erkennbar aus der Improvisation hervorgehen und möglichst nur mithilfe von Fundstücken umgesetzt werden, weil das der Lebenserfahrung der Spieler wie des Publikums entspreche.

Wie sind Sie denn auf die Idee mit der Bananenschale gekommen?, wollte ich wissen.

Sie rief den Mann, auf dessen Handfläche sie vorhin die gelbe Ballerina hatte tanzen lassen, und fragte ihn, ob er Lust hätte, mir seinen Sketch vorzuspielen.

Es wurde eine Geschichte, seine Geschichte, erzählt von einer schwarzen Marionette, die aus der Mitte Afrikas nach London gekommen und nach einer monatelangen, lebensgefährlichen Odyssee voller Durst und Angst ausgerechnet auf einer Bananenschale ausgerutscht war.

Der Puppenspieler lachte laut, als er am Ende seiner Geschichte angelangt war, die Marionette verneigte sich vor meinem Applaus, dann schwebte sie mit ihrem Besitzer davon.

Wo kommen diese Leute her?, wollte ich wissen.

Neringa zählte mehrere Länder auf, und die Namen verrieten, dass manche Flüchtlinge und manche europäische Arbeitsimmigranten waren.

Wir aßen zwei Straßen weiter bei einem Inder, obwohl die Proben noch nicht beendet waren. Alles hatte sich länger hingezogen als geplant, und Neringa entschuldigte sich, weil sie auch noch einmal zurück in die Halle musste, aber beim Essen sah es nicht so aus, als hätte sie keine Zeit. Sie war fähig, sogar im Geschwinden noch Langsamkeit unterzubringen, und wahrscheinlich kränkte es mich deshalb nicht, dass ich meine Vorstellung von einem ganzen gemeinsamen Abend aufgeben musste.

Wir sprachen über ihr Figurentheater, sie beschrieb mir weitere Formen, die sie ausprobierten, darunter auch Schattenspiel, und als sie fertig war, schlug ich vor, mich als Sponsor zu beteiligen.

Sie lachte. Das ist nicht nötig, sagte sie. Alles läuft bestens. Du darfst einfach Zuschauer sein.

Ich spürte genau, dass sie mich geduzt hatte.

Sagst du mir Bescheid, wenn ihr einen Auftritt habt?

Sie nickte, legte einen Geldschein auf den Tisch und stand auf.

Ich muss jetzt leider gehen, sagte sie, die anderen warten. Danke fürs Kommen, es hat mich gefreut!

Meine Hand bewegte sich nur zwei Zentimeter auf den Geldschein zu, da schüttelte sie bereits lächelnd den Kopf und ging.

Eine halbe Stunde später gab ich denselben Schein einem pakistanischen Taxifahrer. Ich ließ mich in der Geschäftsstraße meines Viertels absetzen, weil ich den Rest des Weges zu Fuß gehen wollte. Vorm Kino standen Leute und rauchten, offenbar war gerade ein Film zu Ende gegangen, oder eine Vorstellung fing bald an, kurz überlegte ich, hinüberzugehen und nachzuschauen, was lief, schlug dann aber doch den Nachhauseweg ein, und als hätte ich nach diesem Abend nicht schon genug Bilder im Kopf gehabt, kam mir wieder der Film in den Sinn, den ich vor Wochen in jenem Kino gesehen hatte, und seltsamerweise fühlte ich mich auch jetzt, im Gehen, wie im Jetlag: überfordert vom allzu schnellen Überschreiten der Zeitgrenzen.

Ich versuchte, mich zu erinnern, ob ich auf der Therapieliege je von der Fahrt nach Berlin gesprochen hatte. Ein Bild plagte mich besonders, ein immer wiederkehrendes Bild, es hätte aus einem Albtraum stammen können.

Wir waren privat untergebracht gewesen, im villenartigen Haus eines Professors, und bei unserer Ankunft packten die Söhne des Hauses, einer von ihnen so alt wie ich, gerade Bretter und Segel auf einen orangen VW-Bus, weil sie zum Surfen ans Steinhuder Meer fahren wollten. Kaum hatten sie es erzählt, waren die Jungen weg, und die Eltern quartierten mich mit Hartenberger im Gästezimmer unter dem Dach ein.

Schloss Glienicke, Ägyptisches Museum, die Romantiker im Charlottenburger Schloss, der Pergamonaltar, die Schinkelbauten: So nahm Berlin Gestalt nach den Interessen des

Pfarrers an. Nur einmal lief ich allein los, um nichts Sehenswertes sehen zu müssen, lief umher, traute mich nirgendwo hinein, fuhr mit Bahnen und Bussen, traf nach Einbruch der Dunkelheit wieder in der Lankwitzer Professorenvilla ein und wurde prompt mit Vorwürfen überhäuft. Er habe sich Sorgen gemacht, sagte Hartenberger, und da, in diesem Moment, flackerte Wut in mir auf.

Dieses Feuer hätte ich brennen lassen sollen. Ich hätte meine Tasche packen und davonlaufen, vielleicht vom Bahnhof Zoo aus den Zug nach Hause nehmen oder versuchen sollen, in jener Stadt, in der man nicht *zum Bund* musste, eine Bleibe zu finden, die das Gegenteil war von dem, was mich zu Hause erwartete, aber stattdessen sah ich zu, wie das Flämmchen erlosch, ich lief nicht davon, sondern ging ins Gästezimmer und ließ mich in einen Albtraum sperren, von dem mir ein einziges Bild geblieben ist, ein Bild so groß wie der Rasierspiegel über dem Waschbecken im Gästezimmer. Ich wache am Morgen auf, es riecht nach Seife und Rasierwasser, ich öffne die Augen, da erfasst mich sein Blick im Spiegel, und ich kann mich nicht regen unter der Decke, die ich fest um mich geschlungen habe, ich kann mir nicht einmal vorstellen, je wieder aufzustehen, diesem Raum zu entkommen, anderen Menschen unter die Augen zu treten oder gar mir selbst, dem eigenen Spiegelbild.

Ich wachte mit schmerzendem Rücken auf. Der vor mir liegende Sonntag kam mir vor wie eine weite, leere Landschaft, in der ich per Fallschirm gelandet war.

Im Mund brannte noch das Curry aus dem East End, Neringa musste einen ähnlichen Nachgeschmack auf der Zunge haben, dachte ich und fragte mich, ob sie in diesem Moment neben ihrer Schwester in dem schmalen Bett lag oder ob sie gerade aufstand und barfuß in die Küche ging, um den Chilibrand mit Milch zu löschen.

Hast du schon Freunde gefunden in London, hatte sie mich beim Essen gefragt, und ich hatte geantwortet, mir fehle das Talent zur Freundschaft, und jetzt, an diesem Sonntagmorgen, erstickte mich die Erinnerung an diesen Wortwechsel fast. Alles, was ich gesagt hatte, musste geklungen haben wie eine Sammlung sämtlicher Argumente, die dagegensprachen, sich näher mit mir einzulassen.

Vergebens versuchte ich darauf zu kommen, aus welchem Film ich die italienische Arie kannte, zu der die Bananenballerina auf der Hand des Afrikaners getanzt hatte, aber dafür sah ich deutlich Neringas Bewegungen und begriff, wie ihr ihre Fähigkeit zugutekam, sich zu beherrschen, langsam zu handeln, ohne zu verkrampfen. Und kaum sank in meiner Erinnerung die tanzende Schale wie eine Trauernde in sich zusammen, fiel mir Neringas Haltung auf der Bank im Hyde Park ein, ihr Rücken, der sich so schutzlos gewölbt hatte.

Eine Wanderung zu dieser Parkbank war mein Programm für den Vormittag. Dort angekommen, speicherte ich Neringas Telefonnummer unter ihrem Namen und löschte den Eintrag unter »*char*«. Anschließend kehrte ich nach Hause zurück und arbeitete, bis am Nachmittag meine Mutter anrief, um mir mitzuteilen, Tante Maria sei gestorben, im Alter von 103 Jahren.

Sie war eine Schwester von Agnes gewesen, die letzte Angehörige der Großelterngeneration, es erschien mir bizarr, dass sie so lange gelebt hatte, bis in ein Zeitalter hinein, das ihr fremd gewesen sein musste, denn zuletzt, so erzählte meine Mutter, hatte sie geglaubt, bereits 203 Jahre alt zu sein. Womöglich hatte sie damit das richtigere, wahre Zeitgefühl bewiesen.

Abgesehen von den letzten Jahren im Altersheim hatte sie ihr ganzes Leben in dem Haus in Budenheim verbracht, in dem sie zur Welt gekommen war. Es war eher ein Häuschen, klein und niedrig, zu einem Viertel in die Erde eingelassen, man betrat es auf zwei Treppenstufen nach unten. Ich erinnerte mich an die Besuche dort, im Hauptquartier der Sippe meiner Großmutter, das damals allen als Anlaufstelle diente, die von dort stammten. Einmal sah ich ihren Mann im Hof verbissen mit dem Fuchsschwanz an einem kleinen Gegenstand sägen. Ich ging näher heran und sah, dass er sein Gebiss eingespannt hatte und bearbeitete. Es sitze nicht richtig, erklärte er.

Und ich erinnerte mich an die Geschichten, die sich mit dieser Zufluchtsstätte verbanden und während des Kriegs spielten, als die Männer fort waren. Meine Großmutter hatte sogar bei Bombenalarm versucht, mit meiner Mutter dort hinzugelangen, um im Moment der Bedrohung bei den Vertrauten zu sein. Sie schnappte die Tasche, die für diesen Fall bereit stand und die abschließbare Metallkassette mit den Wertsachen enthielt, und rannte mit der Tochter durch den Wald und anschließend den steilen Hang hinunter zu dem Haus, dem sie entstammte, wo sie von ihrer Schwester empfangen wurde.

Ich kannte den Weg, ich sah genau vor mir, wie sie die Chaussee entlang, an Friedhof und Vierzehn-Nothelfer-Kapelle vorbei in den Wald hineinliefen, vorbei an der Wendelinuskapelle und immer geradeaus, drei Kilometer oder vier, im Laufschritt, die fast vierzigjährige Frau und das Kind, wie sie der Angst davonliefen ins sichere Schwesternnest, während der Mann, der Vater, in Frankreich im Krieg war.

Wo fahren wir eigentlich hin?

Einer sagt laut, was alle denken, keiner kennt die Antwort.

Sie wissen allerdings, warum sie hier sind, auch wenn man es ihnen nicht ausdrücklich gesagt hat. Sie wissen, es werden Landungsboote kommen, englische, amerikanische, kanadische, und diese werden in breiter Front die Küste ansteuern. Panzerfahrzeuge werden an Land fahren und Soldaten in geduckter Haltung in die Dünen laufen, auf der Suche nach Deckung vor den Geschützen des Befestigungswalls.

Gegen diese Männer werden sie um ihr Leben kämpfen müssen, und das wollen sie um keinen Preis, darum hegen sie trotz besseren Wissens die Hoffnung, es möge am Ende doch anders ausgehen.

Es mangelt ihnen an Erfahrung, man hat sie vor wenigen Monaten erst hergeschickt, kaum einer von ihnen war zuvor an der Front gewesen. Die meisten haben Dienst in der Heimat geleistet, so wie Jakob, dem schon die Uniform nicht passt, weil er klein ist, aber breite Schultern hat. Er sitzt zwischen den anderen auf der Pritsche des Mannschaftswagens und raucht, hier raucht er wie alle anderen sein Kontingent an Zigaretten, obwohl er sich daheim nur sonntags eine schmale Zigarre genehmigt.

Die Männer wissen, was schlimmstenfalls auf sie zukommen wird, darum nehmen sie die Schießübungen ernst, und sei es, damit sie verlässlich vorbeizielen können, solange es eben möglich ist, sich ein reines Gewissen zu bewahren, wenn Männer wie sie ihnen als Feinde entgegentreten.

Die Schießübungen müssen gemacht werden, aber es darf in diesem siebten Kriegsjahr, von dem noch niemand mit Sicherheit sagen kann, dass es das letzte sein wird, auch keine Munition verschwendet werden, darum haben sie schon nach einer Stunde wieder den Mannschaftswagen erklommen und fahren nun in Sichtweite der Uferlinie zum Quartier zurück. Plötzlich aber schert der Lkw aus und biegt in eine Nebenstraße ein. Der Fahrer im Wagen hinter ihnen hupt mehrmals, blendet auf und bremst, folgt jedoch nicht, sondern fährt weiter auf der Hauptstraße. Jakob tauscht Blicke mit den anderen. Wo fahren wir hin?

Mulmig wird ihnen, als der Lkw nach mehreren Kilometern auch die Nebenstraße verlässt und schwankend einen kleinen Hang hinunterkriecht. Er sondert dabei noch dickere Abgase ab als bei gleichmäßiger Fahrt. Wieder auf waagrechtem Untergrund angekommen, beschleunigt er nicht, sondern bewegt sich weiter im Schritttempo voran, und nun erkennen die Männer durch die nach hinten offene Plane, dass sie gerade eine Uferböschung hinabgefahren sind und sich nicht mehr auf einer Straße befinden, sondern auf Sand, der feucht ist, obwohl es den ganzen Vormittag nicht geregnet hat, und kaum ahnen sie, was das bedeutet, da hält der Lkw an, die Beifahrertür öffnet sich und wird wieder zugeschlagen. Kurz darauf sehen sie ihren Feldwebel hinter dem Wagen stehen. Er kommandiert sie heraus, aber nicht mit der Strenge, die er sonst an den Tag legt, sondern mit einer ganz anderen Art von Eifer.

Seht euch das an, ruft er. Das müsst ihr sehen!

Und sie sehen es. Sie sehen einen Felsen aufragen, bebaut mit Häusern und einer Kirche, eine Felseninsel, bloß dass sie sich nicht aus dem Meer erhebt, denn nirgendwo ringsum ist Wasser, nur feuchter, brauner Sand, in dem sich hier und da ein dünnes Rinnsal verzweigt.

Der Michaelsberg, ruft der Feldwebel.

Jakob sieht die Kirche auf dem höchsten Punkt der Insel und merkt, dass er sich freut. Auf den zweiten Blick identifiziert er sie als Klosterkirche, weil sie dicht von Gebäuden aus dem gleichen Stein eingefasst ist, so wie es nur bei Klöstern vorkommt. In der Kirche dort oben, im vertrauten Raum der Reinheit, den nichts anfechten kann, weil draußen an den Firsten unzählige Schimären die bösen Geister verbellen, und dessen Ordnung er kennt, weil sich alle Kirchen gleichen, wäre er fast wie zu Hause. Bis zu seiner Dienstverpflichtung hat er an jedem Sonntag seines Lebens den Gottesdienst besucht, gelegentlich auch werktags und natürlich an allen Feiertagen, über vierzig Jahre lang. Der Kirchgang gehört zum Leben. Er ist dafür sogar ein Risiko eingegangen, indem er seinen Söhnen strikt verboten hat, sonntagvormittags auf Kosten des Gottesdienstes an den Exerzierübungen der HJ teilzunehmen, obwohl der Ortsgruppenleiter ihn davor warnte, die religiöse Halsstarrigkeit auf die Spitze zu treiben.

Dabei hatte er gar nichts auf die Spitze getrieben, sondern lediglich an dem festgehalten, was richtig ist.

Der Feldwebel gebärdet sich, als präsentierte er seine Ländereien, die Blicke der Männer folgen seinem ausgestreckten Arm. Sie befinden sich an der Front, hat man ihnen gesagt, doch nun stehen sie wie Touristen vor einem Monument – und dies auf dem Grund eines Meeres, das gerade nicht da ist. Jakob schüttelt den Kopf, denn er kennt das Phänomen nicht, in seiner Heimat besteht kein Anlass, sich über die Gezeiten Gedanken zu machen. Der Anblick der Klosterinsel beeindruckt ihn freilich ebenso wie die anderen Männer, und alle sind dem Feldwebel für seinen Mut dankbar, im Namen des christlichen, ganz und gar unvölkischen Kulturerbes aus dem Konvoi ausgeschert zu sein. Sie sehen ihren Vorgesetzten nun mit anderen Augen. Womöglich zeigt er gerade sein wahres Gesicht.

Nachdem sie eine Zeit lang die Inselsilhouette bewundert und die Namen ihrer Frauen mit den Stiefeln in den feuchten Sand gezogen oder gestampft haben, jeder Name mehrere Meter lang, jeder Buchstabe einen Meter hoch, steigen sie wieder auf und fahren im Lkw an die Insel heran. Dort wohnen Leute, stellen sie fest, es herrscht Frieden, wie überall, wo gerade nicht geschossen wird, die Menschen ignorieren den Krieg, wo sie nur können. Sogar Souvenirs werden verkauft, und Jakob erwirbt eine Postkarte, weil sie die Insel so zeigt, wie er sie vorhin gesehen hat. Fast wundert er sich, dass die Französin sie ihm verkauft, wo er doch die Uniform der Besatzungsmacht trägt. Zwar lächelt sie nicht, verzichtet aber darauf, Ablehnung oder Verachtung auszudrücken. Sie hält an ihrer Normalität fest, erkennt er, darin ist sie wie er, und das gilt auch für den Feinkosthändler, dem er mithilfe seines deutenden Zeigefingers getrocknete Würste und einen ganzen Käse abkauft.

Der Feldwebel lässt es zu und erlaubt sogar einen Besuch in der Kirche, er scheint nicht zu befürchten, wegen der Eskapade belangt zu werden, er schaut nicht einmal mehr auf die Uhr, und schließlich ist es der Fahrer, der zur Rückkehr drängt, er hupt aufgeregt, weil er immer mehr Wasser aufkommen sieht.

Bei der Rückfahrt beobachten die Männer, wie ihr Fahrzeug Reifenspuren im Atlantiksand hinterlässt, und als sie das Festland erreicht haben, dürfen sie erneut absitzen und rauchen, denn dem Feldwebel ist es gelungen, den Ausflug per Funk mit einer offiziellen strategischen Funktion auszustatten, zu der die Beobachtung der Verbindung zwischen Land und Insel bei steigender Flut gehört.

Auf einmal sagt einer: Der Flieder fehlt.

Alle sehen sich in alle Richtungen um. Tatsächlich: Jakob ist nicht mit aufs Festland gekommen, und inzwischen sieht man den Meeresboden an immer mehr Stellen den Himmel spiegeln, weil das Wasser der Flut herandrängt. Die Männer, die noch nie an einem Meer mit Gezeiten gewesen sind, staunen nicht schlecht, denn die Flut, lernen sie, kann in dieser Bucht zu bestimmten Zeiten im Jahr so schnell kommen, dass man zusehen kann. Springflut nennt man das, erklärt der Feldwebel, der aus Norddeutschland stammt.

Jakob hat nur rasch in der Kirche, die es unterhalb des Klosters zusätzlich gibt, eine Kerze aufgesteckt, kniend ein kurzes Gebet gesprochen und ein paar Fürbitten an den heiligen Georg und den heiligen Michael, die Schutzpatrone der Soldaten, gerichtet, mehr nicht. Anschließend sieht er sich draußen noch ein wenig um, begibt sich aber bald auf den Rückweg nach unten. Auf halber Strecke erblickt er eine etwa zwei Quadratmeter große Lücke im Pflaster und daneben einen kleinen Haufen Steine: eine Baustelle, die man sich selbst überlassen hat. Jakob wundert sich. Nur städtische Faulenzer hinterlassen solche offenen Stellen, hier aber, auf der Insel, wird es ja wohl kein städtisches Tiefbauamt geben, hier muss ein Innungsgenosse am Werk gewesen sein und triftige Gründe gehabt haben, seine Arbeit abzubrechen. Vielleicht ist der französische Kollege in den Widerstand gegangen, überlegt sich Jakob, gegen Hitler und seine Handlanger, die den Sonntag schänden und Gotteshäuser anzünden. Vor fünf Jahren hat er auf dem Weg von der Arbeit zum städtischen Depot die Synagoge brennen sehen, er weiß einiges, und was er nicht weiß, ahnt er oder stellt er sich vor. Er versteht diesen Krieg nicht, er versteht nicht, warum man Nachbarländer überfallen und warum man bestimmte Menschen markieren, aussondern und beseitigen muss, alles das widerspricht dem Wort Gottes. Du sollst nicht töten, heißt es in der Schrift, eindeutiger geht es nicht. Es gibt zehn Gebote, mehr nicht, die lernt jedes Kommunionkind auswendig, nichts leichter als das. Hielten sich alle daran, gäbe es keine Probleme. So einfach ist das. Jakob hält sich ohne Mühe daran, denn warum sollte es schwer sein, Vater und Mutter zu ehren, nicht zu stehlen und die Finger von den Frauen anderer Männer zu lassen?

Während ihm diese Dinge durch den Kopf gehen, sinkt er wie von selbst auf die Knie und beginnt, die vom französischen Kollegen hinterlassene Arbeit zu vollenden. Lange braucht er dafür nicht, obwohl er keinen Hammer zur Hand hat. Er bedient sich einfach eines Pflastersteins und schlägt damit die anderen Steine ein, in weniger als einer Stunde ist er fertig, und als er sich erhebt, ist es, als durchstoße er mit dem Kopf die Membran zu einer anderen Wirklichkeit, nämlich zu der, die er beim Hinknien verlassen hat, um die Arbeit mit den Steinen aufzunehmen.

Jetzt hat er es plötzlich eilig.

Er läuft im Sturmschritt Treppen und Gassen hinab zu der Stelle, wo der Lastwagen geparkt hat, aber als er dort ankommt, sieht er nur noch Reifenspuren im Sand, die vom Wasser überspült werden.

Die Flut kommt, begreift Jakob. Unwillkürlich richtet er ein Stoßgebet an den heiligen Christophorus, dann rennt er so schnell, wie es die klobigen Stiefel erlauben, ans Festland.

Dort verschnauft er lange. Dabei sieht er zu, wie der Atlantik nach und nach den Namen Agnes überspült. Er staunt. Wo sie vorhin mit dem Lastwagen gefahren sind, steht jetzt überall Wasser. Das Bild der Insel mit den Gebäuden, die sich an die Klosterkirche drängen, bleibt von der Veränderung dabei völlig unberührt, ein Teil der Welt, der ohne Waffen und Uniformen auskommt, eine letzte Bastion auf engstem Raum. Wer bei Ebbe kommt, kann sich ihr auf dem Meeresboden nähern, und wer bei Flut dort bleibt, kann sich durch den Atlantik für ein paar Stunden vor dem großen, kriegerischen Teil der Welt geschützt fühlen.

Schon wieder wird Jakob Flieder von seinen Gedanken aufgehalten, er wundert sich selbst darüber und marschiert los. Zum Glück sind die Spuren des Lastwagens deutlich zu erkennen, Meersand ist am Reifenprofil hängen geblieben und als verblassendes Ornament auf die Straße gedrückt worden. Dadurch kennt Jakob die Richtung, aber mit der Angst bekommt er es dennoch zu tun. Was geschieht, wenn die Franzosen einen einzelnen Feind in Uniform erspähen?

Als schon die Dämmerung einsetzt, nähert sich von vorn das Motorengeräusch eines Lastwagens. Seine Kameraden haben ihn nicht im Stich gelassen, sie begrüßen ihn flachsend und verlangen als Entschädigung seine Zigaretten, die er ihnen gern gibt.

Nach dem Abendappell packt Jakob ein Päckchen mit dem Käse und den Würsten und schreibt einen fast förmlichen Gruß an Agnes auf die Postkarte. Das ist keineswegs unpersönlich gemeint. Für Menschen, deren privates Leben ganz und gar unförmlich vonstattengeht, ist die Förmlichkeit das Besondere und drückt gerade das Allerpersönlichste aus: Liebe und Sehnsucht.

Ein bisschen schämt er sich beim Gedanken an seine Frau, weil er die Postkartenverkäuferin auf der Michaelsinsel angelächelt hat, wie Männer nur Frauen anlächeln. Er hat sich nichts dabei gedacht, aber jetzt kommt es ihm beichtenswert vor.

VIER

Die Vorstellung fand am Sonntagnachmittag statt, zur besten Zeit für Familien mit Kindern. Als ich das Büro verließ, fuhr der Bangladescher vom Lieferservice gerade mit einer Ladung Sushi vor. Mindestens die Hälfte unserer Belegschaft lebte außerhalb des Fünf-Tage-Taktes.

An der Station Bank stieg ich in die DLR um und fuhr fünfzehn Stationen bis Beckton. Dort fegte ein feuchtkalter Wind um die Haltestelle, es öffnete sich ein weiter Himmel wie in der Provinz. Wer hier lebte, war nicht von der Faszination der Metropole angezogen worden und bestaunte auch nicht deren multikulturelle Szenerie, sondern war selbst arbeitender Bestandteil von ihr.

Um mich von der beunruhigenden Vorstellung abzulenken, dass der DLR-Zug keinen Fahrer hatte, hatte ich mich unterwegs von Link zu Link geklickt und herausgefunden, dass in der Gegend, in die ich fuhr, überproportional viele Osteuropäer wohnten. Ich hatte verschiedene Zahlen addiert und war zu dem Ergebnis gekommen, dass London eine osteuropäische Großstadt mit einer halben Million Einwohnern beherbergte, die Hälfte davon Polen, die sich inzwischen eine gut funktionierende polnische Infrastruktur aufgebaut hatten.

Die Litauer schienen ihnen nachzueifern, denn in Beckton

kam ich an einem Gebäudekomplex vorbei, den ein großer litauischer Supermarkt dominierte. Außerdem waren eine litauische Buchhandlung, ein litauischer Juwelier und ein litauischer Friseur in ihm untergebracht. Man konnte sich gut vorstellen, wie die Migranten versuchten, ihr gewohntes Leben in der Fremde einfach fortzusetzen. Litauer kauften bei Litauern ein und gingen zum litauischen Friseur, sie schauten litauisches Fernsehen und hatten litauische Freunde, mit denen sie litauisches Essen zu sich nahmen und Spiele der litauischen Basketballliga besuchten. Und die Polen und die Rumänen, die Ukrainer und Bangladescher machten es ebenso. Sie arbeiteten lediglich für die Engländer und zahlten Steuern an den britischen Staat, sofern sie in Arbeitsverhältnissen standen, in denen sie Steuern zahlten.

Im Veranstaltungssaal des *Saint Mark's Church and Community Centre* wimmelte es bereits von Leuten. Überall liefen Kinder umher, es herrschte Stimmen- und Sprachenvielfalt, viele schienen sich zu kennen, und sofort hatte ich das Gefühl, aufzufallen. Doch als es losging, vergaß ich mich schnell.

Durch die Aufbauten, die ich schon aus der Probehalle kannte, wusste ich, dass mit verschiedenen Varianten von Figurentheater zu rechnen war, und so kam es auch. Bei jedem neuen Stück sah man zunächst gespannt hin, welchen Verlauf die Handlung nehmen würde, und sobald man sich orientiert hatte, bereitete es großes Vergnügen, den Puppen zuzusehen – und den Menschen, die sie regierten, denn die versteckten sich nicht, auch wenn sie schwarze Kleidung trugen, um sich vor dem dunklen Hintergrund nicht allzu stark abzuheben. Fast vergaß man sie, konnte aber immer wieder kurz die Aufmerksamkeit von den Figuren auf die Bediener der Mechanik richten. Ich sah, wie sie ihre ganze Konzentration auf die jeweilige Figur richteten, ihre Bewegung auf sie übertrugen und im selben Moment empfindsam die Bewegung der Figur aufnahmen.

Misera Figura nannten die Spieler ihre Truppe, aber klägliche Gestalten gaben sie gewiss nicht ab. Sie erzählten Geschichten, die alle Anwesenden kannten und erkannten, Geschichten vom Weggehen und Ankommen, von Sehnsucht und Heimweh, aber auch Episoden über die Tücken des Alltags, Sketche aus den Labyrinthen der britischen Bürokratie, tragikomische Szenen, die sich aus Geldmangel ergaben, und immer wieder Geschichten über die Einsamkeit.

Ganz gleich, in welcher Form sie spielten, ob mit den kleinen Figuren, die dann groß auf der Leinwand erschienen, ob mit Handpuppen, Marionetten oder Bananenschalen, immer lag Leichtigkeit in ihrem Spiel, auch wenn es ernst und traurig wurde, nie drückte eine übergroße Bürde die Figuren nieder. Den Leuten gefiel das. Alle waren begeistert, zumal die Kinder, die nicht anders konnten, als das Geschehen ständig zu kommentieren.

Nun begriff ich auch, warum Neringa klaglos bei fremden Leuten sauber machte. Sie sah sich selbst nicht als Putzkraft, sondern als diejenige, die sie außerhalb des Jobs war. Und ich glaubte auch zu verstehen, wie sie sich ihr Leben vorstellte. Sie dachte weder an Laufbahn oder Karriere noch an Konjunkturkurve oder Aufstiegszwang. Sie wollte lediglich genügend Geld verdienen, um ihre bescheidenen Bedürfnisse decken und die verbleibende Zeit ihrer Leidenschaft widmen zu können.

Es war großartig, sagte ich hinterher und fühlte mich vage an eine Filmszene erinnert, in der Woody Allen als Dozent mittleren Alters einer jungen Studentin bescheinigte, sie habe eine Arbeit sehr gut gemacht, damit aber nur verklausuliert ausdrücken wollte, dass sie ihm als Frau gefiel. Ich druckste gewiss nicht weniger herum und vollführte überflüssige Bewegungen mit den Händen.

Danke, sagte sie.

Was …

Ja?

Was … ich meine, was fasziniert Sie so am Spiel mit den Figuren?

Innerlich siezte ich sie aus Verlegenheit nun wieder.

Sie kennen keine Schwere, wenn sie tanzen, antwortete sie. Wenn ein Mensch tanzt, wirkt die Trägheit der Materie als Gegenkraft. Die Figuren wissen davon nichts. Die Kraft, die sie emporhebt, ist größer als die Kraft, die sie an die Erde fesselt. Sie streifen die Erde nur. Und sie müssen sich auch nicht auf festem Boden von der Anstrengung des Tanzens erholen.

Sie brauchen kein solides Pflaster unter den Füßen, sagte ich.

Genau, sagte sie. Aber wie kommst du ausgerechnet auf Pflaster?

Ich erzählte ihr von den Nachforschungen und Überlegungen der letzten Wochen, die ich über Jakob den Pflasterer angestellt hatte, angefangen bei dem pathetischen Kinofilm mit den Szenen von der französischen Klosterinsel bis hin zur Großen Bleiche in meiner Heimatstadt. Sie saß mir mit dem Rücken zur Fahrtrichtung gegenüber, entspannt, wie es schien, denn ich sah die Vibrationen und Schwankungen des DLR-Zuges sich unmittelbar auf ihren Körper übertragen und hörte schweigend zu. Als ich fertig war, rief sie jemanden an. Sie sagte ein paar Sätze, die freundlich, aber bestimmt klangen, doch ich konnte mich täuschen, denn es war erst das zweite Mal, dass ich sie in ihrer Muttersprache reden hörte.

Meine Schwester, erklärte sie, als sie das Telefon wieder einsteckte. Ich möchte nicht, dass sie da ist, wenn wir kommen.

Im Spazierschritt näherten wir uns ihrer Wohnung, so als hätten wir kein Ziel, sondern würden nur umherstreifen. Wir versteckten die Hände nicht in den Taschen, sondern ließen die Arme baumeln, und dann, als man das schiefe Eisentor schon sehen konnte, ergriff ich ihre Hand.

Noch nie hatte ich so schmale Hände umfasst. Sie waren zart, aber nicht zerbrechlich. Das Ineinandergreifen unserer Finger kam mir wie die Berührung mit etwas ungeheuer Großem vor und zugleich wie die Verheißung auf Trost und Beschwichtigung im Kleinen.

Diesmal sah ich mich aufmerksam im Zimmer um, betrachtete das Filmplakat an der Wand, eine kleine Frau mit großen Augen, *Die Nächte der Cabiria*, wie hieß die Schauspielerin noch, fragte ich, und sie antwortete aus der Küche, wo sie Tee kochte. Ich vergaß den Namen aber sogleich wieder, denn ich suchte nach einem anderen Anfang, für etwas, bei dem man nicht reden musste, und vielleicht hätte ich ihn nie gefunden, sondern hätte mich immer mehr in die Verzweiflung und die Wut auf mich und meine Unfähigkeit, den Anfang zu finden, hineingesteigert, wäre Neringa nicht mit dem Tee aus der Küche gekommen und hätte das Tablett auf den Tisch gestellt.

Sie setzte sich neben mich aufs Bett und betrachtete mein Gesicht. Dann nahm sie mir die Brille ab. Komm, sagte sie, legen wir uns hin.

Es fing nicht an, wie es in Filmen und dank deren Nachahmung meist auch im Leben anfing, es fehlte das Stürmische, Atemlose. Es ging ganz langsam, als sollte der Atem eben nicht verloren gehen, sondern gewahrt bleiben oder überhaupt erst gefunden werden.

Sie fuhr mit dem Finger über den Sprung im Glas meiner DeVille, dann öffnete sie die Schnalle und nahm mir die Uhr vom Handgelenk.

Wir lagen in Kleidern auf dem Bett, lose umarmt, sprachen ein bisschen, schwiegen viel, lauschten auf London und aufeinander, und irgendwann schlief ich ein.

Als ich aufwachte, blickte ich in ihre offenen Augen. Sie hatte mich beobachtet und strahlte mich nun an.

Hast du auch geschlafen?, fragte ich sie.

Sie nickte.

Es war, als gehörten wir allein dadurch zusammen.

Sie rückte noch etwas näher an mich heran. Ich legte den Arm um sie, und sie erkundigte sich sofort, ob mein Arm auch wirklich mit ganzem Gewicht auf ihr ruhe. Er komme ihr so leicht vor.

Mir schien er vollkommen gelöst und dadurch übermäßig schwer zu sein, wie alle anderen Glieder auch, und das kam von der ungewohnten Entspannung, aber auch von der fundamentalen Müdigkeit, die durch die Entspannung nun fühlbar wurde. Seit Jahren hatte ich ohne nennenswerte Unterbrechungen gearbeitet und mich bei niemandem ausruhen können. Nun spürte ich auf einmal die Erschöpfung unter der Unermüdlichkeit. Als wäre ich bei Ebbe eingeschlafen und beim Höchststand der Flut wieder aufgewacht: Der Grund, auf dem ich vorhin noch gegangen war, war nun von Müdigkeit überschwemmt.

Warum bist du allein?, fragte Neringa plötzlich.

Bin ich es denn noch?

Das hängt von dir ab.

Ich muss eine Reise machen, sagte ich. Kommst du mit?

Wohin?

Kennst du den Mont-Saint-Michel?

Sie schüttelte unmerklich im Liegen den Kopf.

Ich wollte sagen, dass ich selbstverständlich alle Reisekosten übernähme, aber ich verkniff es mir, und vielleicht belohnte sie mich dafür, indem sie den Vorschlag nicht zurückwies, sondern einfach fragte, wann es losgehen sollte.

Nach der Ankunft des *Eurostar* am Gare du Nord hatte Neringa vorgeschlagen, den Bahnhofswechsel zu Fuß vorzunehmen, und so waren wir mehr als zwei Stunden lang gewandert, zum Gare Montparnasse. Für Neringa war die Stadt neu gewesen, doch ich hatte immerfort an meinen ersten Aufenthalt denken müssen, an die aufeinander zustrebenden Wände in Ullas winzigem Zimmer unter dem Dach, an die Dienstbotentreppe, über die sie in Pierres Küche gelangt war, an meine wütende Verzweiflungsattacke, die nur scheinbar einer Stange Weißbrot gegolten hatte, aber auch daran, dass mir damals alles an der Stadt großartig, ja faszinierend vorgekommen war.

Nun stellte ich fest, dass sich Paris bei oberflächlicher Betrachtung nicht verändert hatte, jedenfalls sahen die Häuser, Straßen, Bäume, das eigentümlich gefilterte Licht, die Markisen der Cafés, sogar die Menschen in meinen Augen aus wie damals. Doch obwohl sich die Stadt nicht verändert hatte, empfand ich einen Unterschied: Sie kam mir nicht mehr erstaunlich vor. Sie gefiel mir immer noch, aber nicht jedes Detail und jede Passantin bewunderte ich wie eine formidable Sehenswürdigkeit. Wir befanden uns auf Augenhöhe, die Stadt und ich. Das hieß: Ich war gewachsen.

Neringa sagte: Hier ist es schöner als in London.

Im Zug nach Rennes fiel mir natürlich wieder der Film vom Jetlag-Abend ein: das Paar im Zug, die Russin turnt auf Sitzen und Tisch herum wie ein Mädchen, dem Amerikaner scheint es peinlich zu sein, aber nach einem Schnitt sieht man ihn in seinem Element, er steuert ein Cabrio auf einer leeren, geschwungenen Straße dem Mont-Saint-Michel entgegen, schaut auf die Frau mit dem wehenden Haar und hält sich vielleicht für ähnlich übermütig, wie sie es im Zugabteil war, weil er trotz des Winterwetters das Verdeck aufgeklappt hat, ist vielleicht stolz, weil er sie an diesen Ort bringt, er, der Ältere, der es sich leisten kann, Unternehmungen vorzuschlagen, die nicht kostenlos sind.

Weil ich nicht wollte, dass Neringa mich in dieser Rolle sah, war ich froh, mit ihr im karg ausgestatteten Regionalzug von Rennes nach Pontorson zu fahren und am dortigen Bahnhof kein Taxi vorzufinden, sodass wir die erleuchtete Klosterinsel in der Dunkelheit durch die Windschutzscheibe eines Linienbusses Gestalt annehmen sahen. An der Hotelrezeption spielte ich kurz den archetypischen Part und trug mich als Gast und Neringa als Begleiterin im Anmeldeformular ein, doch als wir zu unserem Zimmer geführt wurden, das sich in einem separaten Gebäude, viele Treppen oberhalb des eigentlichen Hotels, befand, fiel ich mit jeder Stufe weiter hinter Neringa zurück. Sie musste mit dem Hotelburschen an der Tür warten, bis ich keuchend oben ankam.

Im Zimmer umfing uns die Stille des Gemäuers. Es gab keinen Verkehr auf der Insel und in dieser Jahreszeit am Abend auch keine Touristen mehr, wir hörten nur die Geräusche, die wir selbst erzeugten.

Hier werden wir gut schlafen, sagte Neringa.

Am nächsten Morgen stiegen wir weitere Treppen hinauf, dem *Wunder* entgegen. So nämlich wurde die kühn konstruierte Abtei genannt. Alle Wege waren gepflastert, abwechselnd mit Naturstein und Kopfsteinen, und die aus groben Brocken gemauerten Bauten schienen dem Pflaster zu entwachsen. Alles war gleich grau, nass und grau, das Meer, die Mauern, der Himmel.

Von der Westterrasse des Klosters aus sah man den Meeresboden, teils geriffelt, teils vollkommen glatt, eine Fläche mit weichen Senken, stellenweise aber auch mit riffartigen Kanten, von Prielen durchzogen, schimmernd dort, wo Wasser stand. Ebbenstille fasste den Berg ein und reichte bis zu uns herauf, gelegentlich erinnerte der Widerhall eines Vogelpfiffs in der feuchten Luft an die Abwesenheit sonstiger Laute.

Vom Festland her wuchsen Salzwiesen heran, sie würden den Klosterberg in absehbarer Zeit erreichen, viel fehlte nicht mehr. Damit er eine Insel blieb, wurde eine neue, schön geschwungene Brücke gebaut, die den alten Zufahrtsdamm ersetzen sollte, weil ihre Pfeiler die Gezeitenwirkung zwischen Festland und Insel nicht blockierten wie der Damm.

Auf einmal begriff ich, dass man die Insel schon während des Krieges über diesen Damm hatte erreichen können, durchaus auch mit Militärlastwagen, auf dem gleichen Weg, den wir mit dem Linienbus gekommen waren. Ich sah es bildlich vor mir und musste mir eingestehen, dass ich mir Jakobs Besuch am Mont-Saint-Michel unangemessen dramatisch vorgestellt hatte. Bei Ankunft der Flut hatte er keineswegs vor dem Wasser davoneilen müssen, sondern einfach über den Damm an Land spazieren können.

Im Hintergrund markierte der Scherenschnitt der Festlandlinie die Ausmaße der Bucht, und da erst kam mir das Wort *Atlantikwall* in den Sinn, gefolgt von einer irritierenden Erkenntnis: Nie hatte ich an Jakob als Besatzer gedacht.

Dieses Land war annektiert worden, mehr als eine Million deutsche Soldaten hatten es besetzt und versucht, es nach der Landung der Alliierten zu halten. Erst jetzt sah ich es, da ich vom Klosterberg in die Umgebung schaute wie eine der Schimären an den Türmen der Abtei, die sich mit aufgerissenen Augen in den Himmel reckten, weil es hier besonders viele böse Geister abzuwehren galt.

In diesem besetzten Land waren Säuberungen und Deportationen durchgeführt worden, womöglich mit Unterstützung der Wehrmacht. Aber daran hatte ich bislang nicht gedacht. Dieses würdevoll aus der Bucht sich erhebende Stück Kulturerbe verleitete dazu, den Menschen rein als findiges, wohlmeinendes und gläubiges Wesen zu sehen. Es lenkte den Blick auf die Unschuld.

Schau, sagte Neringa und deutete auf eine Wolke schwarzer Vögel, die schnelle Bogen flogen und dabei abwechselnd sichtbar und unsichtbar wurden, bis sie sich auf einer Schlammerhöhung im Watt niederließen.

Neben uns hielten sich nur zwei andere Paare auf der Terrasse auf und machten Fotos. Vom Gerüst neben dem Eingang zur Kirche drang das kratzende Geräusch eines Spachtels auf grobem Stein herüber. Dann klickte ein Feuerzeug, und wenig später hörte man den Maurer husten.

Von der Terrasse aus traten wir ins romanische Schiff der Klosterkirche, das in einen hohen, gotischen Chor mündete, und diese baugeschichtliche Manifestation drückte eindrucksvoll aus, wie der Mensch immer höher hinauswollte. Elf spitze Bogen fassten den Altar in vollkommener Symmetrie ein und schlossen ihn doch nicht ab, sondern bildeten einen offenen Raum, in dem ein Sog nach oben zu herrschen schien. Auf dem Boden bildeten weiße, rote und schwarze

Fliesen ein Rautenmuster, das Jakob, falls er hier gestanden hatte, gewiss aufgefallen war. Gut möglich, dass es ihn zu eigenen Arbeiten angeregt hatte, für den Fall, dass wieder Zeiten für Kunstpflaster kämen.

Neringa ließ mich mit meinen Gedanken allein, wenig später führte uns der Kreuzgang wieder zusammen. Hier hatte sich auch das Paar im Film umarmt, voller Begehren, als drängten die Kräfte, die sich nicht kunstvoll bändigen ließen, ausgerechnet in der Symmetrie der Bogen- und Säulenreihen an die Oberfläche.

Schließlich hatten wir genug gesehen und liefen über Hunderte Treppenstufen zu unserem Hotelzimmer hinab, wo mir Neringa mit den allerselbstverständlichsten Gebärden aus dem Zölibat half. Plötzlich war es ganz leicht, diesen Mantel abzustreifen.

Ihre langsame Leidenschaft folgte keiner Vorlage. Jede Berührung, gab sie zu verstehen, war wertvoll. Sie schloss die Augen nicht, und so begegnete ich jedes Mal, wenn ich die Lider öffnete, ihrem Blick. Hemmungslosigkeit und Vorsicht verbanden sich bei ihr in ungewohnter Weise. Sie wollte mit den Händen ihr Begehren ausdrücken, mir dabei aber nicht wehtun. Gefiel ihr eine Zärtlichkeit besonders, lachte sie. Sie nahm nichts wahr als uns, sie war ganz und gar zugegen und freute sich. Sie schien auf einem Höhenkamm zu wandeln, bis sie plötzlich erklärte, sich ausruhen zu wollen. Aber das bedeutete nicht das Ende, es hieß nur, dass sie sich auf den Rücken legte und bereit war, mich in dieser Haltung zu empfangen.

Bei Anbruch des Abends wachten wir auf, ich wenige Augenblicke vor ihr, sodass diesmal ich zusehen konnte, wie sich ihre Lider hoben und die Augen bewusstlos Licht einströmen ließen, bevor sie meinen Blick sahen und lächelten.

Langsam fing sie an, sich zu bewegen, fuhr ohne Eile mit Augen, Hand und Mund an meinem Körper hinab. Du bist schön, sagte sie und berührte mit den Lippen den Spann meines linken Fußes. Dann schraubte sie den Verschluss von einer Tube, drückte etwas Creme in die hohle Hand und begann, mir die Füße zu massieren.

Ich kannte das nicht. Noch nie war jemand auf die Idee gekommen, so etwas für mich zu tun, kaum vorstellbar, dass ich es zugelassen hätte, jetzt aber ließ ich es geschehen, weil Neringas Bewegungen nichts Dienstbares und Unterwürfiges verrieten. Sie waren Ausdruck reiner Zuwendung und hatten das Recht, entsprechend angenommen zu werden. Natürlich war ich nicht schön. Was sie meinte, war nichts Geringeres, als dass sie mich mochte. Einschließlich der Füße. Ich war von meinen Erfahrungen geformt worden, die zurückgelegten Wege hatten mich gemacht. Nichts konnte revidiert werden, und genau darin sah sie eine Form der Schönheit. Ich spürte, dass dadurch jeder Anlass getilgt war, mit unrühmlichen Momenten der Vergangenheit zu hadern, denn alles, was ich mitbrachte, war aufgehoben in der schlichten Feststellung, ich sei schön.

Im Restaurant nahm am Nebentisch ein Paar in Neringas Alter Platz. Es hatte ein kleines Mädchen dabei, das vergnügt auf dem Schoß seines Vaters saß. Man merkte, dass es die Situation gewohnt war und sich wohlfühlte. Die Eltern wirkten nicht reich, bestellten aber, ohne mit der Wimper zu zucken, eine Flasche Champagner und mischten dem Kind kurzerhand einen Schuss davon ins Wasser, woraufhin das Kleine mit höchster Zufriedenheit trank. Als die Vorspeise kam, kostete es interessiert von den Austern der Mutter, und ich dachte, dass man von diesen jungen Franzosen etwas lernen konnte. Die Gelassenheit ihres Handelns übertrug sich auf das Kind. Es kam gar nicht erst auf die Idee, unleidlich zu werden, sondern knabberte in aller Seelenruhe Weißbrot und spielte mit den Besteckteilen. Ab und zu machte die Mutter ein Foto von Vater und Tochter.

Was denkst du?, fragte Neringa.

Anstatt wahrhaftig zu antworten, erzählte ich ihr von zwei alten Postkarten mit der Ansicht der Insel, auf der wir uns nun selbst befanden. Eine hatte ich beim Familienfest in Jakobs Hand gesehen, die andere trug Jakobs Handschrift und lag unter den Fotografien in der Schachtel mit dem goldenen Deckel bei meinen Eltern im Schrank. Außerdem erzählte ich ihr, wie verkehrt ich mir Jakobs Besuch an diesem Ort vermutlich vorgestellt hatte. Auf dem Tisch lag das Büchlein, das ich auf dem Weg zum Restaurant in der *Librairie* am Pilgerheim erstanden hatte. Es enthielt fotografische Zeugnisse vom Mont-Saint-Michel aus der Okkupationszeit und bestätigte zwar meine Annahme, Jakob habe damals Wurst, Käse und eine Postkarte kaufen können, widerlegte jedoch die Vorstellung, der Abstecher mit dem Lastwagen sei eine außergewöhnliche Abweichung von der üblichen Marschroute gewesen. Das Bildmaterial bewies eindeutig, dass Besuche von Wehrmachtsangehörigen auf der Klosterinsel keine Seltenheit gewesen waren.

Neringa hörte mir wie immer aufmerksam zu, es gefiel ihr, wenn ich etwas erzählte, und mein Staunen darüber glich vielleicht Jakobs Staunen angesichts des Wunders von Ebbe und Flut in dieser Bucht der französischen Atlantikküste.

Du schneidest im Grunde einen Film über deinen Großvater, sagte sie. Weil er dich nicht mehr unterstützen kann, setzt du die Geschichte mit deinen Mitteln fort. Daran ist nichts verkehrt. Mit dem Film deines eigenen Lebens verfährst du doch genauso: schneidest die Szenen so, dass eine schlüssige Geschichte dabei herauskommt.

Du bist klug, sagte ich.

Du bist schön, sagte sie. Und dann bat sie um die Rechnung. Sie wollte sich partout nicht einladen lassen, es fiel mir schwer, mit anzusehen, wie sie die Scheine aus ihrer kleinen runden Geldbörse zog und entfaltete. Ich fand es unvernünftig, dass sie bezahlte, zwei Menüs und eine Flasche Wein, und das versuchte ich ihr auch zu sagen.

Du hast die Zugfahrt und das Hotel übernommen, erwiderte sie. Jetzt lade ich dich ein. Und das lasse ich mir nicht ausreden. Bei Geschenken darf die Vernunft keine Rolle spielen.

Am nächsten Morgen sahen wir die Flut kommen, nicht als Springflut, wie man sie wegen des großen Tidenhubs in der engen Bucht um diese Jahreszeit angeblich erleben konnte, sofern man die richtige Mondphase erwischte, nicht mit der Geschwindigkeit eines galoppierenden Pferdes also, doch immerhin zügig und sichtbar, so wie in dem Film, wo die Russin und der Amerikaner an der Wasserlinie entlanggetänzelt und im weichen Sand eingesunken waren, Schritt für Schritt zurückweichend vor der herankommenden Flut.

Erst als vorwitzige Wasserzungen über die steinerne Fläche unmittelbar vor dem Eingangstor zur Festung leckten, verließen wir die Insel über den Damm. Inzwischen waren Gruppen japanischer Touristen mit Bussen herangeschafft worden, das Shuttlesystem funktionierte bestens. So drängte das Profane an den magischen Ort heran, so kam die Banalität zum Wunder.

Hast du gesehen, was du sehen wolltest?, fragte Neringa im Bus nach Pontorson.

Ich habe mehr gesehen, antwortete ich.

Vom 6. Juni 1944 an kämpft Jakob an der Front des großen Krieges. Das Gebot *Du sollst nicht töten* kommt täglich auf den Prüfstand. Er befolgt es weiterhin, schießt in die Luft und fragt sich nicht, ob er damit das schmutzige Handwerk des Tötens nur den Kameraden rechts und links aufbürdet, er denkt nicht nach, gibt Schüsse ab, um keinen Verdacht zu erwecken, und zielt dabei nicht auf den Gegner, sondern vorbei. Damit kommt er durch, er hält es aus, ohne durchzudrehen, bis ihn eines Tages doch das Entsetzen ereilt, aber nicht von vorn und nicht von hinten, sondern in Form einer Nachricht von der Ostfront. Sein Sohn Josef, wird ihm mitgeteilt, sei von einer Granate getroffen worden und liege schwer verwundet in einem Lazarett in Königsberg.

Jakob beantragt Sonderurlaub und kann es kaum glauben, als er ihn bekommt. Es gelingt ihm, sich mit seinem ebenfalls in Frankreich stationierten zweiten Sohn Hans zu treffen und zusammen mit ihm auf einen Transport nach Nordosten aufzuspringen. Die strapaziöse Fahrt geht über Nürnberg, Prag, Breslau, Litzmannstadt und Danzig, aber für die Landschaft haben sie kein Auge, sie sind in Gedanken beim Bruder und Sohn, versuchen so viel wie möglich zu schlafen, auch um dem schlechten Gewissen zu entrinnen, das sie befällt, weil sie zwischen Soldaten eingezwängt sitzen, die sich auf dem Weg zum Fronteinsatz befinden. Sie ahnen, dass Josef nicht bloß leicht verwundet ist, denn dann hätte man ihnen die Fahrt nicht gestattet. Also ertragen sie die Strapazen der Reise klaglos. Die Begegnung mit Vater und Bruder wird den Lebenswillen des Verwundeten stärken, sagen sie sich und stellen sich vor, wie sie ihn aufmuntern. Sie fahren durch Polen, ohne auch nur ein Mal an die Deportation der Juden von Breslau zu denken, ohne den Begriff *Aktion Reinhardt* zu kennen, ohne etwas von der *Verkleinerung* des Ghettos in Litzmannstadt zu wissen, ohne genau über den aktuellen Verlauf der Ostfront informiert zu sein. Durch die anderen Soldaten erfahren sie allerdings von der Bombardierung Königsbergs durch die Briten.

Josef stirbt am 17. Oktober 1944, einen Tag bevor sein Vater und sein Bruder die vollkommen zertrümmerte Stadt erreichen. Sie kommen zu spät, um noch mit ihm sprechen zu können. Im Lazarett teilt man ihnen mit, wo sich das Grab befindet. Dort nehmen sie Abschied. Jakob weint und betet, Hans treibt einen Fotografen auf, damit sie ein Bild des Grabes mit nach Hause nehmen können. Mit welchen Worten er seiner Frau die Todesnachricht übermitteln soll, weiß Jakob nicht. Er schickt ein wortkarges Telegramm, in der Hoffnung, es möge Agnes vor der offiziellen Mitteilung an die Hinterbliebenen erreichen. Da weiß er noch nicht, dass in der Nacht vom 17. auf den 18. Oktober in seinem Haus in Gonsenheim die Uhr stehen geblieben ist und Agnes zu ihrer Tochter gesagt hat: Jetzt ist etwas passiert.

Wenige Tage später kehrt Jakob nach Frankreich zurück, und nun genügt es ihm nicht mehr, in die Luft zu schießen und mit dem Befolgen des fünften Gebots sein Gewissen reinzuhalten. Solange er hier ist, kann er seiner Frau im Gram um den ältesten Sohn nicht beistehen, das heißt, dass er nach Hause muss, denn dort wird er gebraucht.

Die Amerikaner sind nicht weit weg, mehrere Tage lang verfolgt er aufmerksam die Meldungen und das Gerede, und sobald er glaubt, sicher zu wissen, wo sie stehen, sondert er sich im Wald von der Truppe ab. Mit einer Rasierklinge kratzt er aus seinem Wehrpass die Angaben und Stempel, von denen er glaubt, sie könnten ihm zum Nachteil ausgelegt werden. Dann wirft er die Rasierklinge weg, entledigt sich seines Gewehrs und seiner Pistole und schlägt die Richtung ein, in der er die Amerikaner vermutet. Er ist nun Deserteur. Läuft er seinen eigenen Leuten in die Arme, werden sie ihn erschießen. Aber daran denkt er nicht. Er denkt nur, dass er nach Hause will, wo seine Frau um den gefallenen Sohn trauert.

Mit der Unterstützung ihrer Verwandtschaft und dank des Gemüseanbaus im eigenen Garten und ihrer Arbeit in der Konservenfabrik war es Agnes gelungen, sich und die Tochter ohne schlimmen Mangel durch die Kriegsjahre zu bringen. Bei Bombenalarm war sie mit dem Kind zum nächsten Splittergraben gerannt, den ihr Mann noch als Angehöriger des Sicherheits- und Hilfsdienstes ausgehoben hatte, oder gleich durch den Wald zu ihrem Elternhaus in Budenheim. Sie hatte sich die Handlungsfähigkeit bewahrt, trotz der Sorgen um ihren Mann und ihre zwei Söhne, von denen sie gelegentlich Feldpost erhielt.

Ich erzählte, und Neringa ließ mich beim Zuhören nicht aus den Augen. Sie streckte die Hand über den Tisch hinweg aus, damit ich sie ergreifen konnte, während ich pathetisch die Erkenntnis formulierte, zu der ich gelangt war:

Mit der Nachricht vom Tod des ersten Sohnes kam die Schwermut ins Leben meiner Großmutter. Als ich ihr Gesicht zum ersten Mal sah, hatte sich darin längst die Spur eines nie überwindbaren Verlusts eingegraben.

Sie war jung gewesen bei der Geburt des Sohnes in den Zwanzigerjahren, als nach dem großen europäischen Krieg allmählich die Hoffnung auf dauerhaften Frieden Gestalt annahm und sich noch keine *Machtergreifung* abzeichnete. Ein paar Jahre lang durfte man das Gefühl hegen, fortan ungefährdet sein einfaches, anständiges Leben führen zu können, mit einem Dach über dem Kopf und einem eigenen Bett für jedes Mitglied der Familie.

Der Sohn wollte Kaufmann werden und lernte im Lebensmittelgroßhandel. Das war aller Ehren wert, auch wenn es mit Handwerk nichts zu tun hatte. Außerdem bewies der junge Mann Ordnungssinn. Wenn er nach Hause kam, selbst spät in der Nacht, hängte er stets seine Hosen fein säuberlich über den Stuhl, damit die Bügelfalten nicht litten.

Woher weißt du das?, fragte Neringa dazwischen.

Meine Großmutter hat mir diese Einzelheit mehrmals erzählt, als wäre es ein Symbol für etwas Höheres, aber natürlich auch, weil es zum Ausdruck brachte, was für einen tadellosen Sohn sie verloren hatte. Und wenn sie es erzählte, kam diese traurige Leere in ihren Blick, die man schon auf einer Fotografie aus dem Frühling 1945 sehen kann, die bei der Erstkommunion meiner Mutter aufgenommen wurde, verbotenerweise, denn zu der Zeit durften Zivilisten nicht fotografieren.

Warum nicht?, hakte Neringa nach

Ich weiß es nicht. Mein Mutter hat es mir gesagt, und ich habe wieder einmal vergessen, nachzufragen. Ich weiß auch nicht, wer das Foto gemacht hat. Es zeigt meine Mutter als Kind im weißen Kleid. Stolz hält sie die lange, gerade Kerze, sie lächelt glücklich, obwohl sie neben einem kleinen Tisch posieren muss, auf dem ein Bild ihres toten Bruders steht, und obwohl man ihrer über Nacht ergrauten Mutter, die am linken Bildrand fast im Schatten verschwindet, die Trauer deutlich ansieht.

Über Nacht ergraut?

So behauptet es meine Mutter. Für sie besteht daran kein Zweifel, ebenso wenig wie an der Uhr, die in der Todesnacht stehen geblieben ist. Und tatsächlich sieht man es sogar ganz klar auf dem Schwarz-Weiß-Foto: Die Frau ist ein

Jahr jünger als du, aber nicht blond, sondern vollkommen grau.

Wir saßen uns am Esstisch in meiner Wohnung gegenüber, und ich gab mir Mühe, ihr zu erklären, was die Erfahrungen meiner Großeltern und Eltern, von denen ich erzählt hatte, möglicherweise mit mir zu tun hatten, auf welchen Wegen und Umwegen sie mich prägten, aber es fiel mir schwer, die passenden Formulierungen zu finden, vielleicht weil mir meine Rückschlüsse selbst abstrakt vorkamen, ich musste die Hände zu Hilfe nehmen, um etwas aus der Luft zu greifen, fand schließlich die Formulierung *Identitätserbe* und blickte auf, um Bestätigung zu suchen, stellte aber fest, dass Neringa mich bloß lächelnd ansah, wie jemand, der sich an einem Anblick freut.

Hast du mir überhaupt zugehört?

Am Anfang schon, antwortete sie und neigte sich noch ein Stück weiter nach vorn.

Ich lachte überrascht auf.

Ich kann dich nicht lange anschauen und gleichzeitig zuhören, sagte sie. Es gibt so viel an dir zu sehen.

Was denn?

Deine Gesten, deine Bewegungen, alles.

Ich wusste nicht genau, warum, aber es rührte mich, das zu hören. Vielleicht war der Deutungsversuch, den ich zuletzt gewagt hatte, des genauen Zuhörens auch gar nicht wert gewesen. Wichtig war die Geschichte, die ich zuvor erzählt hatte. Wichtig war, dass ich Neringa meine Vorstellungen und Erinnerungen vor Augen geführt hatte.

Als ich schon glaubte, sie würde nichts mehr sagen, sondern gleich über die Tischplatte zu mir herüberkriechen, kam sie doch noch einmal auf meine Erzählung zurück.

Kaliningrad liegt gleich neben Klaipėda, sagte sie.

Dann griff sie nach der Kante an meiner Seite des Tisches, zog sich mit dem Bauch auf der Tischplatte so dicht an mich heran, dass sie mich küssen konnte, und flüsterte: Komm, legen wir uns hin.

Ich kann jetzt nicht, sagte ich verlegen, mir gehen zu viele Gedanken durch den Kopf.

Denk im Liegen weiter.

Kaliningrad liegt gleich neben Klaipėda, und Königsberg lag neben Memel. Ich fragte mich, ob Josef gar in Memel gekämpft hatte, der wegen des Hafens gewiss wichtigen Stadt. So wie ich mir Jakob nicht als Besatzer Frankreichs vorgestellt hatte, war mir bislang nicht eingefallen, seinen Sohn in Königsberg als Teil der Wehrmachtsmaschinerie zu betrachten.

Mein Bett war breiter als ihres, aber wir lagen genauso dicht beieinander, wie wir es in ihrer Wohnung und im Hotel am Mont-Saint-Michel getan hatten.

Wann fiel Klaipėda an die Russen?, fragte ich.

Im Januar 1945, haben wir in der Schule gelernt.

Wann gingen die Kämpfe los?

Im Oktober 1944.

Wann im Oktober?

So genau haben sie es uns auch wieder nicht beigebracht, lachte sie. Oder ich kann mich nicht mehr daran erinnern.

Womöglich war mein Onkel in der nördlichsten Stadt Deutschlands verwundet und dann lediglich nach Königsberg ins Lazarett gebracht worden, dachte ich. Mein Onkel, der vor dem Krieg im Lebensmittelgroßhandel gearbeitet und seiner kleinen Schwester oft Süßigkeiten mitgebracht hatte.

Solch verklärende Anekdoten waren alles, was ich kannte. Von dem, was der nette Junge im Baltikum gesehen und womöglich getan hatte, wusste ich nichts.

Neringa verdeckte mit der Hand das Namensschild an der Tür. Ich sollte nach der Besichtigung der Wohnung raten, welchem Kollegen sie gehörte.

Du willst meinen Alltag sehen? Dann komm mit putzen, hatte sie gesagt. Also war ich nach einem Termin in der City mit dem Taxi nach Shoreditch gefahren, wo Neringa vor der Kirche St Leonard auf mich wartete. Die Gegend war mir nicht fremd, gelegentlich hatte ich in dem Start-up-Cluster am Old Street Roundabout zu tun gehabt und in einigen Restaurants in der Umgebung zu Mittag gegessen, aber ich hatte nicht gewusst, dass hier Kollegen wohnten. Ich hatte auch nicht gewusst, dass manche Leute wirklich so lebten, wie man es aus Filmen kannte: stapelweise Pizza- und Sushischachteln, Styroporbehälter vom Inder, Tüten mit Flaschen und Dosen, wohin man blickte.

Die kannst du gleich mal runterbringen, sagte Neringa und erklärte mir, wo die Mülltonnen standen.

In der Küche lagen Schmutz und Abfälle von verblüffender Größenordnung auf dem Fußboden, unter anderem identifizierte ich Hähnchenknochen. Die übrigen Zimmer sahen aus, als hätte darin ein Drogensüchtiger verzweifelt nach einem Briefchen Heroin gesucht.

Wann warst du das letzte Mal hier?, wollte ich wissen.

Vor einer Woche. Vielleicht hat am Wochenende eine kleine Party stattgefunden.

Ich wollte ihr helfen, aber es ekelte mich schon, die überall herumliegenden Kleidungsstücke einzusammeln, obwohl sie nicht unbedingt dreckig waren. Und doch haftete ihnen etwas Abstoßendes an. Sie brachten zum Ausdruck, wie hoch ihr Besitzer seine litauische Putzfrau achtete.

Wie hältst du das aus?, fragte ich sie.

Sie zuckte nur mit den Schultern. Es kommt auf den Zustand der Toilette an, meinte sie. Aber nun rate mal, wem die Wohnung gehört.

Es war ein Mann, so viel stand fest, etwas größer als ich, ein gutes Stück jünger, all das verrieten die Kleider und Schuhe, aber auch die Bilder an den Wänden. Auf einen Grafiker tippte ich nicht, denn die waren für klare Linien zuständig, denen traute ich keine überzogene Unordnung zu, ich vermutete einen Programmierer, einen Nerd, der in dem Entwicklungsstadium stecken geblieben war, in dem ihm seine Mutter das Zimmer aufräumte.

Ich hörte die Waschmaschine laufen und Neringa in der Küche das Geschirr in die Spülmaschine räumen, als ich, noch auf Spurensuche, durch Wohnzimmer und Schlafzimmer streifte. Es war ein bisschen unheimlich. Vor dem Fernseher lag das Zubehör einer Spielkonsole herum. Hier lebte ein Mensch, der wie ein Halbwüchsiger am Computer zockte, aber eine Putzfrau beschäftigte wie ein Erwachsener. Dann sah ich den Baseballhandschuh auf dem Nachttisch, der als Aufbewahrungsschale für Kondome diente.

Ist es ein Amerikaner?, rief ich in die Küche.

Neringa erschien im Türrahmen und nickte.

Du brauchst nicht auf mich zu warten, sagte sie. Das dauert hier noch. Ich muss eine zweite Maschine laufen lassen.

In der Firma streifte ich langsam durch die Bürolandschaft, als wäre ich in Gedanken versunken. Soweit ich wusste, arbeiteten nur zwei Amerikaner bei uns, und beide waren Programmierer. Der eine, stellte ich im Vorbeigehen fest, war zu klein für die Klamotten, die ich in der Hand gehabt hatte. Der andere hieß Joe. *Senior Technology Programmer.* Er trug Kopfhörer und blickte nur kurz auf, als er mich sah. Ich fragte mich, wann ich zum letzten Mal den Drang verspürt hatte, einen anderen Menschen zu schlagen. Vielleicht als Schüler. Vielleicht noch nie. Ich konnte mich nicht erinnern.

Am Abend holte ich Neringa von der Probe ab und fragte sie noch einmal, wie sie das aushielt.

Es ist ein Job, sagte sie. Solange er einigermaßen erträglich ist, macht man sich darüber keine Gedanken.

Möchtest du nicht mal was anderes machen als solche Jobs?, fragte ich vorsichtig.

Wir waren am Eingang zur Underground-Station angelangt. Neringa trat zur Seite, um niemandem im Weg zu stehen. Sie dachte nach.

Theoretisch ja, sagte sie.

Warum versuchst du es nicht praktisch?

Ich habe dir doch schon gesagt, dass ich nichts kann, was hier irgendjemandem nützlich wäre.

Aber vielleicht anderswo.

Willst du mich nach Litauen zurückschicken?

Hast du keine Ziele? Ich meine, du hast doch studiert.

An der zugigen Straßenkreuzung neben dem U-Bahn-Eingang wehte ihr der Wind die Haare ins Gesicht. Unwillkürlich streckte ich die Hand aus, um die Strähne mit zwei Fingern zur Seite zu streichen.

Sie lächelte. Nein, sagte sie dann.

Aber kann man denn ohne Ziele durchs Leben gehen? Vor allem wenn man noch so jung ist wie du.

Hast du ein Ziel?, fragte sie zurück.

Ich bin nicht mehr jung. Vielleicht bin ich schon daran vorbeigerannt.

Darum schaust du ständig zurück.

Im Moment schaue ich nicht zurück, sondern in dein Gesicht und deine Zukunft!

Lass uns runter zur U-Bahn gehen, mir wird kalt, sagte Neringa und hakte sich bei mir ein.

Während der Fahrt, umgeben von Publikum, redeten wir nicht. Das gab mir Zeit, über ihre Worte nachzudenken. Die Bemerkung, ich blickte ständig zurück, war ohne vorwurfsvollen Unterton gekommen und hatte trotzdem die dezente Aufforderung enthalten, die Gegenwart nicht aus den Augen zu verlieren.

Von außen betrachtet führte auch Neringa kein sonderlich aufregendes Leben. Es bestand aus Putzen und Figurentheater mit Flüchtlingen. Und ein bisschen auch aus mir. Aber es schien ihr als vollwertige Gegenwart zu genügen und die Vergangenheit spielend in den Schatten zu stellen. Ich hätte trotzdem gern mehr über ihre Herkunft erfahren. Falls ich mich nicht verrechnete, hatten ihre Großeltern in fünf verschiedenen Staaten gelebt, ohne je das Land verlassen zu haben. Sie mussten sich wie wertlose Spielbälle gefühlt haben, und das konnte nicht ohne Wirkung geblieben sein. Etwas davon mussten sie an ihre Kinder und über diese auch an Neringa weitergegeben haben.

Einmal hatte ich sie gefragt, ob sie sich erinnerte, was bei der Befreiung von der sowjetischen Herrschaft in ihrem Land für eine Stimmung geherrscht habe. Sie sei damals ein kleines Mädchen gewesen, hatte sie geantwortet, sie habe nur wenig begriffen, aber die besondere Atmosphäre habe man über lange Zeit hinweg überall spüren können, auch wenn es an eindeutigen Benennungen gefehlt habe. Als Kind habe sie etliche widersprüchliche Stimmen gehört, so habe in der Schule alles anders geklungen als daheim, aber am stärksten habe sich auf das Kind die Anspannung der Eltern übertragen: Angst und Hoffnung. Nach der Euphorie der Unabhängigkeitserklärung sei die Empörung über die Rohstoffblockade der Russen gekommen, dann, im kalten Januar, die Angst vor dem Putsch und keine vier Wochen später wieder Begeisterung nach dem Referendum für ein selbstständiges Litauen.

Kinderaugen sehen alles von schräg unten, hatte sie gesagt. Aus der Marionettenperspektive. Kinder müssen spielen, damit sie etwas vor sich und unter sich haben, das sie verstehen und beeinflussen können.

So, wie die Erwachsenen mit den Erinnerungen spielen, dachte ich, gewärmt von dem litauischen Lächeln, das mich von der Sitzbank gegenüber traf. Es war das Lächeln einer Gegenwartsperson, die in der U-Bahn aussah, als gehöre sie genau hierher, so wie sie überall zugehörig wirkte, nie wie ein Fremdkörper, weil sie sich innerlich nicht gegen die Umstände wehrte, auch nicht gegen das Schicksal, die Rolle der Putzfrau spielen zu müssen.

Sie würde gar nicht von einer Rolle sprechen. Es war

Bestandteil ihres Lebens und somit nichts, was man nur spielte.

Wir nahmen das Schweigen aus der U-Bahn mit auf den Fußweg zu meiner Wohnung, und auf einmal begriff ich etwas. Ich blieb stehen, hielt Neringa am Arm fest und wandte mich ihr zu – alles in einer Bewegung.

Du ...

Ja?

Du hast dich für mich entschieden.

Ich habe dich gewählt, sagt sie.

Mich alten Kerl?

Du bist jünger, als du glaubst.

Jetzt, sagte sie.

Ich schaltete die beiden Deckenfluter an, die sie nebeneinander auf den Boden gelegt hatte.

Nur auf die Wand schauen, befahl sie als Nächstes.

Dort sah ich am unteren Rand zunächst den Schatten einer unförmigen Anhäufung. Bald regte sich etwas, ein fingergroßer Keim spross empor, wurde zum Stiel und zur Pflanze, die der Erhebung mit schlangenartigen Bewegungen entwuchs, und kaum war sie zur blühenden Blume geworden, verwandelte sie sich tatsächlich in eine Schlange, die sich auf einem Stein ringelte, züngelnd, mit erhobenem Kopf, die Klapper an der Schwanzspitze zitternd. Aber auch dabei blieb es nicht, die Metamorphose ging weiter, die gefährliche Schlange wurde zum eleganten Vogel, wo die Klapper gezittert hatte, spreizten sich nun Federn, die alsbald von der Hand einer Squaw gepflückt und zum Kopfschmuck erhoben wurden, woraufhin die weibliche Gestalt erblühte, sich in Neringas Körper verwandelte, in die Gelenkigkeit und Geschmeidigkeit ihrer Bewegungen, die im Schattenriss besonders deutlich zu erkennen waren.

Ich applaudierte sie aus ihrem Spiel heraus, und sie sprang über die Lampen hinweg zu mir aufs Bett.

Das war für dich. Normalerweise muss man es zu mehreren machen und hinter der Leinwand, nicht davor, dann sieht es erst richtig gut aus.

Mir war es so lieber.

Du musst dir trotzdem unser neues Programm anschauen, wenn wir es eingeübt haben. Aber das dauert noch.

Wir haben Zeit.

Diesen Satz bedachte sie mit einem langen Blick.

Ich möchte bei dir bleiben, sagte sie.

Den nächsten Satz sagte sie erst, nachdem wir uns geliebt hatten.

Deine Falten sind weg, sagte sie.

Ich schaute in den Spiegel.

Ein Wunder, sagte ich.

Ein ganz normales, versicherte sie.

Mit einem Ruck fuhr ich aus dem Schlaf auf und sah plötzlich alles genau vor mir. Der Mann im Rasierspiegel hatte noch Schaum im Gesicht, und in den Augen stand mehr, als zu diesem Moment am Morgen gehörte. Die ganze Nacht stand darin geschrieben. Nun schien der Mann zu überlegen, wie er sich seines Opfers am schnellsten entledigen konnte. Ich zog die Bettdecke noch fester um mich und versuchte, in den Schlaf zu entkommen, in der Hoffnung, anderswo zu erwachen, in einem orangen VW-Bus am Steinhuder Meer vielleicht, doch es gab kein Entrinnen mehr. Von jetzt an würde ich alle Kraft aufbringen müssen, um den Blick im Rasierspiegel wieder zu vergessen.

Nach dreißig Jahren war ich nun aus dem erzwungenen Vergessen aufgewacht.

Ich saß zitternd im Bett, in mir stieg Übelkeit auf wie die Springflut im Tidenhub zwischen Vergangenheit und Gegenwart. Neringa rückte an mich heran.

Was ist mit dir?, flüsterte sie.

Ich bin Bangputis begegnet, antwortete ich.

Sie drängte mich nicht, ihr die Bedeutung meiner Begegnung mit Bangputis zu erklären. Sie ging davon aus, dass wir Zeit hätten. Irgendwann würde sie es erfahren.

Ihre Art zu lieben kannte keine Eile, keine Ungeduld, keinen Vorgriff auf die Zukunft und keine Bedingungen. Sie brauchte weder Losungsworte noch Bekenntnisse. Sie liebte, was vorhanden war, den gemeinsam erlebten Moment, den man nicht in Worte fassen musste.

Einmal wollte ich wissen, wann sie Geburtstag hatte.

Jeden Tag, antwortete sie.

Ein anderes Mal fragte ich, ob sie nie daran denke, Kinder zu haben.

Manchmal denke ich daran und stelle es mir schön vor, aber ich glaube, es geht auch ohne, sagte sie.

Ich wiederum achtete immer häufiger auf Eltern und Kinder, vor allem auf die Väter, und bei ihnen besonders auf die älteren. Es gab durchaus Fünfzigjährige, die Kinderwagen schoben, es gab Sechzigjährige, die sich mit ihren zehnjährigen Töchtern in der U-Bahn über Gott und die Welt unterhielten. Es wirkte vollkommen normal, ganz selbstverständlich lehnten die Zehnjährigen sich an ihre sechzigjährigen Väter, wenn diese etwas Bedenkenswertes gesagt hatten, und ließen es sich im Schutz des großen Vaterleibs durch den Kopf gehen.

Eines Abends fuhren wir zu ihr, weil sie der Meinung war, ihre Schwester habe Spätschicht, doch als wir die Wohnung betraten, saß Aldona am PC und schien Selbstgespräche zu führen. Von unserem Eintreffen ließ sie sich nicht ablenken, sie senkte nicht einmal die Stimme. Neringa sagte leise, ihre Schwester skype mit ihren Kindern. Wir setzten uns an den kleinen Küchentisch und tranken Tee. Aldona weigere sich, in ihre alte Wohnung in Newham zurückzukehren, erklärte Neringa flüsternd, mache aber auch keine Anstalten, sich nach einer neuen Bleibe umzusehen. Sofort überlegte ich, ob ich jemanden kannte, der etwas vermieten könnte, aber natürlich kannte ich niemanden. Meine Wohnung hatte mir ein Dienstleistungsunternehmen besorgt, das darauf spezialisiert war, den Boden für Führungskräfte zu bereiten, die neu in die Stadt kamen und keine Zeit hatten, sich mit derlei lästigen privaten Dingen abzugeben.

Als im Zimmer nicht mehr gesprochen wurde, ging Neringa hinüber, und ich wurde Zeuge einer geschwisterlichen Diskussion, die kein Ende nehmen wollte. Nach einer Weile erkundigte ich mich vorsichtig, ob ich nicht besser gehen solle, woraufhin Neringa mir den Inhalt der Auseinandersetzung kurz zusammenfasste. Ihre Schwester setze gerade ihren Job aufs Spiel, denn sie sei heute nicht zur Arbeit erschienen. Aldona reagierte erbost mit Anschuldigungen auf Englisch, die offenbar an den vorangegangenen litauischen Wortwechsel anknüpften.

Du hattest doch selbst keinen Plan, rief sie. Du bist einfach davongelaufen, sobald man kein Visum mehr brauchte.

Aber ich habe auch keine kleinen Kinder, gab Neringa zurück.

Glaubst du vielleicht, ich bin zum Spaß hier? Oder weil

mir meine Kinder egal wären? Du weißt so gut wie ich, dass die Rente unserer Eltern im Winter komplett für die Heizkosten draufgeht. Ohne meine Unterstützung würden sie gar nicht überleben.

Ohne *unsere* Unterstützung.

Mein Anteil ist größer. Und als Gegenleistung passen sie eben auf meine Kinder auf.

Sie passen nicht auf sie auf, sie ziehen sie groß, stellte Neringa fest, und an der Stelle brach Aldona in Tränen aus. Sie habe den Dienst an diesem Tag ausfallen lassen, weil sie unbedingt mit ihren Kindern habe reden wollen.

Ich musste sie sehen, verstehst du? Ich musste!

Und dann schilderte sie, wie schrecklich das Skypen mit den Kleinen für sie war. Zwar konnte sie sie aus nächster Nähe betrachten, das war schön, sie konnte sehen, wie sie sich bewegten, wie sie schauten, gesunde, fröhliche Kinder, die sich gegenseitig ins Wort fielen, aber in die Augen sehen konnte sie ihnen dabei nicht, weil die Kamera am oberen Rand des Bildschirms angebracht war. Sie schauten immer knapp aneinander vorbei.

Wie Folter ist das, sagte sie ganz klein. Wie Folter.

Nun schwieg Neringa. Ihre Schwester wischte sich das Gesicht ab, stand auf und kündigte an, uns zuliebe die Wohnung zu verlassen.

Ich gebe euch zwei Stunden, sagte sie. In der Zeit kannst du deinem Freund, oder was er nun mal ist, erzählen, wie du hierhergekommen bist.

Sie hatte ihren Mann in Klaipėda zurückgelassen, erfuhr ich, als wir in Kleidern auf dem Bett lagen. Er arbeitete an der Universität und konnte nicht weg, weil ihm schlichtweg die

Voraussetzungen fehlten, im Ausland als Installateur oder auf dem Bau zu arbeiten, und er sein akademisches Dasein nicht gegen den Job in einer Londoner Fensterputzfirma eintauschen wollte, auch wenn er dabei mehr verdient hätte als auf seiner Assistentenstelle. Außerdem fühlte er sich moralisch verpflichtet, an der Festigung der Verhältnisse in seinem Land mitzuwirken. Er wollte sich nicht einfach aus der Verantwortung stehlen, und das war mir eigentlich sympathisch.

Hängst du an ihm?, fragte ich vorsichtig.

Sie schüttelte den Kopf. Meine Schwester hat keine Ahnung, warum ich wirklich weggegangen bin. Ich musste mich von ihm trennen, aber ohne das Land zu verlassen, wäre es schwer gewesen. Er hätte keine Ruhe gegeben.

Sie sah sehr traurig aus, fast trauernd.

Seit Tagen hatte ich ihr etwas geben wollen, es aber stets vergessen. Nun stand ich auf und holte es aus der Manteltasche.

Hier, du armer Frosch, sagte ich. Der ist für dich.

Ich zog den Blechfrosch auf, den ich vor Wochen in meiner Heimatstadt gekauft hatte. Sobald ich ihn losließ, hüpfte er über die Tagesdecke.

Neringa lachte.

Als Aldona zurückkam, lagen wir noch immer auf dem Bett. Sie warf ihrer Schwester einen scharf geschliffenen Satz zu und ging dann ins Bad.

Sie schlägt vor, ich solle zu dir ziehen, damit sie meine Wohnung übernehmen kann, übersetzte Neringa.

Move fast and break things, lachte der Mann aus San Francisco und schlug mir auf die Schulter, wie es der joviale Patriarch bei einem Untergebenen tut, den er belohnen und motivieren will. Dieser Mann aber war mindestens zehn Jahre jünger als ich und legte gewiss nicht ohne Kalkül einen Hauch von Demütigung in seine Geste.

Die anderen lachten, weil sie die Anspielung auf das alte Facebook-Motto witzig fanden. Ich lachte nur der Form halber ein bisschen mit, um keine Missstimmung aufkommen zu lassen, in Wahrheit stießen mich Insider-Jokes ab, weil sie nur dem Korpsgeist dienten und ein geschlossenes System bestätigten. Im Dienst der Firma gab ich mich schlagfertig, indem ich konterte: *Move fast with stable infra*. Es war ein Stimmungskiller. Zuckerberg hatte wahrscheinlich eine ähnliche Wirkung erzielt, als er den alten Wahlspruch auf diese Weise verwässerte.

Im *Economist* hatte ich vor einiger Zeit schon einen Artikel über das *Asshole*-Problem im Silicon Valley gelesen. Er war mir wieder eingefallen, als ich gesehen hatte, was Leute aus der Branche ihren Putzfrauen an Dreck hinterließen, und er kam mir nun erneut in den Sinn, als die Männer aus San Francisco mit breiter Brust die Firma enterten. Im August war ich bei ihrer Hausmesse gewesen und hatte vor Ort gesehen, wie Selbstbewusstsein, das von allen Seiten befeuert wurde, von einem gewissen Punkt an unweigerlich als Größenwahn weiterbrannte. Alle huldigten diesen Leuten, die so taten, als hielten sie den Schlüssel für die Zukunft in der

Hand, für das *Internet der Dinge*, für *Smart Factory* und alles, was daran hing. Die *Cloud* ist die Lösung, lautete ihr Credo, und viele glaubten ihnen. Die Aussicht auf Kostensenkung hatte schon immer die Glaubensbereitschaft in der Wirtschaft gefördert.

Normalerweise pflegten die Leute aus San Francisco die anderen antanzen zu lassen. Dass sie sich jetzt auf europäischen Boden begaben, verhieß entweder Gutes oder ausgesprochen Schlechtes. Entweder wollten sie die Kooperation mit uns so maßgeblich erweitern, dass es drei Interkontinentalflüge erster Klasse rechtfertigte, oder sie wollten uns kaufen. Und zwar schnell: *Move fast and break things.*

Der Schulterschlag, der vor Colins Schreibtisch im Stehen stattfand, diente auch als Signal an mich, zu verschwinden, und das roch verdächtig. Colin und David wollten die Gespräche mit den Amerikanern ohne mich führen. Also musste es um etwas gehen, das von ihrer Kompetenz komplett abgedeckt war, und dies traf exakt auf einen Bereich zu: auf ihr Kapital.

Ich sah auf der *Pando*-Homepage nach, ob Sarah Lacy in letzter Zeit etwas über die Leute aus San Francisco geschrieben hatte, und fand auf die Schnelle nichts, aber mir fiel auf, dass auch sie sich seit Monaten zum *Asshole*-Thema äußerte und öffentlich über die Frage nachdachte: *Can nice guys win?* Schlagartig wurde mir klar: Wenn Colin und David auf die Idee kämen, mich den Kaliforniern gegenüber als *nice guy* zu bezeichnen, wäre ich im Fall eines Firmenverkaufs meinen Job los.

Während der ganzen Woche bis zu meiner nächsten Dienstreise ließ Colin nichts über die Gespräche verlauten, schärfte mir aber ein, in Sachen *Coding* im Schulunterricht Gas zu geben, und forderte mich auf, mir endlich ein neues Uhrenglas einsetzen zu lassen, wobei er auf sein Handgelenk tippte. Dass ich beschlossen hatte, den Sprung vorläufig als Mahnung zu bewahren, wagte ich ihm nicht zu sagen.

Am Abend vor der Abreise rief ich Neringa an. Vom ersten Wort an hörte ich, wie sehr sie sich darüber freute. Ich erzählte ihr von den bevorstehenden Tagen, beschrieb ihr die Route und die Herausforderungen. Es würde anstrengend werden.

Achte unterwegs auf die Tiere, riet sie mir.

Ich lachte, aber sie meinte es ernst, darum befolgte ich ihren Rat und meldete ihr schon am nächsten Morgen per SMS den Turmfalken, den ich durchs Flugzeugfenster sah, als die Maschine in Heathrow zur Startbahn rollte. Nachdem ich das Handy ausgeschaltet hatte, wunderte ich mich, den Vogel überhaupt identifiziert zu haben.

In den folgenden Tagen machte ich aus den Erste-Klasse-Abteilen diverser Schnellzüge Mitteilung über Pferde, Schafe, Kühe, Hühner und Rehe. Jedes Mal empfand ich dabei ein Vergnügen wie bei einem Lausbubenstreich, und nach und nach erinnerte ich mich an zurückliegende Tierbegegnungen, bis hin zu dem Hühnerkäfig in unserem Garten. Er hatte das Format eines Zimmers, dessen Wände und Decke jedoch aus Holzlatten und Maschendraht bestanden. Die weißen Hühner darin sollten Eier legen, und wenn gerade keines greifbar war, meine Großmutter aber trotzdem eines brauchte, schnappte sie sich ein Huhn nach dem anderen und tastete es ab, bis sie ein fast fertiges Ei fühlte und es mit einem routinierten Handgriff aus dem Tier drückte.

Wenn es ans Schlachten ging, zierte sie sich allerdings. Sie übernahm das Tier erst wieder zum Rupfen. Zuvor musste mein Großvater es einfangen, an den Füßen packen, durch die Luft schleudern, damit das Blut in den Kopf schoss, und es dann auf den Hackklotz legen, um es zu köpfen.

Du sollst nicht töten.

Er hasste diese Arbeit. Schweigend und missmutig führte er sie aus. Zwar löffelte er die Hühnersuppe später durchaus mit zufriedenem Grunzen, aber in seiner Körperhaltung lag dabei etwas Vorwurfsvolles, schien mir im Rückblick der Erinnerung. Oder er war melancholisch, dachte ich, und in dem Augenblick glaubte ich eine Seite seines Charakters zu erkennen, die mir zuvor verborgen geblieben war: Er hatte die Schwermut gekannt. Seine Haltung war leicht gekrümmt, wie bei einem, der sich dem Schicksal beugt oder der am Grab des Sohnes den Kopf gesenkt und etwas von dieser Verneigung in sein restliches Leben mitgenommen hat.

Es kam mir seltsam vor, das bis dahin übersehen zu haben. Solange ich mich erinnern konnte, stand die Fotografie des Sohnes im Wohnzimmer meiner Großeltern, dasselbe Bild, neben dem meine Mutter anlässlich der Erstkommunion fotografiert worden war. Ein junger Mann mit glatter Haut und freundlichem Gesicht. Das ist der Josef, der ist im Krieg gefallen, hatte es geheißen, und dann wurde geschwiegen, damit die Worte wirken konnten.

Die Landschaften zogen vorbei, im Zug war es warm – günstigste Voraussetzungen, um sich weitere Reisen auszumalen, und so dauerte es nicht lange, bis ich mit dem Gedanken spielte, nach Kaliningrad zu fahren, oder eigentlich nach

Königsberg, denn die russische Enklave, wie sie heute war, interessierte mich wenig. Ich würde das Grab meines Onkels finden, das nach dem Besuch von Vater und Bruder im Oktober 1944 für die Familie verloren gegangen war. Durch ein paar Aufnahmen mit der Kamera meines Telefons könnte ich es zurückholen, und das würde ich für meine Großmutter tun, die es ihr Leben lang nicht verschmerzt hatte, nie am Grab ihres ältesten Sohnes gestanden zu haben.

Eine riesige Starenwolke über dem flachen Land zog meine Aufmerksamkeit auf sich. Die Formation änderte sich ständig, war mal in schwarzer Deutlichkeit, dann wieder fast gar nicht zu sehen, sie erinnerte mich an die Vögel, die Neringa und ich bei Ebbe am Mont-Saint-Michel gesehen hatten, auch wenn es damals gewiss keine Stare gewesen waren.

Achte auf die Tiere.

Kaum waren die Vögel nicht mehr zu sehen, kam Königsberg zurück. Um dorthin zu gelangen, musste ich mit einem Visum nach Kaliningrad reisen. Ich warf einen Blick in die Karten-App und fand bestätigt, was ich längst wusste: Es lag gleich neben Klaipėda. Als Nächstes recherchierte ich, wie man ein Visum für die russische Enklave beantragte, und trug Minuten später für den Tag meiner Rückkehr in den Kalender ein: Pass an Reisebüro.

Blind vor Ahnungslosigkeit und im Aufruhr der Verzweiflung hatte ich die Therapie begonnen. Sehenden Auges und unspektakulär brachte ich sie zu Ende.

Bis zum Schluss blieb mir verborgen, wie die Behandlung wirken sollte, doch im zweiten Jahr verstand ich allmählich, dass sie nicht darauf abzielte, die Symptome, die mich hatten Hilfe suchen lassen, möglichst schnell zu beseitigen. Offenbar sollte ich langsam lernen, sie selbst zu entkräften und durch gesunde Verhaltensweisen zu ersetzen.

Nach anderthalb Jahren zeigten sich erste Hoffnungsschimmer, doch fielen die Rückfälle umso mehr ins Gewicht. Es gelang mir, die Einsamkeit abzumildern, Leute kennenzulernen, und schließlich sogar, Ulla dazu zu bewegen, eine Wohnung mit mir zu teilen. Ich stürzte mich ins Zusammenleben, legte ab und zu das Klavierkonzert von Rachmaninow auf, aber nach einem weiteren Jahr war Ullas Enttäuschung nicht mehr zu übersehen. Sie hatte damit gerechnet, meine Reparatur durch die *professionelle Hilfe* würde schneller vonstattengehen. Bald gärte es, die Luft in unserer Wohnung wurde stickig, und am Ende übernahm ich den Part des Bösewichts und führte die Trennung herbei, indem ich etwas so Schockierendes tat, dass Ulla guten Gewissens die Flucht ergreifen konnte.

Eines Abends lernte ich an der Theke einer Kneipe eine ältere Frau kennen, betrank mich mit ihr und begleitete sie nach Schankschluss in ihre Wohnung. Ich tat, was sie von mir erwartete, als erfüllte ich eine hässliche Pflicht. Daheim notierte ich alles im Tagebuch und ließ dieses auf dem Schreibtisch liegen, wo es Ulla ins Auge sprang, die es prompt las und die ganze Welt auf ihrer Seite wusste, als sie mich verließ.

Während der vierjährigen Therapie kam es zu zwei weiteren *Beziehungen*, die mit Zuversicht begannen und einige Monate später in Verzweiflung endeten. Auf der Patientenliege ließ sich darüber trefflich reden. Der Stoff ging mir nicht aus.

Nebenbei gelang es mir, mein Studium zu meistern und sogar eine Promotion in Angriff zu nehmen, worüber ich mich selbst wunderte, was mich aber zu der Erkenntnis führte, dass ich arbeiten konnte, solange ich allein war.

Während ich noch an meiner Dissertation schrieb, bot mir die Unternehmensberatung, bei der ich ein Praktikum absolviert hatte, einen Job an, und mir war sofort klar, dass ich die Therapie beenden musste, wenn ich das Angebot annehmen wollte, denn mein Arbeitgeber würde mich nicht drei Mal die Woche freistellen, damit ich eine Behandlung fortsetzte, deren Abschluss und Erfolg in den Sternen standen. Außerdem wurden psychische Probleme damals noch verschwiegen. Anfang der Neunziger führte man noch nicht notorisch Begriffe wie *Burnout* im Mund.

Wann kann ich aufhören?, fragte ich den Doktor eines Tages, gleich nachdem ich mich auf der Liege ausgestreckt hatte.

Er ließ sich mit der Antwort Zeit, vielleicht weil die Frage ihn überraschte oder sogar kränkte. Oder er wollte sie ausschlachten, bevor er sie beantwortete, denn er reagierte schließlich mit Gegenfragen, warum und wieso, sagte dann etwas von der üblichen Dauer, nannte die von der Krankenkasse gewährte Anzahl der Stunden, überschlug, wie viele mir davon noch blieben, und ließ durchblicken, dass er die genehmigten Stunden bereits in sein Budget eingeplant hatte. Ich würde mit ihm verhandeln müssen, falls ich mich dafür entschied, früher aufzuhören. Das sagte er nicht, aber ich verstand es trotzdem.

Müssen für die Heilung alle vorgesehenen Stunden ausgeschöpft werden?, fragte ich. Werde ich hier geheilt?

Wollen Sie das denn?, fragte er zurück. Und wie sähe eine Heilung Ihrer Meinung nach aus?

Seine Gegenfragen gaben den Ausschlag. Einem erwachsenen Mann, der im Begriff stand, ins Berufsleben einzusteigen, konnte man nicht kategorisch alle Antworten verweigern. Er hätte sagen können: Bleiben Sie noch, es wird Ihnen guttun. Er hätte mir erklären können, warum, vielleicht sogar vor dem Hintergrund seiner Diagnose, aber er ließ mich an den Fäden seiner Fragen in der Luft hängen.

Schließlich einigten wir uns auf einen Termin für das Ende der Therapie, und dann war ich auf einmal kein Patient mehr. Ich fing an zu arbeiten, als wäre nichts gewesen, nur in das Stadtviertel, in dem ich mich jahrelang drei Mal die Woche herumgetrieben hatte, zog es mich nach Feierabend manchmal noch zurück. Dann drehte ich eine Runde und fragte mich, ob der Doktor die vier Filme, die ich ihm zum Abschied geschenkt hatte – für jedes angefangene Therapiejahr einen –, je in den Videorekorder geschoben hatte und was er wohl über sie dachte.

FÜNF

Der Zug von Frankfurt nach Paris überquerte den Rhein, fuhr durch die Ebene auf die Silhouette des Pfälzer Waldes zu, und bevor er durch Neustadt an der Weinstraße rauschte, konnte man auf einer Anhöhe das Hambacher Schloss sehen. Sofort fiel mir ein, dass ich dort oben schon einmal gewesen war, mit Ulla, auf einem Festival. Es musste im Sommer 1982 gewesen sein, zum hundertfünfzigjährigen Jubiläum des Hambacher Festes, über das wir damals freilich so gut wie nichts wussten. Etwas mit Freiheit kam uns bei den Konzerten ständig zu Ohren, denn es traten Größen der Freiheitsfolklore auf, die allesamt unterschlugen, dass für die Studenten des 19. Jahrhunderts auch die nationale Einheit ein Thema gewesen war.

Für mich war damals ohnehin nur Ulla wichtig. An die Darbietungen erinnerte ich mich nur schwach, mir kamen lediglich Hein und Oss Kröher in den Sinn, warum um Himmels willen die, vielleicht weil Ulla mich bei deren Auftritt für eine Weile verlassen hatte, um sich ihren Freunden und Freundinnen anzuschließen, die inzwischen mit dem alten VW-Bus des Jugendzentrums eingetroffen waren.

Der Zug hatte bereits Kaiserslautern hinter sich gelassen, als ich noch immer damit beschäftigt war, Bruchstücke der Erinnerung zusammenzusetzen. Ich war nahe daran, mir

Ullas Kleidung vorzustellen, aber es gelang mir nicht ganz, auch wusste ich nicht mehr, wo wir geschlafen hatten, ob auf der Wiese oder in einem Gebüsch oder vielleicht überhaupt nicht, und ich konnte mich an keinen Kuss erinnern, nur an Ullas Ausgelassenheit, und mit einiger Sicherheit meinte ich zu wissen, sie mindestens einmal angefasst zu haben. Mehr zu riskieren, daran hatte mich meine verfluchte Zaghaftigkeit gehindert.

Im Sommer 1982 lernte Neringa gerade laufen.

Ein Jahr später verlor ich Ulla zum ersten Mal an einen, der nicht zaghaft war. Man könnte auch sagen, ich verlor sie an ihre Lust, und diese Erfahrung verstörte mich, denn ich begriff, dass ich meinem eigenen Begehren hätte freien Lauf lassen sollen, anstatt auf ein heiliges, von allem Rohen befreites Geschehen zu warten.

Es war auch das Jahr, in dem ich mit dem beigen Pfarrersfahrzeug nach Berlin fuhr.

Ein weiteres Jahr später wollte ich Ulla in Paris wiedergewinnen und verlor sie in ihrem *Chambre de bonne* unter dem Dach erneut, weil ich mich wie ein Wahnsinniger gebärdete. Vielleicht, dachte ich, als der Zug in Saarbrücken anfuhr und Paris ansteuerte, hatte da bereits das Gift gewirkt, das mir vom Blick aus dem Rasierspiegel eingeflößt worden war.

Ich nahm mir vor, abzuwarten, bis ich drei Tiere gesammelt hatte. Als ich den Graureiher am Teich neben der Koppel mit den zwei Pferden und der Ziege erblickte, atmete ich tief durch und riskierte es, dem Blick des Mannes, der sich rasierte, bei vollem Bewusstsein zu begegnen. Sofort erschien er vor mir, und nun plötzlich konnte ich deuten, was in seinen Augen lag: die Verachtung des Täters, die das Opfer als Urteil akzeptiert.

Mit vagen Resultaten kehrte ich von der Dienstreise zurück. In Paris würde das Thema »Programmieren als obligatorisches Schulfach« im Kabinett besprochen werden, bei der Kultusministerkonferenz in Deutschland stand es ebenfalls auf der Tagesordnung, mit etwas Glück würden Empfehlungen in unserem Sinn an die Bundesländer ausgesprochen werden. Nach monatelangem Kriechen durch die Kapillaren der europäischen Bürokratie zeichnete sich schwach die Aussicht ab, dass ich zu etwas Elementarem beitrug. Bei diesem Projekt ging es nicht um das Datenmanagement eines Unternehmens, das mir gleichgültig war, sondern um mehr. Mit unseren Ausbildungsprogrammen und Unterstützungssystemen konnten wir beeinflussen, welchen Einstieg Kinder in die digitale Gesellschaft fanden, die sie später einmal weiterentwickeln würden.

Neringa verstand, was ich meinte. Du willst ihnen den Weg pflastern, sagte sie, und dieser Satz wirkte wie ein Geschenk.

Es wäre interessant, meinen Großvater durch unsere Welt zu führen, sagte ich.

Er würde leben wie früher, behauptete Neringa. Essen, trinken, schlafen, fernsehen, Karten spielen, im Chor singen, Fahrrad fahren, im Garten arbeiten, den Gottesdienst besuchen. Er würde sich höchstens über das Taschentelefon seines Enkels wundern.

Bis dieser Enkel ihm zu Weihnachten ein Seniorenhandy schenken und damit auch diese Befremdung aus der Welt schaffen würde.

Genau.

Ich musste lachen.

Warum lachst du?

Weil ich schon Vorträge gehalten habe zum Thema: »Was das Internet mit uns macht.« Mit meinem Großvater würde es gar nichts machen.

Und er nichts mit ihm.

Am zweiten Morgen nach der Dienstreise fand ich eine betont lakonische Rundmail von Colin an alle Mitarbeiter vor: Wir verkaufen. Die Firma bleibt jedoch erhalten, und zwar an diesem Standort. Ob David und ich nach San Francisco gehen, wird derzeit diskutiert. Wie wir in Zukunft das Profil der Firma neu ausrichten, wird sich in diesem Quartal erweisen. Sicher ist, dass wir unsere Kompetenz in Sachen Cloud-Dienstleistungen stärken müssen.

Ich sah zu Carla hinüber. Sie war an diesem Morgen gleichzeitig mit mir ins Büro gekommen und checkte ebenfalls ihre Mails. Ratlos blickte sie zurück.

Unwillkürlich lauschte ich in die Landschaft, wo bereits eine Menge Leute an ihren Arbeitsplätzen saßen. War es stiller als sonst, oder bildete ich mir das nur ein? Viele trugen Kopfhörer.

Für Leute wie den Amerikaner, der sich von Neringa die Hühnerknochen in der Küche aufheben ließ, würde es hier weiterhin etwas zu tun geben, aber meinen Job konnten die Leute in San Francisco höchstwahrscheinlich selbst übernehmen, vorausgesetzt, sie hielten nicht an Projekten fest, für die sie einen Kenner der europäischen Bürokratie brauchten.

Colin und David hatten die Chance ergriffen, auf einen Schlag sagenhaft reich zu werden. Der richtige Zeitpunkt war immer der, an dem ein Angebot einging, denn ein Jahr später konnte alles schon wieder anders aussehen. In dieser schnelllebigen Branche kam es vor allem auf das Timing an. Nur darum hatte auch meine Armaturenbrett-Idee so erfolgreich werden können. Sie kam genau in dem Moment ins Spiel, als die Datenmengen explodierten. Plötzlich wurden Lösungen wichtig, die Hyperkomplexität in Einfachheit überführten, sodass man den Überblick behielt, und die zugleich die Möglichkeit boten, umso tiefer in die Daten hineinzuschauen.

Durch die beschleunigte Vernetzung der Geräte wurden immer mehr Daten erzeugt, weshalb die Nachfrage nach Systemen, die Datenmengen durchforsteten, destillierten, kanalisierten, weiter stieg. Der Cloud-Anbieter aus San Francisco setzte konsequent auf diese Karte, solange sich noch alle für die Cloud interessierten. Es regnete Geld aus der Wolke, die Unternehmen von übermäßiger Datenlast befreite.

Dabei wurde gern vergessen, dass man unterhalb der im virtuellen Raum schwebenden Wolke riesige eingezäunte, rund um die Uhr bewachte Rechenzentren auf festem Boden brauchte, groß wie Fabriken. Ohne ein Fundament aus Beton und Stein klappte es auch mit der Wolke nicht.

Jakob Flieder besiegelte das Ende seiner Handwerkerlaufbahn mit Verbundsteinen aus Beton, durch die er das von ihm verlegte Kunstpflaster im Hof seines Hauses ersetzte. In den Jahrzehnten zuvor hatte er Porphyre und Granitsteine unterschiedlicher Größe und in den Anfangsjahren auch Klötze aus Holz verarbeitet. Gern hätte ich einmal der Reihe nach Holzstöckel, Kopfsteine und Betonverbundknochen in die Hand genommen. Vielleicht fand Jakob den Umgang mit Holz am angenehmsten, weil es leichter war und nicht so kalt.

Auch mein anderer Großvater griff gern zu Steinen, er setzte sie aber nicht für das Allgemeinwohl zusammen, sondern stellte sie zum eigenen Vergnügen in einer Vitrine seines Arbeitszimmers aus. Jedes Exponat ruhte auf einer Unterlage mit Rand, die mit einem lateinischen Namen beschriftet war, den er sorgfältig in ein Plastiketikett geprägt hatte.

Er nannte es seine Mineraliensammlung.

Wenn ich ihn besuchte, führte er mich vor die Vitrine und wies mich auf einzelne Stücke hin. Oder er zeigte mir die Gegenstände aus geschliffenen, polierten Mineralien, die auf seinem Schreibtisch standen: Aschenbecher, Stiftehalter, Briefbeschwerer, allesamt Mitbringsel aus dem Pfälzer oder Bayerischen Wald. Offenbar wurden vielerorts Amethyste und Achate verkauft, denn mit jedem Urlaub wuchs die Sammlung.

Es faszinierte ihn, wenn der Erde entrissene, unförmige Brocken durch Schliff und Politur zur Zier wurden. Er sehnte sich nach der Veredelung des Unansehnlichen.

Vielleicht verriet das Verhältnis zum Gestein etwas darüber, wie ein Mensch die Welt sah. Meine Großväter unterschieden sich nicht nur in diesem voneinander. Sie gingen in unterschiedlicher Haltung durchs Leben, und das hatte damit zu tun, wie sie es jeweils nach der Rückkehr aus dem Krieg von Neuem betreten hatten.

Neringa brachte mich auf diesen Gedanken, weil sie sich nach meinem anderen Großvater erkundigte, den ich bis dahin noch gar nicht erwähnt hatte, wohingegen von Jakob viel die Rede gewesen war, vor allem auf der ihm gewidmeten Pilgerfahrt zum Mont-Saint-Michel.

Wir lagen in meiner Wohnung auf dem Bett, wie wir es uns angewöhnt hatten, und obwohl uns acht Millionen Menschen umgaben, war es still, weil in diesem Wohnviertel der Privilegierten nur selten Autos am Haus vorbeifuhren und die Fenster für britische Verhältnisse erstaunlich dicht hielten.

Entscheidend war der Moment der Heimkehr, behauptete ich. Die allererste Begegnung mit den Angehörigen bestimmte darüber, wie die Großväter nach Krieg und Gefangenschaft Fuß fassten.

Erzähl, bat Neringa, rückte noch ein Stück näher an mich heran und hörte zu, wie ich zunächst von der Heimkehr meines anderen Großvaters erzählte.

Es ist Anfang Dezember 1947, den genauen Tag weiß er nicht, seit der Überfahrt von England ist von Daten nicht die Rede gewesen. Eine Uhr besitzt er nicht mehr, die ist in Kalifornien geblieben, im ersten Gefangenenlager, man hat sie ihm abgenommen wie alles andere auch. Nur das Leben hat man ihm gelassen, vermutlich widerwillig, denn sonst hätten sie ihm mehr zu essen gegeben und ihm nicht immer nur rohen Kopfsalat hingeworfen. Irgendwann wird er das alles aufschreiben, für die Nachwelt festhalten, all die Zumutungen, ja Verbrechen, die er am eigenen Leib erfahren hat, die Geschichte seiner Gefangenschaft, er wird alles dokumentieren, aber nicht gleich, noch nicht, zuerst muss er nach Hause und dann zu Kräften kommen, immer wieder sagt er sich das vor, so lange, bis er den Hauseingang sieht. Gott sei Dank, das Haus steht noch. Es liegt außerhalb der Innenstadt, die bei den Luftangriffen völlig zerstört worden ist.

Nach acht Jahren kehrt er nun also tatsächlich heim. Sein Kind hat er im Dezember 1939 zuletzt gesehen. Damals war es drei Monate alt, und er schob während des gesamten Spaziergangs am Rhein den Kinderwagen, ohne sich um die Blicke der Passanten zu scheren.

Niemand weiß, dass er kommt, aber er rechnet damit, seine Frau mit dem Stammhalter, der inzwischen zum Schuljungen herangewachsen ist, so spät am Abend daheim anzutreffen.

Im Treppenhaus riecht es wie immer, und die Schritte auf

den Stufen klingen wie eh und je, an der Wohnungstür aber stehen zwei Namen.

Er läutet. Ein Fremder macht auf. Wo ist meine Frau? Wer sind Sie? Ach so. Die ist nebenan. Man hat die Wohnung geteilt. Wir wohnen jetzt ebenfalls hier. In unseren Möbeln? Wir hatten ja keine mehr. Wurden ausgebombt.

Und dann sind solche Erläuterungen auf einmal egal, denn da steht sie vor ihm, noch immer dieselbe, acht Jahre älter bloß, schüchtern. Sieht nicht aus wie eine, die einen Krieg überstanden hat, denn sie und der Junge sind in Sicherheit gewesen, in Niederbayern, im Pfarrhaus seines Bruders, wo es keine Luftangriffe gab, aber Gemüse und Obst aus dem Garten, Fleisch aus dem Stall und dem Wald. Und wenn es an etwas fehlte, brachten die Bauern es demütig ihrem Pfarrer. Sie ist gesund und erkennbar bereit, weiterzuleben, so wie es bestimmt ist.

Komm rein. Wo ist der Junge? Er schläft. Ich will ihn sehen.

Der Junge wacht von zwei Schatten auf, die über seinem Bett zusammenrücken.

Schau mal, wer da ist. Kennst du den? Wer ist das?

Der Nikolaus, rät der Junge, denn es ist Anfang Dezember, und er weiß, wessen Ankunft bevorsteht.

Meine andere Großmutter hatte mir die Szene in wenigen Sätzen erzählt, kurz nachdem sie Witwe geworden war, und ich hatte gespürt, was sie mir damit sagen wollte: Diese Geschichte erklärt alles.

Was alles?, fragte Neringa.

Alles, was den Kriegsheimkehrer von da an ausgemacht hat. Seine gesamte Einstellung zum Leben und zu den Menschen um ihn herum.

Der heilige Nikolaus war der Schutzpatron der Seefahrer, Kaufleute, Handwerker – und der Gefangenen. Umso schlimmer für meinen Großvater, der sich jahrelang an der Front und in Gefangenschaft schutzlos ausgesetzt gefühlt hatte und im Augenblick der Heimkehr vom einzigen Sohn nicht als schützender Vater, sondern als Nikolaus erkannt wurde. Das sollte ihn für den Rest seines Lebens prägen. Er verbitterte, stimmte Jahrzehnte später noch sein immer gleiches Lamento an. Man hat uns betrogen, sagte er, der Hitler hat uns alle betrogen. Ich zog unter diesen Reden den Kopf ein, obwohl ich nicht verstand, was er meinte. Später begriff ich es besser, dank der Erzählungen seiner Witwe und auch dank der Bilder in seinen Fotoalben, akkurat eingeklebt, penibel beschriftet, die Gruppe der katholischen Verbindungsstudenten, er mittendrin, in vollem Wichs, und wenn man umblätterte, dieselben Studenten in derselben Aufstellung, bloß in brauner Uniform; später Fotos mit gezackten Rändern von Flugzeugwracks und darunter in blauer Tinte vermerkt: »Wieder hat es einen Tommy erwischt.« Ein loyaler

Soldat, ein frischgebackener Vater, dessen Heirat mit einer Frau minderen Standes von Eltern und Verwandten abgelehnt, von der Partei jedoch unterstützt worden war, und zwar mit tausend Reichsmark für die Wohnungseinrichtung sowie einem Exemplar von *Mein Kampf*.

Dann aber wurde der stolze Assessor und treue Soldat zum Gefangenen und anschließend zur Nikolausfigur herabgewürdigt, verlor auch noch die verbliebene Hälfte seiner Wohnung und wurde zu Bauern aufs Land geschickt, wo er von Glück sagen konnte, wenn er auf den abgeernteten Äckern Kartoffeln für den Eigenbedarf stoppeln durfte. Überdies verwehrte man ihm die sofortige Rückkehr in den Lehrerberuf. Allein der Bekanntschaft mit einflussreichen Angehörigen des Klerus hatte er es zu verdanken, dass er schließlich in der bischöflichen Marienschule unterkam und entnazifiziert wurde.

Das sind die Informationen, sagte ich zu Neringa. Das ist die ganze Überlieferung. Mehr habe ich nicht. Ein Universum von Unwissen, in dem ein paar Bilder treiben.

Immerhin ergeben sie eine Geschichte, erwiderte sie. Fürs Figurentheater würde das reichen.

Willst du das zweite Stück auch noch sehen?

Sie nickte, und mir gefiel die Vorstellung, selbst eine Kiste zu öffnen, die Fäden in die Hand zu nehmen und eine Figur von der Schwerkraft zu befreien.

Auch die zweite Geschichte musste ich aus winzigen Überlieferungssteinchen zusammensetzen.

Hätte ich alles, was ich von Jakob in meiner Kindheit und Jugend über seine Heimkehr gehört hatte, zu Papier gebracht, wäre dafür ein DIN-A4-Blatt ausreichend gewesen.

Der Pflasterer hatte sich mit einzelnen beiläufigen Sätzen begnügt. Er war nicht darauf bedacht gewesen, sein Heldentum hervorzuheben, auch nicht als er berichtete, immer nur in die Luft geschossen zu haben und desertiert zu sein. Es klang einfach nach der Wiedergabe eines Sachverhalts.

Wenn sie vor Erschöpfung durchatmen, schweigen sie oft, aber bei längeren Marschpausen kommt es vor, dass sie über das Kriegsende sprechen, über die bevorstehende Niederlage, über das Schicksal, das ihnen dann droht. Vielen macht die Vorstellung Angst, als Gefangene dem Feind ausgeliefert zu sein.

Jakob fürchtet sich nicht vor den Amerikanern. Zwei seiner Brüder leben in den Vereinigten Staaten, und er hat nie Klagen gehört. Das Reich des Bösen mag im Osten liegen, im Westen, jenseits des Atlantiks, liegt es sicherlich nicht. Darum fasst er den Entschluss, die Truppe zu verlassen. Er fasst ihn nur bei sich, denn wenn der Plan an falsche Ohren dringt, droht ihm die Todesstrafe wegen Fahnenflucht. Er aber will überleben, denn er muss heim, zu seiner Frau, seiner Tochter, zu Haus und Garten. Das ist sein Antrieb, und er genügt, um den erforderlichen Mut aufzubringen.

Er passt eine günstige Gelegenheit ab, lässt sich schließlich bei einem Marsch langsam zurückfallen, bis er allein ist, ohne genau zu wissen, wo, irgendwo im Westen Frankreichs, wo die Normandie an die Bretagne grenzt, wo von Norden her amerikanische Truppen vorrücken mit dem Auftrag, die deutsche Wehrmacht ein für alle Mal auszuradieren. Für sie zählt Jakobs Leben wenig. Trotzdem hält er am Vertrauen in die Amerikaner und an seinem Glauben an die Barmherzigkeit fest.

Er folgt dem Plan, den er zuvor gefasst hat. Mit einer Rasierklinge kratzt er etwas aus seinem Wehrpass heraus, das ihm nachteilig ausgelegt werden könnte.

An dieser Stelle geriet ich ins Stocken. Ich erinnerte mich genau, wie er mir diese Einzelheit erzählt hatte, und ich wusste auch noch, dass er den betreffenden Stempel oder Eintrag benannt hatte, aber mir fiel nicht mehr ein, worum es sich gehandelt hatte. Ich musste irgendwann aufgehört haben, mich daran erinnern zu wollen.

Warum solltest du das getan haben?, fragte Neringa.

Weil es sich um ein unangenehmes Detail handelte, dachte ich. Weil er womöglich einen SS-Stempel aus seinem Wehrpass entfernt hatte.

Neringa wartete auf eine Antwort, aber es fiel mir schwer, im Zusammenhang mit meinem Großvater von Himmlers Kampfverbänden zu sprechen. Außerdem musste es ja nicht stimmen. Er konnte mit der Rasierklinge auch etwas herausgekratzt haben, von dem ich nie zuvor gehört hatte und das ich mir deshalb nicht hatte merken können.

Ich erklärte es ihr umständlich und fügte gleich hinzu, am Ende des Krieges seien manche Wehrmachtseinheiten geschlossen der Waffen-SS eingegliedert worden. Freiwillig hätte sich mein Großvater auf keinen Fall gemeldet.

Er trug ja ohnehin auch keine schwarze Uniform, meinte Neringa.

Wie kommst du darauf?

Weil es dann nicht genügt hätte, etwas aus dem Wehrpass zu kratzen.

Das stimmte. Um ein Haar hätte ich mich bei ihr bedankt. Erzähl weiter, bat sie.

Sobald der Pass sauber ist, denkt er sich eine leicht zu simulierende Verwundung aus und hinkt in die Richtung, in der er die Amerikaner vermutet. Seine Waffen wirft er ins Gebüsch.

In meiner Vorstellung spielte sich all das im Wald ab, obwohl ich nicht einmal wusste, ob es in der Gegend überhaupt Wälder gab. Ich wusste auch nicht, ob er Angst hatte, allein durch fremdes Gelände zu gehen, als verhasster Feind, aber ich erzählte trotzdem, was in Jakob auf dem Weg durch den Wald vorging.

Stoße ich auf Einheimische, denkt er, bin ich auf ihre Barmherzigkeit angewiesen – oder auf ihren gesunden Menschenverstand, der ihnen sagt, dass ein einzelner deutscher Soldat nicht gefährlich ist und sich nur durch die Uniform vom französischen, englischen oder amerikanischen Soldaten unterscheidet.

Irgendwann glaubt Jakob, ein Zittern unter den Füßen zu spüren, und wenig später ist er sich sicher. Panzer und Transportfahrzeuge lassen die Erde vibrieren, und dann folgt auch schon das diffuse, stetig zunehmende Brummen der Motoren. Man kann sich nicht vorstellen, dass es noch von anderen Geräuschen übertönt werden könnte, doch bald drängen die Schritte Hunderter, mit schwerer Ausrüstung behängter Männer in den Vordergrund der Wahrnehmung. Alles rückt immer näher, erfüllt den Wald ganz und gar, und Jakob kann seine Angst nun nicht mehr leugnen. Ein weißes Tuch hat er nicht bei sich, er kann bloß die Arme heben und hoffen, dass es gesehen wird, bevor der erste Schuss fällt.

Bestimmt hatte er wahnsinnige Angst, bestätigte Neringa, und ich sah ihr an, dass sie es fast am eigenen Leib spürte.

Die Amerikaner schießen nicht, als sie den kleinen, hinkenden Mann sehen, sie fassen ihn nur etwas gröber an, als nötig wäre, aber eher pro forma. Er darf sich auf die Pritsche eines Lastwagens setzen, und weil die geschlossene Plane ihm die Sicht verdeckt, bemüht er sich gar nicht erst, die Orientierung zu behalten, sondern ergibt sich dem Schaukeln des Fahrzeugs und schläft darüber sogar ein.

Woher weißt du das?, wollte Neringa wissen.

Ich stelle es mir so vor.

Sie zog die Augenbrauen hoch, und ich wurde verlegen. Das mit dem Einschlafen unter der Lkw-Plane war mir erst beim Erzählen eingefallen. Es war einfach so herausgekommen.

Entschuldigung, sagte ich.

Wofür?, rief sie aus. Wenn man erzählt, dann richtig.

Ich wartete ab, bis sich der Kloß in meinem Hals aufgelöst hatte, dann sprach ich weiter.

Man bringt ihn tatsächlich in ein Feldlazarett, wo er sich allein unter Amerikanern befindet, die von deutschen Waffen verwundet wurden und deren Sprache er nicht versteht. Er hat noch immer Angst, aber nun eher unterschwellig, er befürchtet nicht, dass man ihm etwas antun wird, sondern fragt sich besorgt, ob von hier aus ein Weg nach Hause führt. Er betet unauffällig, um sich in seiner Unbeirrbarkeit zu bestärken. Er will heim. Darum muss er verhindern, nach Amerika gebracht zu werden. Er muss die Männer davon überzeugen, ihn einfach laufen zu lassen. Den Weg nach Hause wird er dann schon finden.

Fand er ihn?, fragte Neringa, obwohl sie es wusste.

Er fand ihn, aber frage mich nicht, wie. Wann und unter welchen Umständen er freigelassen wurde – vollkommen unklar. Auch von seinem Heimweg weiß ich nichts. Kam er auf einen Rücktransport per Eisenbahn? Oder machte er sich auf eigene Faust auf den Weg, sprang, wenn es sich ergab, irgendwo auf und ging ansonsten zu Fuß?

Das wäre ein ziemliches Abenteuer gewesen, meinte Neringa. Stell dir vor: Da geht ein Mann in deutscher Uniform allein durch Frankreich, das die Deutschen zuvor unter ihre Gewalt gebracht haben. Wo soll so einer etwas zu essen herbekommen? Und glaubst du wirklich, es würde ihn jemand auf seinem Wagen mitnehmen?

Wieder hatte sie recht. Wahrscheinlich war Jakob im Zuge der großen Repatriierungsoperation mit vielen anderen zurücktransportiert und irgendwo in einer der westlichen Besatzungszonen abgesetzt worden.

Mein verbürgtes Wissen setzte erst wieder am Ortsrand von Gonsenheim ein, bei der Begegnung von Vater und Tochter.

Eine Nachbarin hatte berichtet, Jakob sei in der Gemarkung gesehen worden, und als das Kind das hörte, ließ es sich nicht zurückhalten, sondern lief dem Vater entgegen und sah ihn Minuten später tatsächlich von den Gemüsefeldern her auf sich zukommen. Es hatte keine Schwierigkeiten, ihn zu erkennen. Er war dünner geworden, aber er war eindeutig der Vater.

Das ist eine bessere Art der Heimkehr, stellte Neringa fest.

Die Innenstadt lag in Trümmern, der Vorort Gonsenheim war von den schlimmsten Luftangriffen jedoch verschont geblieben. Jakobs Haus stand unversehrt an seinem Platz. Als er es betrat, kehrte er in sein Vorkriegsleben zurück, ohne über Schutthaufen steigen zu müssen. Von den Verheerungen durch brennendes Pflaster wusste er nichts. Zwar bekam er die zerbombte Innenstadt bald zu Gesicht, aber Einzelheiten konnte er dabei keine erkennen. Es war einfach alles verwüstet.

Oder er sah es doch. Stand am Münsterplatz, blickte die Große Bleiche hinab und erkannte, dass die Straße kein Pflaster mehr hatte, weil es aus dem Sand- und Betonbett herausgebrannt war. Und sah sich gleich darauf einst auf dem Hocker sitzen und Stöckel einklopfen, einen nach dem anderen, rhythmisch, tock, tock, zügig, aber nicht hastig, denn es durfte nicht gepfuscht werden, mit dem Rücken zum Rhein, tock, tock, Klotz für Klotz, Reihe für Reihe, unter den Blicken der Passanten und mit all den Gedanken, die einem Pflasterer durch den Kopf gehen, wenn er seine Arbeit im Akkord macht, um seiner Familie das Auskommen zu sichern, man dachte Gott weiß was, wenn man da hockte, tagaus, tagein, das konnte man keinem Menschen erzählen, sie konnten sogar störend werden, die unberechenbaren Gedanken, dann musste man sie loswerden, indem man anfing, innerlich Rosenkränze zu beten. Die beruhigten, betäubten, leerten den Kopf.

Vielleicht sah er das alles, seinen gebückten Fleiß und dessen fatale Folgen im Feuersturm, und fragte sich, ob er jemals wieder als Pflasterer arbeiten könnte.

Zunächst war daran ohnehin nicht zu denken. Zwar wurde er wieder vom Straßenbauamt eingestellt, aber bevor gepflastert werden konnte, mussten die Trümmer beseitigt werden.

Während die Unsicherheit in der Bürolandschaft um sich griff und dafür sorgte, dass bald alle Mitarbeiter mit Kopfhörern an den Bildschirmen saßen, lief eine Bonuszahlung auf meinem Konto ein, mit der ich in Litauen ein Haus mit Garten hätte kaufen können. Der Vertrag über ein Datenmanagementprojekt war unterschrieben worden.

Jetzt kannst du dir eine neue Uhr leisten, scherzte Colin im Vorbeigehen. Anlass für spezielle Glückwünsche gab es nicht. Ich hatte meine Mission erfüllt, die Firma meine Gratifikation bezahlt, so lief das, da musste keine Torte angeschnitten werden. Wir stoßen demnächst mal darauf an, meinte Colin immerhin, ging weiter, drehte sich aber noch einmal um und rief: *Good job.*

Schon oft hatte ich gerätselt, worin meine Motivation bestand, mich für das jeweilige Unternehmen, bei dem ich gerade angestellt war, so zu engagieren, wo ich mir doch einbildete, weder Karriere noch wachsenden Reichtum im Sinn zu haben. Um Anerkennung ging es nicht, auch nicht um Erfolgserlebnisse und schon gar nicht um den Reiz des Aufstiegs, denn wenn ich ganz nach oben gewollt hätte, hätte ich längst den Sprung in die Chefetage eines Unternehmens schaffen oder Miteigentümer eines dynamischen Start-ups werden müssen.

Den Bonus nahm ich mit Genugtuung, doch ohne Begeisterung entgegen. Seitdem ich alle Möbel für die Wohnung angeschafft hatte, brauchte ich nichts mehr. Wahrscheinlich würde ich aus Gewohnheit ein paar Aktien kaufen und einen

Teil in die sicheren Fonds stecken, die sich während der Finanzkrise nicht in Luft aufgelöst hatten. Mehr fiel mir nicht ein.

Auch Carla trug jetzt Kopfhörer. Sie setzte sie kurz ab, um mir zu gratulieren. Es kam von Herzen und vielleicht auch als vorauseilender Dank, denn sie kannte meine Gepflogenheiten. Wie bereits einige Male zuvor orderte ich online bei Harrods einen Einkaufsgutschein über einen vierstelligen Betrag und schickte ihn ihr per Mail. Den würde sie nicht versteuern müssen.

Anschließend sah ich zu ihr hinüber und zwinkerte, aber im selben Moment überkam mich eine unangenehme Gefühlsregung. Ich hatte, dachte ich, etwas bekommen, was andere gar nicht bekommen konnten, obwohl sie ihre Arbeit einwandfrei erledigten.

Eigentlich passte Harrods nicht zu Carla. Wahrscheinlich kaufte sie in Hipsterläden ein, von denen ich nicht die geringste Ahnung hatte, und lachte insgeheim über mich, weil ich der Typ war, der, wenn er Strümpfe oder Unterhosen brauchte, am Samstagvormittag durch den Park wanderte, sich im Kaufhaus rasch das Nötige aussuchte und anschließend mit dem Taxi nach Hause oder in die Firma fuhr.

Würde Neringa ebenfalls lachen? Wenn, dann nicht verächtlich. Würde sie mich begleiten? Ja, und sei es bloß, um zu beobachten, wie reiche Araberinnen einkauften, wie sie ihre manikürten Hände aus der schwarzen Verhüllung schoben und selbstgewiss nach Dessous griffen. Natürlich würde sie sich nichts von mir kaufen lassen, aber sie hätte ihren Spaß an der Mischung aus Eleganz und Kitsch – die allerdings anderen Menschen als ihr vorbehalten war.

Menschen wie mir?

Come on, dein Großvater war Pflasterer und ein Ausbund an Bescheidenheit, rief ich mich zur Ordnung. *Das* ist deine Herkunft. Denk nur an die Wohnung deiner Großeltern, wie winzig sie gewesen war und wie wenige Gegenstände sie enthalten hatte, bloß das Nötige plus Fernseher, Plattenspieler und ein paar Bilder an den Wänden.

Auch Jakob wollte mit seiner Arbeit nicht den Wohlstand mehren, sondern lediglich verdienen, was zum Leben gebraucht wurde. Ziele hatte er weiter keine, erst recht keine Visionen. Broterwerb nannte man das. Mit dem Thema *Motivation* wird er sich nie beschäftigt haben. Er identifizierte sich mit seinem Handwerk, eben weil es Handwerk war. Weil er es gelernt hatte und weil die nötige Kompetenz dafür in seinen Händen steckte.

Für Neringa *konnte* es keine Identifikation mit der Arbeit geben. Sie putzte, um sich ihren Aufenthalt in dieser vielfarbigen Stadt und ihre Leidenschaft fürs Figurenspiel zu finanzieren.

Neringas Schwester wiederum arbeitete hier, um ein bisschen mehr zu haben als das Nötigste, aber zu dem Preis, dass sie sich von ihren Kindern entfremdete. Oder sie hatte gar keine Wahl und war gezwungen, fern von den Kindern einer niederen Arbeit nachzugehen, damit daheim alle überlebten.

Carla und die anderen jungen Menschen, die um mich herum an den Bildschirmen saßen, wirkten so, als hätten sie jede erdenkliche Wahl. Ihnen schien es überhaupt nicht darauf anzukommen, an welchem Ort sie sich befanden. Alles, was sie brauchten, um in der Welt zu sein, waren ein Anschluss und ein Endgerät, sie konnten jederzeit aufstehen und leichten Schrittes den Platz, die Stadt, das Land verlassen, begleitet von dem Können, das in ihren Köpfen steckte, und von den Dokumenten, die sie in ihren Geräten gespeichert hatten.

Als ich in ihrem Alter war, beendete ich gerade eine Therapie, weil ich erkannt hatte, dass ich auch in Zeiten größter Niedergeschlagenheit noch fähig war, zu arbeiten. Und vielleicht verbarg sich bis heute genau in diesem Umstand die Motivation, mich zu engagieren: Die Arbeit hielt mich in der Welt. Wenn ich für meine Firma das Maximum herausholte, setzte ich mich indirekt oder verquer auch für mich selbst ein.

Ich träumte von der Konservenfabrik neben dem Bahnhof. Allerdings wurden dort keine Dosen befüllt, sondern geleert. Dutzende Frauen in Kittelschürzen standen am Band und öffneten Büchsen, entnahmen ihnen Fotografien, zerrissen sie und ließen sie auf ein zweites Band fallen, das die Schnipsel abtransportierte.

Als ich aufwachte, lag Neringa schlafend neben mir. Es musste spät am Nachmittag sein, gut möglich, dass ich mich am nächsten Morgen fühlen würde wie unter dem Einfluss eines Jetlags, aber das beschäftigte mich nicht lang, weil mir sogleich aufging, dass der Traum auf einem wahren Vorfall beruhte.

Nach dem Tod ihres Mannes wollte meine Großmutter nicht mehr leben. Sie starb fast auf den Tag genau ein Jahr nach ihm, und im Grunde war dieses Trauerjahr ein einziges Aufgeben gewesen. Nicht einmal die Erinnerung hatte sie hochhalten wollen. Eines Tages bat sie meine Mutter, ihr die alten Fotografien in der stabilen Schachtel mit dem goldenen Deckel zu bringen, von der niemand sagen konnte, was sie ursprünglich enthalten hatte. Meine Mutter holte sie, froh, dass meine Großmutter, die wie immer auf ihrem angestammten Sessel in der Küche saß, sich mit etwas beschäftigen wollte, aber wenig später bemerkte sie, dass Agnes die Bilder nicht betrachtete, sondern zerriss. Meine Mutter schritt sofort ein, um das Zerstörungswerk zu unterbrechen. Warum tust du das?, rief sie vorwurfsvoll, denn es war ja auch ihr Erinnerungsschatz, der da vernichtet wurde.

Für die alten Bilder interessiert sich ja später doch keiner mehr, erwiderte meine Großmutter.

Kein überzeugendes Argument, denn wenn die Fotos nicht von Interesse waren, mussten sie auch nicht vernichtet werden. Es gab vermutlich gar kein Argument, sondern nur den Impuls der Bitterkeit, weil der Tod ihren Mann geholt und sie allein zurückgelassen hatte. Und weil neuer Kummer alten Kummer weckte. Der Tod des Mannes reaktivierte die Trauer um den Tod des Erstgeborenen.

Wieder sah ich das Foto vom Tag der Erstkommunion meiner Mutter vor mir, die Freude des Mädchens, die Trauer seiner Mutter, und auf dem Beistelltisch das Foto des lächelnden jungen Mannes, an dessen Grab die Mutter nie gestanden hatte.

Ich muss nach Königsberg, dachte ich.

Meine Großmutter zerriss die Fotos im Frühjahr 1989. Gut möglich, dass ich zur gleichen Zeit in einem gewissen Hinterhofzimmer lag und meinerseits aufsteigende Bilder sichtete, die ich teils in Worte übersetzte, teils verwarf. Ich wählte aus, sortierte, teilte Bedeutungen zu, sonderte aus, und als ich in der Sonntagsdämmerung von meinem Bett in London aus an diese Zeit zurückdachte, beschlich mich wachsendes Misstrauen gegen die Geschichten, die ich mir damals über Hunderte Sitzungen hinweg erzählt hatte.

Daran zurückzudenken, weckte Unbehagen. Konnte man sich auf das verlassen, was man sich im Namen der Erinnerung zusammenreimte? Falls die Erinnerungen unzuverlässig waren, was galten dann die Schlussfolgerungen, die sich daraus ergaben? Wie konnte man Lebenslehren aus Legenden ziehen? Wie Symptome entkräften, wenn man sie womöglich auf die falsche Ursache zurückführte?

War das Bild aus dem Gästezimmer der Berliner Villa ein wahres Bild? Drückte es wirklich die Ursache für seine Wirkung aus?

Bevor die Zweifel in Verzweiflung umschlugen, beruhigte ich mich notdürftig mit dem Gedanken, dass es ein Albtraum gewesen war, der das Bild aus meiner Schachtel gefischt hatte. Und auf Träume war am Ende am ehesten Verlass, denn sie ließen sich nicht manipulieren.

Die Bilder in der Schachtel mit dem goldenen Deckel. Ungeordnet, kreuz und quer, meist ohne Beschriftung auf der Rückseite, als käme es auf die Chronologie nicht an, als sollte bei jedem Betrachten erneut gerätselt werden, wann und wo ein Foto aufgenommen worden war. Sie sollten die Betrachter ins Gespräch verwickeln und nicht beim Blick auf die Angaben nur stumm nicken lassen.

Vielleicht hatten meine Großeltern so gedacht. Vielleicht hatten sie auch keinen Anlass gesehen, der Vergangenheit besondere Ehre zu erweisen. Ehrenplätze gebührten den Toten, hinter Glas, gerahmt, auf dem Regal. Der Rest kam in die Schachtel.

So war es bei Jakob und Agnes. Mein anderer Großvater hingegen hatte das gegenteilige Modell gepflegt, er hatte Alben angelegt, die Bilder seines Lebens in akribische Ordnung gebracht. Als ich sie nach seinem Tod durchsah, meinte ich das Behagen zu spüren, mit dem er zum Lineal griff und die Linien für die Bildunterschriften zog. Für wen hatte er diese Sorgfalt vorgesehen? Diente sie der eigenen Erinnerung oder der Nachwelt, dem Sohn, dem Enkel? Vielleicht musste man sich die sorgfältige Dokumentation als Folge des Nikolaustraumas oder als Rechtfertigung der Biografie vorstellen. Stolz hielt er hoch, was er gehabt hatte, auch wenn es die Geschichte inzwischen verurteilte. So ehrte er sogar den Moment, in dem die Verbindungsstudenten sich in Träger brauner Uniformen verwandelten.

Die Zugehörigkeit zur katholischen Verbindung schien ihm ohnehin viel bedeutet zu haben, mehrmals hatte er für mich den Schrank geöffnet und mir seinen Schatz präsentiert: Studentenmütze, quer zu tragendes Band, die Insignien der Hasso-Rhenania. Es war mir vorgekommen, als hätte es in der ganzen Wohnung nichts Wertvolleres gegeben. Seine eigentliche Heimat war bei den Kameraden mit den zuversichtlichen Blicken in die Zukunft gewesen, in einer Zeit, als alles möglich schien und die neuen Machthaber den Rechtgesinnten glänzende Perspektiven in Aussicht stellten. In diese Heimat aber konnte es nach dem Krieg keine Wiederkehr geben, und so war mein anderer Großvater nicht wie Jakob nach Hause, sondern in die Fremde zurückgekehrt.

Müde schloss ich die Alben, legte den goldenen Deckel

zurück auf die Schachtel, und dann sah ich sie aus der Ferne langsam auf mein Leben zukommen, die beiden Großväter.

Neringa wachte nach Einbruch der Dunkelheit auf. Ich hatte mich an das schwache Licht gewöhnt und sah ihre Freude, als sie mich gleich nach dem Öffnen der Augen erblickte.
Hast du geschlafen?, fragte sie.
Ich nickte, und sie fügte ein litauisches Wort hinzu. Ein Kosewort, glaubte ich dem Tonfall zu entnehmen. Sie rückte an mich heran. Die Umarmung ist in mein Leben zurückgekehrt, dachte ich, sagte aber nichts, sondern drückte Neringa leicht, gerade so viel, dass sie meine Kraft spürte. Man musste nichts sagen, und man musste nichts tun, man konnte einfach daliegen und seine Aufmerksamkeit auf die Stellen richten, an denen die Körper sich berührten.

Am Tag vor der Erstaufführung des neuen Programms, als Neringa bei der Generalprobe war, läutete Aldona an meiner Tür. Ich solle ihre Schwester nicht ins Unglück stürzen, sagte sie. Ich solle Ernst machen. Keine Spielchen.
Es war mir unangenehm, eine fremde Frau in der Wohnung zu haben und nicht zu wissen, was sie von mir wollte. Trotzdem nahm ich ihr den Mantel ab. Sie ließ sich auf der Sofakante nieder, mit zusammengepressten Beinen wegen des engen Rocks. Ihre Fingernägel glitzerten.
Bevor ich sie fragen konnte, worauf sich ihre Sorge bezog,

bat sie mich um Geld. Sie könne nicht mehr. Sie ertrage die Trennung von den Kindern nicht. Sie wolle zurück. Sich in der Heimat selbstständig machen. Ein kleines Geschäft eröffnen. So viel verdienen, wie man zum Leben brauchte. Einen Mann finden, der die Kinder akzeptierte und etwas zum Haushalt beisteuerte. Sie sei noch nie jemanden um Geld angegangen, aber jetzt möge sie sich keinen Stolz mehr leisten.

Ihr Rock war nicht nur eng, sondern auch ausgesprochen kurz. Ein weiterer Grund, die Beine in den Nylonstrümpfen fest aneinanderzupressen. Ich versuchte mich zu erinnern, ob sie auch bei unserer letzten Begegnung so stark geschminkt gewesen war und ein so schweres Parfum getragen hatte.

Wenn Sie es mir nicht geben wollen, stellen Sie sich einfach vor, dass Sie es Neringa geben, sagte sie. Die nimmt ja keine Geschenke an. Und schon gar kein Geld. Stimmt's?

Ich nickte halbherzig.

Sehen Sie. Ich kenne meine Schwester.

Ich fragte mich, ob ich Neringa von dem Bonus erzählt hatte. Mit Sicherheit nicht. Aldona konnte also nichts von ihm wissen. Aber es gab ihn, er lag, bis auf Carlas Anteil, weiterhin unangetastet auf dem Konto, noch war nichts davon in Aktien angelegt oder in Fonds einbezahlt worden, und wenn das so bliebe, würde mich in wenigen Wochen ein überaus freundlicher Anlageberater der Bank anrufen.

Amber, dachte ich. Sie riecht nach Amber. Oder nach Moschus. Nach Wal oder Paarhufer.

Als müsste ich diesen hässlichen Gedanken kompensieren, legte ich mir einige Sätze zurecht, um ihr einen Vorschlag zu unterbreiten. Was halten Sie davon, wenn ich in Ihrer Heimatstadt ein Ladenlokal erwerbe, es einrichten lasse und dann zu günstigen Konditionen an Sie vermiete, wollte ich sagen, bot ihr aber zunächst einen Cognac an. Sie trank ihn wie Wodka, und vielleicht brachte mich das zur Besinnung. Ich behielt meinen Vorschlag für mich, nahm stattdessen die Armbanduhr ab und schenkte sie ihr.

Die verkaufen Sie am besten hier in London.
Ist die wertvoll?, fragte sie.
Wie man es nimmt, sagte ich.
Sie ist kaputt.
Sie hat bloß einen Sprung im Glas.

Neringa nahm durchaus Geschenke an, doch nicht zu jeder Zeit und außerdem auf ihre Art. Das Recht, ihr etwas zu schenken, wollte sie mir nicht absprechen, aber sie verlangte dabei Achtsamkeit und Vorsicht. Wahrscheinlich fürchtete sie das Gift der Üblichkeit, das alles verderben konnte, auch das gut Gemeinte.

Einmal hatte ich ihr in meiner Wohnung eine Schachtel mit Weingläsern überreicht, weil ihr einzig verbliebenes zerbrochen war. Sie nahm sie erst in Gebrauch, als ich sie das nächste Mal besuchte. Ohne dich sind sie nur Gegenstände, erklärte sie.

Im Grunde stand für sie jedes Geschenk im Schatten seiner Materialität. Nur für das Geschenk der Nähe galt das nicht. Komm, legen wir uns hin, sagte sie jedes Mal, wenn wir uns nach einer Unterbrechung von wenigen Tagen wiedersahen, und wenn wir dann auf dem Bett lagen, war alles möglich. Manchmal schliefen wir sofort miteinander, manchmal erst nach Stunden und manchmal gar nicht. Es durfte sein, musste aber nicht, und mit der Zeit lernte ich, die tiefe Bedeutung der Hilfsverben zu verstehen: Wo das Dürfen das Müssen ersetzte, bekam die Freiheit ihre Chance.

Aldona saß bereits in einer der vorderen Reihen, als ich den Saal betrat. Sobald sie mich erblickte, winkte sie mir zu, worauf sich ihre Sitznachbarn, vermutlich Litauer, die mit ihr gekommen waren, nach mir umblickten.

Ich sah, dass sie die Uhr trug. Wegen ihres kleinen Formats machte sich die DeVille gut am Handgelenk einer Frau, trotzdem brach mir der Schweiß aus, als ich mir den Augenblick vorstellte, in dem Neringa das neue Schmuckstück ihrer Schwester identifizieren würde.

Der Saal war ein ehemaliges Kino mit Sitzreihen für mehrere Hundert Menschen, und doch hatte der *Refugee Council* bei der Anmietung keineswegs übertrieben, denn bald waren alle Plätze besetzt. Mehrere Dutzend Erwachsene und Kinder ließen sich auf den Treppen nieder, die zu den erhöhten hinteren Reihen hinaufführten, wurden jedoch von einem Feuerwehrmann vertrieben. Es gab Tränen, und ich bekam ein schlechtes Gewissen, weil ich einen der Plüschsitze ergattert hatte, obwohl ich nicht zu denen gehörte, für die man die Veranstaltung ausrichtete. Erst als das Licht ausging, entspannte ich mich. Und wenige Sekunden später lachte ich bereits, denn Neringa erweckte eine Waschmaschine zum Leben.

Sie führte von der Seite eine Puppe herein, die ihr bis zu den Hüften reichte und an verblüffend vielen Fäden hing.

Die Marionette summte ungehemmt vor sich hin, sie bemerkte das Publikum nicht. Ich hörte das Summen aus der Puppe und aus Neringa, bis es nach wenigen Sekunden ganz auf die Marionette überging, die daraufhin prompt zu sprechen begann.

Mach die Klappe auf, sagte der Mann an den Fäden zu der Waschmaschine, die weiß vor dem schwarzen Hintergrund leuchtete. Ich will mich waschen.

...

Was sagst du? Das ist kein Mund? Wer hat denn was von Mund gesagt. Ich habe von Klappe gesprochen.

...

Ich nicht. Ich meine nicht automatisch Mund, wenn ich Klappe sage. Aber mal abgesehen davon, mach die Klappe auf und wasch mich! Gleich ist der Saal voller Leute.

...

Zu spät? Die Leute sind schon da? Ich glaube, dein Zyklopenauge hat ein bisschen zu tief in die Zukunft geschaut.

Trotz seiner Zweifel drehte sich der Marionettenmann um und erblickte zu seinem Entsetzen tatsächlich das Publikum. Zunächst erstarrte er, dann schämte er sich und ging dazu über, sich Vorwürfe zu machen. Ich hab den Anfang vermasselt! Wie steh ich jetzt da? Ich Trottel. Ich Nichtsnutz. Ich Niete. Ich Schaumstoffbirne. Ich aufgeschäumtes Birnenhirn.

Die Liste wurde immer grotesker, sodass die Leute lachten, auch dann noch, als sich der arme Kerl mit der Faust auf den Schädel haute. Seine Verzweiflung war echt und tief und trotzdem komisch, vor allem weil sich sein Gesicht dabei fürchterlich zerknautschte.

Ich fragte mich, wie Neringa das hinbekam, aber da mischte sie sich auch schon ein: *Signore*, sagte sie, *Signore Direttore*, nicht doch! Ihr armer Kopf. Schauen Sie doch mal ins Publikum. Niemand hat seinen Platz verlassen. Und alle Gesichter lächeln.

Dadurch gewann der Marionettendirektor die Fassung. Er zog den Frack glatt, räusperte sich und schüttelte so rührend menschlich seine Verlegenheit ab, dass die Leute unwillkürlich anfingen zu klatschen.

Als das Publikum in erwartungsvolle Stille zurückgefunden hatte, stutzte er allerdings wieder und suchte mit dem Blick erneut Hilfe bei Neringa. Er flüsterte: Was kommt jetzt?

Die Ansage.

Ah, *naturalmente*, die Ansage. Und damit hatte er in die Spur gefunden. Meine hochverehrten Damen und Herren, rief er aus und übernahm so souverän, als wäre nichts gewesen, die Rolle des Conférenciers. Die Leute lachten, und nun ging es mit dem eigentlichen Programm los.

Wieder handelten alle Nummern vom Weggehen und Ankommen, wieder ging es darum, den Menschen Mut zu machen, aber vor allem sollten ihre Emotionen gekitzelt werden, und das funktionierte bestens. Es wurde gelacht und geweint, quer durch die Kulturen. Litauer, Syrer und Somalier lachten an denselben Stellen, und wenn es ans Herz ging, knisterten im ganzen Saal die Päckchen mit den Taschentüchern. Es traten Fingerpuppen mit Köpfen aus Kunststoffmasse oder Pappmaché auf, Stabpuppen imponierten mit prächtigen, glänzenden Kleidern, Klappmaulpuppen machten Klamauk mit den Kindern, die noch mehr lachten, als an langen Drähten geführte Pommes-frites-Figuren auftraten, deren Abenteuer während des Spiels auf eine Leinwand projiziert wurden.

Zwei Jugendliche, vielleicht Afghanen oder Syrer, führten eine Nummer mit digitalen Figuren auf. Sie ließen ein bekanntes Computerspiel anlaufen, und jeder von ihnen bediente eine Figur. An der Reaktion im Saal konnte man hören, dass viele Kinder über das Spiel Bescheid wussten, aber bald schon verstummten sie, weil sie sahen, wie die beiden Jungen die digitalen Kunstfiguren aus dem normalen Spielgeschehen herausführten. Sie nahmen das Heft selbst in die Hand, spielten quasi mit dem Spiel.

Ich fragte mich, wie die das machten. Hatten sie den Code geknackt? Falls ja, hätten die beiden verdammt was auf dem Kasten.

Neringa kam zwischen jeder Nummer mit der Direktorenpuppe auf die Bühne und bot mir die Gelegenheit, ihren Körper im Zusammenspiel mit der Marionette zu beobachten. Alle Bewegungen, die beim Marionettenmann ankamen, entsprangen ihr und gingen durch sie hindurch. Voller Spannung war ihr Leib und dabei doch geschmeidig, empfänglich für den geringsten Impuls und zugleich fortwährend unaufdringlich selbst Impulse gebend. Ich erinnerte mich an den Moment, in dem sie mir zum ersten Mal die Brille abgenommen hatte. Ihr Griff nach den Bügeln war zielgerichtet und genau gewesen, hatte aber sanft und weich gewirkt, bereit, jederzeit nachzugeben.

Einmal trat sie noch in einer anderen Rolle auf, nämlich in dem Schattentheater, von dem sie mir zu Hause bereits eine private Kostprobe gegeben hatte, aber diesmal nicht allein, sondern zusammen mit vier anderen, und es bereitete mir ein ungeheures Glücksgefühl, die Silhouette ihres Körpers von den anderen zu unterscheiden.

Auf die Vorstellung folgte der Sündenfall.

Wo ist deine Uhr?, fragte sie, als ich ihr über die gerötete Wange strich, stolz auf ihre Leistung und froh, weil sie gleich zu mir kam, während sich das Publikum noch im Aufbruch befand.

Die Lüge kam blitzschnell und verströmte sogleich ihr Gift in mir. Bevor ich Gelegenheit hatte, mich zu korrigieren, trat Aldona hinzu und umarmte ihre Schwester. Eskortiert von den anderen Litauern, lobte sie die Aufführung mit ausgreifenden Gebärden. Meine Uhr an ihrem Handgelenk schwirrte durch die Luft.

Plötzlich sagte Neringa kühl und knapp etwas auf Litauisch zu ihrer Schwester, und alle Bewegungen stoppten.

Neringas Blick suchte mich. Fixierte mich. Durchdrang mich. Wurde hart. Und zerfloss. Sie wandte sich ab und ging davon.

Ich hatte das Gefühl, in einen Schacht zu stürzen.

Aldona lief Neringa hinter die Bühne nach, und als beide nach einer Weile zurückkehrten, trugen sie den gleichen, um Neutralität bemühten Gesichtsausdruck. Es sah aus, als hätten sie sich im Schnellverfahren gestritten und etwas zu hastig einen Waffenstillstand vereinbart. Vor allem Neringa schien mir mit dem Vorfall noch längst nicht fertig zu sein. Die Litauer, die noch immer herumstanden, wirkten trotzdem erleichtert.

Meine Schwester zieht vorläufig wieder in ihre alte Wohnung, teilte mir Neringa mit.

Die Litauer nickten. Es schienen ihre Mitbewohner zu sein. Aldona verabschiedete sich und wünschte frohe Weihnachten. Am nächsten Tag würde sie nach Hause fliegen, zu ihren Kindern.

Neringa gab mir einen Kuss auf die Wange und nutzte die Gelegenheit, mir unauffällig einen Satz ins Ohr zu flüstern: Keine Lügen, bitte!

Meine Eltern bedrängten mich seit Wochen. Wann kommst du? Hast du noch immer keinen Flug gebucht? Ich vertröstete sie, sagte, von London komme man auch kurzfristig nach Frankfurt, Köln oder Düsseldorf.

Neringa und ich hatten Weihnachten im Gespräch nur einmal flüchtig gestreift, und so wusste ich am Abend dieses vierten Advents, als wir nach der Aufführung zu mir fuhren, noch immer nicht, wo wir die Feiertage verbringen würden.

Sie bat mich nicht, bei ihr zu bleiben. Im Gegenteil. Du solltest zu deinen Eltern fahren, meinte sie, als ich das Thema aufbrachte.

Und du bleibst allein?

Es wäre nicht das erste Mal.

Weihnachten bedeute ihr nichts, erklärte sie. Es mache ihr absolut nichts aus, den Heiligen Abend allein in ihrer Wohnung zu verbringen.

Das überstieg meine Vorstellungskraft.

Ich werde mich nicht langweilen, beteuerte sie.

Das glaube ich dir, aber das ist doch kein Argument für die freiwillige Einsamkeit.

Wer spricht denn von Einsamkeit?

Du wirst dich einsam fühlen, wenn du allein in deiner kleinen Wohnung sitzt, während alle ringsum das Fest der Liebe feiern.

Das Fest der Liebe feiere ich in jeder Stunde, die ich mit dir verbringe.

Du weißt schon, was ich meine.

Und du solltest glauben, was ich sage. Als ich dich noch nicht kannte, hat es auch schon Weihnachten gegeben. Ich weiß, wie das ist.

Und wenn ich dir ein Flugticket nach Litauen kaufe?, schlug ich vor. Als Weihnachtsgeschenk.

Sie lehnte ab. Keine Geschenke, sagte sie. Ich bleibe und du fährst.

Ich sah mich bei meinen Eltern sitzen und mir unablässig Neringa vorstellen, die an Heiligabend wehmütig an ihre Eltern, ihre Schwester und an deren Kinder dachte, vielleicht auch an mich, und sich dabei fürchterlich einsam fühlte.

Ich sollte bei ihr bleiben.

Ich sollte zu meinen Eltern fahren.

Kaum sah ich das Dilemma samt meiner Unfähigkeit, es aufzulösen, in aller Deutlichkeit vor mir, züngelten die ersten Flämmchen der Verzweiflung. Ich war ein Schwächling. Ich war unfähig, klare Entscheidungen zu treffen und nach allen Seiten zu vertreten. Und schon brannte die Wut.

Ich bin ein Idiot, sagte ich laut. Ich könnte mich ohrfeigen.

Tu's nicht, sagte Neringa.

Ich sah sie an und musste beinahe lachen. Tu's nicht, hatte sie gesagt. Einfach *Tu's nicht*.

SECHS

Mich überraschte die Kälte des Windes am Strand. Die Wellen der Ostsee liefen so träge aus, als schleppten sie das Gewicht des künftigen Eises schon mit sich. Aber noch erstarrten sie nicht, sondern leckten am Schnee.

Vom Dorf aus war ich quer durch den Wald gegangen, hatte die hohen Bäume auf dem Landrücken bestaunt und war dann zum Strand hinuntergestapft. Außer mir hatte sich kein Mensch hierher verlaufen. An der deutschen Küste traf man zu jeder Jahreszeit auf Spaziergänger, hier stand ich allein in gespenstischer Leere.

Dies war nicht Königsberg, nicht einmal Kaliningrad. Dies war auch nicht Klaipėda oder die nördlichste Stadt Deutschlands. Dies war ein Landstrich, in den mich kein Auftrag geschickt hatte, sondern allein die Neugier.

Ein bewaldeter Landrücken mit Dünen zur offenen See auf der einen und grünem Ufer zum Haff auf der anderen Seite. Ein hundert Kilometer langer Wald, gesäumt von hundert Kilometer langem Sandstrand: die Kurische Nehrung, für die laut der Legende, die mir die litauischen Basketballer in Dagenham erzählt hatten, die blonde Neringa verantwortlich zeichnete, indem sie nämlich die Fischer vor der Gewalt des Meeresgottes schützte und gegen die von Bangputis aufgeworfenen wütenden Wellen einen Wall aus Sand aufschüttete.

Dies war nicht Königsberg, obschon Kaliningrad nebenan lag, und es war nicht Klaipėda, aber es gehörte zur näheren Umgebung von Neringas Heimat, und vielleicht unternahm ich den Abstecher hierher, um ihr später berichten zu können, mich in ihrer Welt umgesehen zu haben. Immerhin wäre die kleine Reise zu der außergewöhnlichen Landschaftsformation eine Art Geschenk.

Als Anfang Dezember mein Pass mit der gekauften Einladung und dem Visum für Kaliningrad vom Reisebüro zurückgekommen war, hatte ich mich endgültig verpflichtet gefühlt, die Reise anzutreten und nach dem Grab meines Onkels zu suchen. Diese selbst auferlegte Pflicht erlaubte mir, den Aufenthalt bei meinen Eltern kurz zu halten und gleich nach dem Jahreswechsel nach Vilnius zu fliegen. Dort mietete ich einen Wagen und fuhr in nordwestliche Richtung. Hinter Kaunas betrachtete ich an einem kleinen Imbiss die funkelnagelneuen Euromünzen, die ich als Wechselgeld erhielt, und stellte fest, dass alle das gleiche Motiv auf der Rückseite trugen, einen Ritter auf springendem Pferd, der ein Schwert waagerecht über dem Kopf schwang. Der Wirt erkundigte sich nach meiner Herkunft, und als ich mich als Deutscher zu erkennen gab, erzählte er, die Euroscheine, die es in Litauen seit wenigen Tagen gebe, seien von der Deutschen Bundesbank geliehen.

Ich staunte, worauf der Mann trocken ergänzte, das sei eigentlich gar nicht so überraschend, schließlich hätten unsere beiden Länder vor siebzig Jahren schon mal eine gemeinsame Währung gehabt.

Im Wagen faltete ich die Straßenkarte auseinander, schaute auf das Land, von dem ich kaum etwas wusste, und änderte meine Pläne. Ich beschloss, zunächst nach Klaipėda und erst dann nach Kaliningrad zu fahren, und so wurde, was als stellvertretender Akt für meine Großmutter geplant gewesen war, zu einer spontanen Erkundung ganz anderer Art. Ich wollte sehen, wo Neringa herkam, was ihre Augen vor der Ausreise nach London gesehen hatten, auf welchem Pflaster sie gewandelt war.

Bald stand fest, dass sie sich tatsächlich auf Kopfsteinpflaster bewegt hatte, denn in Klaipėda gab es eine Menge davon. Ich lief durch die schmalen, geraden Gassen der Altstadt, brachte nur schwaches Interesse für die offiziellen Sehenswürdigkeiten auf, blieb aber vor der Universität, an der Neringa studiert hatte, stehen, um zu sehen, wo sie ein und aus gegangen war, und da fiel mir ein, dass ihr Mann hier eine Anstellung hatte, die er auch aus idealistischen Gründen nicht aufgeben wollte. Ich starrte auf das Gebäude. In den meisten Fenstern brannte Licht. Wahrscheinlich hatten sie sich geliebt. Sie hatte ihn angefasst, wie sie nun mich anfasste, und ihn dann trotzdem verlassen.

Ich zwang mich, weiterzugehen, zog als halbherziger Tourist meine Kreise, wusste nicht, wohin mich wenden, bis mir das erste litauische Wort einfiel, das ich aus Neringas Mund gehört und selbst in den Mund genommen hatte: *Nemunas*. Das brachte mich auf den Gedanken, zum Fluss zu gehen, doch konnte ich ihn auf dem Stadtplan nicht finden. Ich war davon ausgegangen, dass die Memel in der Stadt gleichen Namens in die Ostsee mündete, nun verriet mir die Landkarte, dass sie sich viele Kilometer weiter südlich in ein großes Delta verzweigte und dann im Kurischen Haff verlor.

Da es mich nun einmal ans Wasser zog, schlug ich den Weg zum Hafen ein. Dort wartete ich eine Weile vergeblich auf spektakulären Schiffsverkehr, stellte mir Neringa an diesem Ufer vor, als Jugendliche, als Kind, und versuchte, mir in Erinnerung zu rufen, wo sie gewohnt hatte, als sie klein war. Sie hatte hin und wieder davon gesprochen, sogar einen Straßennamen genannt, der mir aber nicht einfiel. Wieder faltete ich den Stadtplan auseinander, und nach gründlichem Studium kam ich immerhin auf das Viertel, in dem die Straße lag: Varpai.

Ich fuhr hin und stieß im besagten Stadtteil weder auf renovierte Altbauten noch auf schmucke Einfamilienhäuser, sondern auf Betonungetüme, die mit Satellitenschüsseln übersät waren. Auch gab es hier kein schönes Pflaster mehr. Für etwas Farbe sorgten nur die Werbeplakate. Eines zeigte das Basketballteam der Stadt, dessen Namen ich auf Anhieb verstand: *Klaipėdos Neptunas*.

Der Anblick der schmucklosen Häuserblocks erinnerte mich wieder an das Telefonat mit dem Mitarbeiter der Deutsch-Baltischen Handelskammer, der mir auch das litauische Durchschnittseinkommen verraten hatte: 671 Euro.

Wenn Deutschland der zweitgrößte Handelspartner Litauens ist, wer ist dann der größte?, hatte ich den Mann gefragt.

Russland natürlich, hatte die Antwort gelautet.

Oh, war es mir herausgerutscht.

Überrascht Sie das?

Nein, eigentlich nicht, aber man denkt natürlich gleich an die EU-Sanktionen gegen Russland. Die müssen Litauen schwer treffen.

Allerdings. Besonders die Lebensmittelindustrie ist betroffen, angefangen bei den Bauern. Und die Logistikunternehmen, weil die zum großen Teil vom Lebensmitteltransport nach Russland leben.

Ist das für die Leute nicht frustrierend?

Schon, aber sie haben Erfahrung mit russischen Einfuhrverboten. Die hat es immer wieder gegeben, erst letztes Jahr, als Litauen den EU-Vorsitz innehatte und die Russen unmittelbar vor dem Gipfeltreffen der EU mit ihren östlichen Nachbarn den Milchimport stoppten, als Strafmaßnahme wegen der Annäherung an die Ukraine. Zum ersten Mal wurde Litauen im April 1990 bestraft, für die Unabhängigkeitserklärung. Damals gab es eine Rohstoffblockade.

Mit dem Handy fotografierte ich einen besonders repräsentativen Plattenbaukomplex. Ich wollte das Bild an Neringa schicken, zusammen mit der Frage: Kommt dir das bekannt vor? Im letzten Moment entschied ich mich dagegen. Es war eine Entscheidung des Instinkts, nicht der Vernunft, vielleicht weil ich es doch nicht richtig fand, mich ohne sie hier aufzuhalten. Vielleicht fuhr ich auch genau deshalb bald weiter, und zwar zum Anleger der Fähre, die Fahrzeuge und Personen auf die Kurische Nehrung brachte.

Während ich frierend im kalten Wind an der Reling stand, spürte ich unterschwellig Widerwillen gegen die Suche nach Josefs Grab in mir aufkommen. Es hatte keinen Sinn. Ich würde es wahrscheinlich gar nicht finden, ich wusste nicht einmal, auf welchem Friedhof es lag. Ich müsste sämtliche Gräberfelder von Kaliningrad abklappern, und es konnte dabei durchaus sein, dass der fragliche Friedhof gar nicht mehr existierte.

Durfte ich meinen ursprünglichen Plan deshalb einfach fallen lassen? Wenn ich nicht nach Königsberg fuhr, würde es niemand mehr tun, und Josefs Grab würde weiterhin unbesucht bleiben.

Nach der Überquerung der Lagune fuhr ich in südliche

Richtung den gesamten litauischen Teil der Nehrung entlang bis nach Nida, von wo es nicht mehr weit war bis zum Grenzübergang zur russischen Enklave. Es gab in unserer Verwandtschaft tatsächlich niemanden außer mir, dem eine Fahrt nach Königsberg im Namen meiner Großmutter zuzutrauen wäre. Das erhöhte meine Verantwortung, minderte aber die Skepsis nicht. Vielleicht wäre es viel richtiger oder wahrhaftiger, nicht an Agnes' Stelle hinzufahren, denn für niemanden konnte ein solcher Besuch die Bedeutung haben, die er für sie gehabt hätte. Man konnte nur die eigenen Lebenslücken füllen, nicht die seiner Verwandten.

Als die Skepsis überhandzunehmen drohte, sah ich die ersten Schilder, die auf die Grenze und das Sperrgebiet hinwiesen. Sofort erfasste mich Beklemmung, wie immer bei Schildern dieser Art. Ich ließ den Wagen einige Hundert Meter mit getretener Kupplung rollen, dann bremste ich, wendete und fuhr ohne Halt bis Juodkrantė zurück, wo ich auf einer Informationstafel las, dass alle Ortschaften auf der Kurischen Nehrung zusammen die Gemeinde Neringa bildeten.

Es war still in dem Dorf am Haff, meine Frage nach einer Unterkunft stieß um diese Zeit des Jahres auf Verwunderung, schließlich fand ich eine Herberge, wo mir am Abend Räucherfisch und Brot serviert wurden.

Als ich am nächsten Morgen die Augen aufmachte, erfüllte milchige Helligkeit das Zimmer. In der Nacht hatte es geschneit, und ich ging nach dem Frühstück in knöcheltiefem Pulverschnee quer über den Landrücken durch einen lichten, schönen Wald mit hohen Bäumen zum Strand, der von einer geschlossenen Schneedecke überzogen war, an deren Rand die Wellen leckten.

Schnee am Strand. An diesem Anblick hätte Neringa sich gefreut. Und die Kälte hätte sie veranlasst, sich an mich zu drücken.

Weil er es ihnen nicht gesagt hat, wissen die Kollegen nicht, dass Jakob an diesem Tag zum letzten Mal zur Arbeit kommt. Sein Vorgesetzter will am Morgen kein Aufheben darum machen, als er im Depot die Einsätze bekannt gibt, aber sobald die Kolonne am Abend zurückkommt, wird er Jakob Flieder eine Flasche Pfefferminzlikör von der Belegschaft und ein Dankesschreiben des Bürgermeisters überreichen, und vielleicht wird man anschließend noch zusammen ein Bier trinken gehen, obwohl dieser Flieder keiner ist, der in der Kneipe hockt, das haben die letzten zwanzig Jahre eindeutig bewiesen. Wenn der nach der Arbeit irgendwohin geht, dann zur Probe des Männergesangvereins *Heiterkeit* im Saal des *Sängerheims*, wo er ein Glas halbtrockenen Weißwein trinkt, und vielleicht wird dieser Chor seinem Mitglied bei der nächsten Gelegenheit ein Ständchen anlässlich des Eintritts in die Rente bringen, ein Stück von Schubert, *Im Abendrot* zum Beispiel. Das lieben alle Männer, die im Krieg gewesen sind. Wer sechzig Männer mit feuchten Augen sehen will, muss nur einem Männergesangverein bei der Darbietung dieses Liedes beiwohnen, am besten sogar der *Heiterkeit*, wo der blinde Vitus in der Mitte der ersten Reihe mit makellosem Tenor den Ton angibt.

Man sieht Jakob die Jahre auf der Straße an, sein Körper wirkt etwas gestaucht, nicht direkt bucklig, aber eine leichte Krümmung formt inzwischen doch den kompakten Oberkörper, auch sind die Beine krumm geworden, und eine chronische Blasenschwäche scheint sich ebenfalls einzunisten, die offiziellen Pausen reichen ihm zum Austreten schon lange nicht mehr. Aber Jakob ächzt nicht, wenn er sich aus der Hocke erhebt oder wenn er eine Schubkarre Steine heranfährt, und fluchen hat man ihn in all den Jahren so gut wie nie gehört.

An seinem letzten Tag wird er mit einigen Kollegen zu Ausbesserungsarbeiten in die Kaiserstraße geschickt. In der gründerzeitlichen Prachtstraße weisen die gepflasterten Fußwege in der gärtnerischen Anlage zwischen den beiden Fahrbahnen Schäden auf, zumeist verursacht durch die Wurzeln der Platanen. Dort soll geflickt werden, und der Vorgesetzte muss sich ein Schmunzeln verkneifen, als er den entsprechenden Einsatzbefehl gibt, denn er kennt seinen Jakob Flieder und weiß, was dieser angesichts der Baustelle denken wird: Mit Ausbessern ist es hier nicht getan. Man müsste die Bäume fällen, die Wurzeln herausreißen, das alte Pflaster komplett entfernen und alles neu pflastern. Das würde er machen, wenn er etwas zu sagen hätte, so hätte man es früher gemacht, als sein Vater noch Anteilseigner und Jakob selbst Angestellter der renommierten Firma Hock war, aber eine solche Maßnahme kommt für das Tiefbauamt erst infrage, wenn ein Stadtratsbeschluss zur Gesamtrenovierung der Anlage vorliegt.

Der Vorgesetzte fragt sich, warum dieser gewissenhafte und kompetente Pflasterer es nicht wenigstens bis zum Vorarbeiter gebracht hat. Aber da muss er sich im Grunde an die eigene Nase fassen, denn er hätte ihn ja zur Beförderung vorschlagen können. Im entscheidenden Moment ist es immer in Vergessenheit geraten. Dieser kleine Mann besitzt die Gabe, sich unsichtbar zu machen.

Heute aber hat der Vorgesetzte an ihn gedacht, und darum schickt er ihn in die Kaiserstraße. Er weiß nämlich, dass dort noch immer Jakobs ganzer Stolz zu besichtigen ist. Im Bereich vor der Christuskirche hat man vor vielen Jahren Mosaikpflaster in kunstvollen Ornamenten verlegt. Die Unterlagen verraten nicht, wann das geschehen ist, doch muss es vor dem Krieg gewesen sein. In der ganzen Stadt gibt es keine zweite Stelle, die so außergewöhnlich gelungene Pflasterornamente aufweist. Was die Fläche unmittelbar vor der Eingangstreppe der Kirche betrifft, darf man gut und gern von einem Mosaik von künstlerischer Qualität sprechen. Der Vorarbeiter will, dass Jakob Flieder seinen letzten Arbeitstag dort verbringt, wo er das hervorragendste Zeugnis seiner Handwerkskunst hinterlassen hat. Das scheint ihm ein größeres Geschenk zu sein als der grüne Pfefferminzlikör, auch wenn es heißt, den möge Jakob ganz besonders, wenngleich er es noch nie übers Herz gebracht habe, sich eine Flasche zu kaufen. Er trinkt ihn nur, wenn er ihn geschenkt bekommt.

Jakob ärgert sich den ganzen Tag über den Pfusch, den zu tun er gezwungen ist. Kein Wunder, dass in der Stadt immer mehr Pflaster entfernt wird, denn wenn Pflaster nicht instand gehalten wird, geht es sich nicht gut darauf, und wenn es nicht ansehnlich ist, fällt die Beseitigung leicht. Wo das Pflaster hingegen durch Schönheit besticht, vergreift man sich nicht so leicht daran. Dann braucht man triftige Gründe. Kinder, die über hervorstehende Steine stolpern und sich das Gesicht aufschlagen zum Beispiel. Oder alte Leute, die sich beim Sturz den Oberschenkelhals brechen. In solchen Fällen muss das Schöne auch mal zurückstehen.

Nach seiner Rückkehr aus dem Krieg musste er zunächst Trümmer beseitigen, bevor er sich wieder seinen Hocker unterschnallen durfte. Mehrere Jahre lang gab es viel zu tun, denn es war ja alles kaputt. Ganze Plätze und Straßen mussten neu gepflastert werden, und das war fast so gewesen wie vor dem Krieg, nur Holzpflaster wurde keines mehr verlegt. Die Leute erinnerten sich, dass es die Wirkung der englischen Brandbomben vervielfacht hatte. Sie lehnten diesen Straßenbelag ab.

Nachdem die Stadt wieder einigermaßen hergestellt war, wurden die anspruchsvollen Pflasterarbeiten weniger, bis nur noch Ausbesserungsarbeiten übrig blieben. Wurde doch einmal etwas neu gemacht, beauftragte die Stadtverwaltung eine private Firma, was Jakob bisweilen mit Neid und Zorn zur Kenntnis nahm. Vor allem wenn Anlass bestand, die Fähigkeit der auswärtigen Kollegen zu bezweifeln. Man wunderte sich, wer sich inzwischen Pflasterer schimpfen durfte.

Vielleicht wäre er darüber bitter geworden, wäre ansonsten nicht alles in bester Ordnung gewesen. Seine Frau ist nicht von seiner Seite gewichen, das Haus steht wie eh und je, der Garten bringt an Obst und Gemüse, was man braucht. Sein Sohn hat ihn bereits zum vierfachen Großvater gemacht, und vor zwei Jahren hat auch die Tochter einen Enkelsohn zur Welt gebracht, der es liebt, mit einem Gießkännchen in der Hand im Garten umherzulaufen, und der gern die Nähe seines Großvaters sucht. Viel reden muss man mit Kindern nicht, es genügt ihnen, wenn man bei ihnen ist, das haben sie den meisten Erwachsenen voraus. Jakob hat einen Kindersitz fürs Fahrrad gekauft und bereits die dazugehörigen Fußrasten installiert. Wenn der Junge noch ein paar Zentimeter wächst und ein bisschen stabiler wird, nimmt er ihn mit, zum Einkaufen bei Samen Münch, dessen Geschäft komplett aus Schubladen besteht, oder bei Fisch Hamann, wo ein Leuchtturm auf der Theke blinkt, zu Friedhofsbesuchen und zu kleinen Touren durch den Wald, denn bald hat er dafür ausreichend Zeit. Schon ab morgen wird er nicht mehr gezwungen sein, entgegen seiner Berufsehre Pfusch zu machen.

Das Pflaster da drüben vor der Christuskirche, das ist sein Bravourstück. Dafür hat man mehr können müssen als das, wozu die meisten Kollegen heute fähig sind, aber das braucht niemand zu wissen. Darum verliert er an diesem Tag kein Wort darüber. Nur in der Mittagspause spaziert er mit dem belegten Brot in der Hand kurz hinüber und wirft einen Blick auf die Ornamente, die er sich vor Jahrzehnten ausgedacht hat. Wenn man sie betrachtet, wundert man sich fast über sich selbst. Dass man auf solche Ideen gekommen ist. Dass man so etwas im Kopf gehabt hat. Als wäre man wer weiß was für ein Künstler gewesen. Fast könnte es einem peinlich sein, so gut ist es gelungen, man darf es eigentlich niemandem zeigen, weil man sich sonst der Eitelkeit schuldig macht, und das ist etwas, das man beichten muss.

Allerdings befindet sich das Kunstwerk in keinem guten Zustand. Auch hier verrichten die Baumwurzeln ihr Werk, das Pflaster müsste gründlich ausgebessert werden. Es graut Jakob bei der Vorstellung, dass seine Kollegen von der städtischen Pflästererkolonne dies ohne ihn tun werden.

Vielleicht sollte er selbst die Initiative ergreifen, nachts herkommen und sich an die Arbeit machen. So wie im Krieg einmal, auf dieser Klosterinsel, die zuerst mitten im Sand stand und dann mitten im Meer – wie hieß sie noch? Wo oben auf dem Turm der heilige Michael das Schwert in den Himmel reckte. Da hatte er sich dazu hinreißen lassen, ohne Auftrag eine angefangene Baustelle zu vollenden, und dabei um ein Haar den Anschluss an die Truppe verpasst.

Jakob muss lachen, als er sich daran erinnert. Auf dem Weg zurück zu den Kollegen versucht er das Lachen herunterzuschlucken, aber es drängt immer wieder nach oben. Er schüttelt den Kopf über sich selbst, und die Kollegen fragen, was los ist mit ihm. Nichts, sagt er. Ich wundere mich bloß über mich, und so einen Satz haben die Kollegen aus Jakob Flieders Mund noch nicht vernommen. Da haben wir was gemeinsam, ruft einer, aber bevor weiter geflachst werden kann, steht der Vorarbeiter auf, verstaut seine Brotdose und ordnet die Fortsetzung der Arbeit an.

Jakob will die Steine zählen, die er am letzten Nachmittag seines Berufslebens setzt, aber er kommt immer wieder aus dem Konzept, weil er an die Wochen zurückdenkt, in denen er das kunstvolle Ornament vor der Christuskirche gelegt hat, zusammen mit seinem Vater, ungestört von stümpernden Kollegen, und diese Erinnerung ist ihm wichtiger als die genaue Registrierung seiner Leistung am letzten Berufstag. Auf ein paar Steine mehr oder weniger kommt es nicht an. Hauptsache, er hat eine Arbeit gemacht, die bleibt.

Im Taxi fragte ich mich, wie es sich nach all den Wochen des nervösen Interesses für meine Vorfahren erklären ließ, dass ich nicht nach Königsberg gefahren, sondern kurz vor Kaliningrad umgekehrt war, um, anstatt nach der Ruhestätte meines Onkels zu suchen, mitten im Winter die Kindersommerlandschaft von Neringa zu erkunden. Ich wollte nach Indien und habe Amerika entdeckt, dachte ich und musste lachen, und dieses resignierte, übertriebene Lachen erinnerte mich an einen Film, den ich im Alter von sechzehn oder siebzehn Jahren gesehen hatte, zu früh, um ihn verstehen zu können. Der komisch-desperate Held hatte, als Clown geschminkt, in einer grauen deutschen Stadt im Freien gesessen und die Menschen um sich herum beobachtet wie fremde Wesen, die absurden Regeln folgten, und zwischendurch hatte er immer wieder aufgelacht.

Schon im Flugzeug von Vilnius nach Stansted war ich mir nicht ganz geheuer gewesen unter den anderen Fluggästen, die entweder Litauer oder betrunken waren. Die einen hatten über die Feiertage ihre Verwandten in der Heimat besucht und stellten sich nun auf ein weiteres langes Getrenntsein ein, die anderen hatten sich dank eines günstigen Pauschalpakets und der für Westeuropäer niedrigen Preise in den Altstadtlokalen von Vilnius gehen lassen. Und mittendrin ich, auf dem Rückweg von einer gescheiterten Mission, mit der Aussicht, eventuell demnächst den Job zu verlieren.

Immerhin hatte ich gesehen, wie das Meer am Schnee geleckt hatte, und davon würde ich Neringa erzählen, die an solchen Einzelheiten mehr interessiert war als an Erfolgsgeschichten. Der man nichts vorweisen musste und die es selbst nicht darauf anlegte, irgendetwas darzustellen. Die auf die Frage, was sie in Zukunft machen wolle, antwortete: Etwas mit dir. Die sich nicht auf bestimmte Städte und Länder festlegte. Die nicht ständig zurückblickte und auch nicht über die Zukunft spekulierte, sondern sich an dem orientierte, was sie unmittelbar vor sich sah.

Der Erinnerungskult lockte einen an symbolträchtige Orte – auf einen Klosterberg im Atlantik, an ein möglicherweise nicht mehr vorhandenes Grab in einem Königsberg, das in Wahrheit Kaliningrad hieß –, und man folgte der Verlockung, weil man sich von diesen Orten Erkenntnisse oder große Gefühle versprach. Die Liebe hingegen war an sich etwas Großes. Man musste für sie keine magischen Orte aufsuchen, sie schuf sie selbst. Sie schuf sogar neues Leben. Wenn nicht in echt, so doch im Kopf. Seit ich Neringa näher kannte, traten mir immer wieder Fantasiebilder vor Augen, in denen ich uns mit einem Kind sah, in alltäglichen Situationen, aber leuchtender Innigkeit.

Ob man solche Bilder Wirklichkeit werden lassen durfte, war eine andere Frage. Es galt ja schon generell als zweifelhaft, wenn sich ein Fünfzigjähriger einer wesentlich jüngeren Frau zumutete. Wie oft hatte ich verächtliche Sprüche über alternde Herren und ihre blutjungen Freundinnen gehört. Wer sich in einer Runde über solche Männer ausließ, konnte mit breiter Zustimmung rechnen, sie galten als eitle Stenze, die das eigene Älterwerden nicht wahrhaben wollten, vor allem wenn sie ihre Ehefrau zugunsten der Jüngeren verließen.

Das Taxi hielt vor dem Haus, in dem ich wohnte. Die

Summe auf dem Zähler überstieg den Preis für das Flugticket, stellte ich fest, zahlte dann aber nicht, sondern nannte dem Fahrer eine neue Adresse, was der scheinbar mit Gleichmut zur Kenntnis nahm. Innerlich war er mit der Verlängerung der Fahrt bestimmt zufrieden, auch wenn er sich wundern mochte, weil es von einer sogenannten *guten Gegend* in eine eher nicht so gute ging.

Der Clown in dem Film, an den ich mich erinnerte, mochte eine traurige Gestalt gewesen sein, aber er war auch ein Mann gewesen, in dessen Achseln eine Frau ihre Hände wärmte, und als ich das im Alter von sechzehn oder siebzehn Jahren auf der Leinwand gesehen hatte, war es mir vorgekommen wie das Schönste, das es gab.

Nach vierzig Minuten Taxifahrt klopfte ich unangemeldet an Neringas Tür.

In der vorletzten Sitzung kam der Therapeut auf das fast vier Jahre zurückliegende Vorgespräch zurück – von sich aus, ohne dass ich ihn darauf gebracht hatte.

Erinnern Sie sich?, fragte er.

Erinnerte er sich denn? Oder hatte er in seinen Kladden nachgeschlagen? Ich fragte ihn nicht, sondern antwortete, ja.

Er wollte wissen, wie ich jetzt darauf zurückblicke. Warum sie mir damals eingefallen war.

Die Szene stand für das Verlorene. Sie zeigte das geschützte Kind. Den kleinen Menschen in Geborgenheit und darum ohne Angst auf der Abenteuerfahrt in die Welt. Unverletzt und unverletzlich, weil die richtige Person das Fahrrad lenkte.

Ich sagte es nicht. Er wartete.

Oder anders gefragt, fing er nach einer Weile wieder an: Haben Sie das Gefühl, wieder sicher im Sattel zu sitzen?

Es war kein Sattel, sondern ein Kindersitz gewesen. Begriff er den Unterschied denn nicht? Ich tat, was ich erst einmal zuvor getan hatte, setzte mich auf und drehte mich zu ihm um. In seinem Kopf meldete sich sogleich eine bestimmte Handlungsanweisung, das sah ich ihm an, ruhig bleiben, sagte sie ihm, den Patienten seinen Impuls ausagieren lassen, jetzt nicht auf die Regeln pochen.

Ich nahm die Serviette vom Kopfkissen und putzte mir damit die Nase. Sie war so dünn, dass die Feuchtigkeit durchdrang. Ich ließ sie einfach fallen. Dann zog ich die Schuhe an.

Sie wickelte den Kaschmirpullover, den ich ihr am Flughafen gekauft hatte, aus dem Seidenpapier, betrachtete ihn mit ausgestreckten Armen und hielt ihn sich vor dem Spiegel an den Oberkörper, ganz wie es den Gepflogenheiten entsprach. Auch bedankte sie sich für das Kleidungsstück, dem man die gute Qualität ansah. Es gefiel ihr, das sah ich, aber als sie sich auf den Bettrand setzte und stumm vor sich hin schaute, sah ich auch, dass sie sich ein bisschen ärgerte.

Ich nahm den Blechfrosch vom Nachttisch, zog ihn auf

und ließ ihn so lange über den Fußboden hüpfen, bis sie ein Lächeln nicht mehr unterdrücken konnte.

Was ist?, fragte ich.

Es fiel ihr schwer, etwas über die Lippen zu bringen, was eine kleine Beschwerde über mich enthielt, aber schließlich überwand sie sich.

Wenn wir uns nach so vielen Tagen wiedersehen, will ich mich vom ersten Augenblick an über dich freuen und nicht erst, nachdem ich ein Mitbringsel ausgepackt habe.

Ich muss sie daraufhin ziemlich verunsichert angeschaut haben, denn sie lachte, bedankte sich noch einmal für den Pulli, hielt ihn sich wie zum Beweis kurz an die Wange und sagte: Legen wir uns hin.

Sie sah mir aus nächster Nähe ins Gesicht, während ich von meinem Gang durch Klaipėda erzählte. Wir waren auf ihrem schmalen Bett eingeschlafen und wieder aufgewacht, meine Kleider lagen in einem Haufen auf dem Fußboden. Durch die Wände drang ein Gemisch von Lauten aus dem gewöhnlichen Leben.

Als ich in meinem Bericht auf der Kurischen Nehrung ankam, hörte sie so ernst und aufmerksam zu, als handelte es sich um eine spannende Geschichte.

Gut, dass du nicht hingefahren bist, stellte sie fest, nachdem ich meine Erzählung mit dem Resümee abgeschlossen hatte, nicht am Grab meines Onkels gewesen zu sein. Es klang geradezu erleichtert, als wäre ein Besuch in Kaliningrad gefährlich für Leib und Leben gewesen. Womöglich konnte man als Litauerin nie von der potenziellen Bedrohung des großen Nachbarn absehen, schon gar nicht wenn er, wie vor wenigen Wochen erst, Manöver im Kaliningrader

Gebiet durchführte, mit fünftausend Soldaten und fünfundfünfzig Kriegsschiffen. Neringa hatte die Zahlen aus dem litauischen Radiosender, den sie regelmäßig einschaltete, um ihre Sprache in gepflegter Artikulation zu hören. Über politische Themen hatten wir bislang kaum gesprochen, aber ich konnte mir vorstellen, dass Menschen aus dem Baltikum auch deshalb gern zum Arbeiten nach Großbritannien gingen, weil kaum etwas unwahrscheinlicher schien als eine Annexion der Britischen Inseln.

Du hast getan, was du für richtig gehalten hast, darum musst du auch kein schlechtes Gewissen haben, sagte sie.

Ich habe nicht bloß ein schlechtes Gewissen, ich habe Schuldgefühle, entgegnete ich. Gegenüber meiner Großmutter.

Dazu sagte Neringa nichts. Sie lächelte nur, aber nicht spöttisch.

Vielleicht ist es wirklich sinnlos, sich auf symbolische Orte zu fixieren und sich von ihnen die große Erleuchtung zu versprechen, sagte ich probehalber in den Raum hinein, und für einen Moment erinnerte es mich an Formulierungen, die ich auf der Liege im Münchner Hinterhofzimmer ins Dämmerlicht unter der hohen Decke hineingesprochen hatte.

Bereust du etwa unsere Fahrt zum Mont-Saint-Michel?, fragte Neringa prompt.

Das war etwas anderes.

Wieso?

Weil du mich begleitet hast. Dadurch war es pure Gegenwart und überhaupt nicht symbolisch.

Und was lernen wir daraus?

Sag du es mir.

Dass du mich mitnehmen musst.

Wohin?

An alle Orte, die dir keine Ruhe lassen.

Möchtest du sehen, wo ich herkomme, jetzt, da ich in Klaipėda gewesen bin?, fragte ich.

Dreimal darfst du raten, antwortete sie.

Dann lass uns hinfahren. Aber unter einer Bedingung: Ich zahle.

Sie stützte sich auf den Ellenbogen und blickte mir lange in die Augen. Einverstanden, sagte sie schließlich.

Darf ich dir zum Dank einen Kaffee kochen?, fragte ich.

Bester Dinge ging ich in die Küche und ließ Wasser in die Glaskanne laufen. Inzwischen legte Neringa Musik auf, etwas Litauisches, eine Mischung aus Pop und Chanson. Ich hörte interessiert hin, es war nicht ganz schlecht, aber irgendwie amateurhaft und etwas penetrant, vielleicht auch nur gewöhnungsbedürftig, immerhin hörte ich zum ersten Mal ein litauisch gesungenes Lied. Ein andermal wollte ich gern versuchen, mich damit vertraut zu machen, jetzt aber störte es mich. Ich wollte unser Gespräch nachklingen lassen.

In der Kaffeemaschine saß noch der volle Filter vom letzten Mal, nass und schwer. Behutsam nahm ich ihn heraus, trug ihn zum Mülleimer und setzte einen neuen ein.

All das tat ich nackt.

Schöner Anblick, rief Neringa vom Bett aus.

Sobald ich die Kaffeemaschine eingeschaltet hatte, drehte ich mich um, blickte kurz auf meine Füße und sagte dann in Neringas Richtung: Würde es dir etwas ausmachen, die Musik abzustellen?

Nein, rief sie, streckte sich und drückte eine Taste des Abspielgeräts.

Mit einem Schwung stand sie auf, kam in die Küche,

küsste mich flüchtig auf den Mund und nahm zwei Teller aus dem Schrank. Sie bestrich zwei Scheiben Brot mit Butter, griff nach der Küchenschere und beugte sich über die flache Schale, in der sie auf einem Bett aus nasser Watte Kresse zog. Sie brachte den Blick auf die Höhe der Schere, damit sie die Halme in gleichmäßiger Länge abschnitt.

Ich sah der nackten jungen Frau beim Kresseschneiden zu. Ihr Rücken bildete einen Bogen, auf dem eine Kette zierlicher Wirbel verlief. Mit der Spannung ihres ganzen Körpers, sorgsam, schnitt sie die Stängel, sogar die Zehen spreizten sich vor Konzentration auf diesen wichtigen Akt.

Colin hatte recherchieren lassen. Er legte mir ein Papier vor, dessen zentrale Aussage in einer Zahl bestand. Warum sind mehrere Risikokapitalgeber mit insgesamt 12,5 Millionen bei *Codecademy* eingestiegen und bei uns nicht?, fragte er.

Das amerikanische Start-up, das er ansprach, bot Programmierkurse im Netz an. Bislang kosteten sie nichts, aber es war klar, dass sich das ändern würde. Es *musste* sich ändern, eben wegen der Investitionen.

Colin fixierte mich. Allem Anschein nach hatte er sich vorgenommen, den strikten Chef zu geben. Es wirkte fast rührend, denn er sah dadurch noch jünger aus, als er war.

Hast du dir mal angeschaut, was *Codecademy* anbietet?, fragte ich ihn.

Ich sehe die Investitionssumme, das genügt, um zu wissen, dass ihr Produkt etwas taugt.

Auch Investoren können irren, vor allem, wenn sie auf schnelle Gewinne aus sind.

Beantworte bitte meine Frage!

Vielleicht hast du gehört, dass *Rovio* hundertdreißig Leute entlässt. Da haben die Investoren noch viel mehr Geld reingepumpt und einfach die Augen davor verschlossen, dass kein Mensch sein Leben lang Lust hat, auf seinem Handy grinsende Vögel durch die Gegend zu schleudern.

Er hatte es offenbar noch nicht gehört. Mir war es neulich bei einem Empfang in Brüssel vom Referenten des Wirtschaftskommissars gesteckt worden.

Was hat das mit unserem Thema zu tun?, fragte er unwillig.

Vergiss es, sagte ich. Was ich sagen will, ist Folgendes: Wenn Geldgeber Komplikationen bei der Bürokratie wittern, geraten sie ins Zögern. Darum gehen sie auch so gern nach China. Da gibt es keine lästigen bürokratisch-demokratischen Prozesse. Oder sie unterstützen coole Amerikaner wie die von *Codecademy*, ohne einen Gedanken daran zu verschwenden, wie deren cooles Produkt vernünftig weiterentwickelt werden kann. Du glaubst doch nicht im Ernst, dass private User, die sich fürs Coden interessieren, in Zukunft für ein Lernprogramm im Netz ihre Kreditkarte belasten. Die tun sich zusammen und tauschen innerhalb ihrer Communitys Kenntnisse und Kompetenzen.

Meine Argumente verunsicherten ihn, darum ließ er sie abprallen.

Du hättest dich besser ums Generieren von Kapital kümmern sollen, anstatt wochenlang mit Beamten in aller Herren Länder zu quatschen, sagte er, und es klang wie eine Replik aus einem mittelmäßigen amerikanischen Film.

Allmählich dämmerte mir, dass es ihm weniger um die Sache als um die Konstellation der Ereignisse ging. Neulich hatte er mir einen Bonus zahlen müssen, jetzt wollte er verhindern, dass ich mich unangreifbar fühlte. Womöglich sammelte er sogar Argumente, die er gegen mich verwenden konnte, wenn nach dem Verkauf der Firma mein Posten auf den Prüfstand kam. Oder er suchte einen Vorwand, das Projekt, das auf seinem Mist gewachsen war, in das ich aber die meiste Energie gesteckt hatte, zu beenden, um Ressourcen für andere Projekte zu gewinnen, die dem künftigen Eigentümer besser ins Konzept passten.

Ihr plant nicht mehr mit mir, sagte ich unvermittelt.

Das hast du gesagt, erwiderte er.

Du kannst ehrlich mit mir sein.

Ich sehe nicht ein, mich mit meinen Mitarbeitern auf die Ebene von Beziehungsgesprächen zu begeben, erwiderte er. Wo ist eigentlich deine Uhr?

Die führt ein neues Leben in einem anderen Aggregatzustand, sagte ich und konnte sehen, dass Colin nahe daran war, sich mit dem Finger an die Stirn zu tippen.

Übrigens habe ich nicht nur mit Beamten gequatscht, sondern mit einigen interessanten Leuten gesprochen, sagte ich noch, als ich mich bereits wieder mit meinem Schreibtischstuhl wegdrehte und dem Bildschirm zuwandte. Manche sind der Meinung, dass es überhaupt nicht Aufgabe der Schulen ist, Nachwuchs für die IT-Konzerne auszubilden. Die stellen sich eher ein Unterrichtsfach vor, das Medienkompetenz vermittelt, Orientierungswissen, mit dessen Hilfe man die Zusammenhänge der digitalen Welt besser zu erkennen lernt. Die neuen Machtverhältnisse zum Beispiel oder die Entstehung von Monopolen, deren einziges Interesse darin besteht, an die Daten ihrer Nutzer zu kommen und damit Geschäfte zu machen.

Sie hatte nur eine kleine Tasche bei sich, als käme es nicht darauf an, unter verschiedenen Kleidern die Auswahl zu haben, sondern mit leichtem Gepäck zu reisen, jetzt und in Zukunft. Von mir aus können wir auch arm sein, hatte sie gesagt, als mir eine Bemerkung über den möglicherweise bevorstehenden Verlust meines Arbeitsplatzes herausgerutscht war. Es hatte glaubwürdig geklungen.

Wir verstauten unsere Sachen im Schließfach, kauften etwas Proviant, und dann gingen wir auch schon auf der Bahnhofstraße zum Münsterplatz, wo die Große Bleiche abzweigte. Ich deutete auf das Straßenschild. Neringa nickte. Beinahe andächtig bewegten wir uns nun voran, als könnte jederzeit eine Flamme aus dem Pflaster herauszüngeln, doch bald schon sahen wir nicht mehr die Kulisse eines bedeutsamen Ereignisses der Geschichte, sondern bloß die gerade, stark befahrene Geschäftsstraße, die ihren profanen Zweck erfüllte und deren Asphalt an nichts erinnerte, das von Bedeutung für uns war. Schon in der Mitte, am Neubrunnenplatz, wo einst die Zigarrenhandlung gewesen war, bogen wir ab und gingen im rechten Winkel auf die Kaiserstraße zu, in der ähnlich viel Verkehr herrschte, in der es aber keine

Ladenlokale gab. Auf der Mittelpromenade zwischen den Fahrbahnen führten gepflasterte Fußwege auf die Kirche mit der mächtigen Vierungskuppel zu.

Als wir die ersten Stellen erreichten, an denen das Pflaster sich wellte, weil es lange, womöglich seit Jakobs letztem Arbeitstag, nicht mehr erneuert oder gestampft worden war, blickte mich Neringa mit einem wissenden Lächeln an, und es kam wieder Andacht in unsere Schritte. Wir traten behutsam auf, verfolgten jede Verschlingung des mehrfarbigen Mosaiks aus kleinen Steinen, lasen die Bildidee des Menschen, der die Steine gesetzt hatte, lasen die Mühe, die er sich mit seiner Idee vom anmutigen Schlingenmuster bereitet hatte. Wir sahen ihn vor uns auf seinem umgeschnallten Hocker, und eigentlich hätten wir schweben müssen, um die kunstvolle Arbeit des gebückten Mannes nicht mit unseren Schuhen zu beschmutzen, doch wollten wir zugleich mit besonderem Nachdruck auftreten, das Pflaster verdichten, der Kraft der Platanenwurzeln, die es nach oben drückten, etwas entgegensetzen, verhindern, dass die Wellen im Mosaik aufbrachen und Vertreter des Straßenbauamtes auf die Idee kamen, es durch Verbundstein zu ersetzen, damit kein Kind oder Greis stolperte und sich verletzte.

Die Vorlage für das, was ich vor unseren Füßen sah, hätte gut und gern von den Entwürfen aus der grünen Blechdose stammen können, die ich als Kind einmal gesehen hatte, und obschon ich seither um das künstlerische Vorstellungsvermögen meines Großvaters wusste, staunte ich. Mit variierenden Mustern waren die Fußwege der Mittelpromenaden versehen worden. Man hatte Steine in verschiedenen Größen, Formen und Farben dafür verwendet, Steine aus Basalt, Porphyr, Kalk und Granit, vermutete ich. Die Ränder glichen breiten Borten, in den längeren Feldern, die kein Ornament im eigentlichen Sinn enthielten, waren verschiedenförmige Steine bewusst asymmetrisch gesetzt, was für eine angenehme Belebung sorgte. Aus Unordnung entstand hier eine gefällige Ordnung, die dem Willen zur Schönheit und nicht dem Zwang zum Einheitlichen entsprang.

In regelmäßigen Abständen von etwa fünf Metern mündeten diese Felder in ein Ornament. Das erste bildete einen achtzackigen Stern, der bei näherer Betrachtung höchste Raffinesse aufwies und neben künstlerischer Ambition auch ein Interesse für Geometrie verriet, denn er setzte sich aus mehreren, fast verwirrend miteinander verschachtelten Kristall- und Quadratformen zusammen, für die Steine in vier Farben und drei Größen verwendet worden waren. Für das zweite Muster fand ich keine Benennung, es entsprang den Randborten, verband sie mit Bogen und Kreisen, die Quadrate einfassten, deren Spitzen wiederum auf Kreise trafen, und das dritte Muster entstand dadurch, dass die Randborten zur Mitte hin abbogen und dort ein symmetrisches Flechtmuster entstehen ließen. Die vierte Variante nahm diese Vorlage auf, vereinfachte sie jedoch, indem sie sich auf zwei Farben und zwei Steingrößen beschränkte.

All das war staunenswert und verlangte nach allerlangsamstem Gehen, doch der Höhepunkt kam auf dem Platz unmittelbar vor der Kirche. Das Pflaster auf dieser Fläche präsentierte sich als Mosaik, wie man es sonst bestenfalls auf Plätzen in Italien oder in Höfen von besonders prachtvollen Moscheen zu Gesicht bekam, jedoch war es nicht aus kleinen, flachen Mosaiksteinchen gesetzt, sondern aus echten Pflastersteinen unterschiedlicher Form und Größe.

Ich brauche eine Pause, seufzte Neringa und ließ sich auf

den Stufen nieder, die zum Kircheneingang hinaufführten. Wir waren keine sehr lange Strecke gegangen, aber sie hatte die ganze Zeit über mit äußerster Aufmerksamkeit den Boden studiert, weshalb sie nun die Augen schloss, sobald sie saß. Ich setzte mich neben sie und raschelte mit dem Proviantpapier, woraufhin sie blind lächelnd die Hand in meine Richtung öffnete und sich ein belegtes Brötchen hineinlegen ließ.

Von der Treppe aus hatte man den besten Blick auf das Mosaik. Es war so raffiniert gestaltet, dass man lange brauchte, bis man der Linienführung folgen konnte, denn auch hier war mit Überschneidungen, mit Verflechtung und Brechungen von eckigen Formen durch runde und umgekehrt gearbeitet worden. Sobald Neringa die Augen öffnen würde, wollte ich sie fragen, was sie sah, denn ich kannte ihren Blick für Einzelheiten. Einstweilen versuchte ich mir selbst das Bild, das ich sah, zu beschreiben, die Rosette, die aus einem Kreis und mehreren Bogen bestand, die wiederum in vier stilisierte Lilienblüten ausliefen, bei denen es sich aber auch um die Spitzen orientalischer Dolche hätte handeln können. Ich versuchte systematisch vorzugehen, begann bei dem roten Punkt in der Mitte, doch bereits für die Benennung der Linien, die ihn gewissermaßen im Griff hielten, fehlten mir die Worte. Auch konnte ich nicht treffend ausdrücken, wie es möglich war, dass zwischen den äußeren Kreislinien und dem roten Punkt derartig unterschiedlich geformte Flächen entstehen konnten, ohne dass es die Symmetrie störte. Man sah, dass der für dieses Hauptmosaik und die an ein Labyrinth erinnernden Seitenmosaike verantwortliche Mensch stets das Gesamtbild vor Augen gehabt hatte, entweder in Form einer Zeichnung oder eines inneren Bildes. Falls keine

Zeichnung vorgelegen hatte, war es zwingend notwendig gewesen, dass er allein an dem Werk arbeitete, denn solche komplexen Formen wären den anderen Pflasterern nicht mit Worten zu veranschaulichen gewesen.

Ich gab den Versuch der Beschreibung des arabisch, persisch oder mediterran anmutenden Mosaiks auf, aber nicht nur, weil mir die Worte fehlten, sondern weil sich Fragen aufdrängten. Wo kam das Formbewusstsein des Pflasterers her, wo seine Neigung zu solcher Art Figuren? Woher stammte die Vision des Handwerkers, der gewiss nicht über beispielhafte Bildbände verfügt hatte und sicherlich nie in den Orient oder nach Rom gereist war? Wie konnte seine Hand diese Linienführung finden? Wie kam die Kunst in den Steinsetzer?

Nachdem die Fahrbahnen gepflastert und die Bürgersteige asphaltiert sind, und zwar zur Zufriedenheit der Verantwortlichen wie der der Anwohner, steht die Gestaltung der Gartenanlagen auf der Mittelpromenade an. Ein Schmuckplatz soll es werden, wie er allein in der Reichshauptstadt Vorbilder kennt. Die Gärtner haben ihre Anweisungen erhalten, die Baumpflanzung geht nach strikten Plänen vonstatten, und bei der Anlage der Teppichbeete orientiert man sich am *Musteralbum der modernen Teppichgärtnerei*. Allein für die Gestaltung der Promenadenwege und ihrer platzartigen Erweiterungen gibt es keine detaillierten

Pläne. Die einzige Maßgabe, mit der das Straßenbauamt versorgt wird, lautet: Die Wege sollen mit Mosaikpflaster befestigt werden, wobei den Platz vor der Christuskirche, dem evangelischen Gegengewicht zum katholischen Dom, ein dekorativer Stern zieren soll.

Im Straßenbauamt ärgert man sich über die kargen Anweisungen, weiß man doch genau, welche Bedeutung die Stadtplaner der Prachtstraße beimessen. Sie hegen große Erwartungen, scheuen aber die Mühe, sie, was das Pflaster betrifft, im Detail zu formulieren, weil sie Beete und Bäume für wichtiger halten.

Der Amtsleiter entschließt sich zu einer Lösung, die ihn persönlich entlastet. Da die Stadt gute Erfahrungen mit der Firma Friedrich Hock gemacht hat, lässt er sich vom Bürgermeister persönlich das Placet geben, ebendiese Firma zu beauftragen, die Pflasterungen auf der Kaiserstraßenpromenade zu entwerfen und auszuführen. Hock nimmt die Offerte gern an, weil er seine Angestellten kennt. Er ruft sogleich die Flieders zu sich, Vater und Sohn, und gibt ihnen die Anweisung, sich der Sache anzunehmen und dabei der Firma nicht nur keine Schande zu machen, sondern weiteres Ansehen zu erwerben.

Die Flieders zucken mit den Schultern, setzen die Mützen auf und verlassen das Büro des Chefs. Sie wissen, was sie können und in petto haben.

Die grüne Dose, sagt der Vater.

Jakob nickt. Nach Feierabend zieht er die Zeichnungen, die er während seiner Lehrzeit angefertigt hat, hervor, studiert sie gründlich und entwirft auf ihrer Grundlage die Muster für die Kaiserstraße. Als er sie einige Tage später den Kollegen vorlegt, lachen sie. Kunst gehört ins Museum, sagt einer, aber Jakob lässt sich nicht beirren. Er gibt Anweisungen zur Beschaffung des Materials, nennt Mengen, Farben und Formate, und obwohl ihn sein Rang in der firmeninternen Hierarchie nicht dazu berechtigt, Befehle zu erteilen, tun die Kollegen, was er sagt. Jakob wundert sich selbst darüber, und dann begreift er, dass seine neue Autorität von den Zeichnungen aus der grünen Dose stammt. Kunst macht stark, denkt er und muss nun ebenfalls lachen, dabei aber auch den Kopf schütteln angesichts solcher Flausen.

Als die Arbeit beginnt, machen sich die Kollegen zunächst wieder über ihn lustig. Da hat sich unser Künstler was ausgedacht, sagen sie, als er ihnen die Anweisung erteilt, die Randborte um ein weiteres Band zu erweitern, und als sie an das erste eigentliche Ornament herankommen, stehen sie auf und bedeuten Jakob, dass sie ihm das Feld überlassen.

Jakob schafft sich selbst die nötigen Steine heran, schnallt den Hocker um und macht sich ans Werk. Die Kollegen feixen, doch das legt sich, zunächst weil sie ihre Brote verzehren, dann weil ihnen die Häme langweilig wird oder aus anderen Gründen, über die sich Jakob nicht den Kopf zerbricht. Er konzentriert sich auf seine Arbeit. Macht er sie gut, werden die Kollegen ihn nicht im Stich lassen. Und genau so kommt es. So unbeteiligt die Männer tun, so genau schauen sie Jakob zu, und als er das nächste Ornament beginnt, schnallen sie die Hocker um und übernehmen, sodass Jakob sich erheben und von oben verfolgen kann, ob alles so wird, wie er es sich vorgestellt hat. Er erlaubt sich sogar einen Scherz über die neuen Künstler in der Firma, und von da an geht es weiter wie immer: Man pflastert und redet nicht viel.

Während ich träumte, hatte Neringa die Augen geöffnet, doch nicht um das Pflaster zu betrachten, sondern mich. Ich genierte mich ein bisschen und stand auf, um aus unterschiedlichen Perspektiven Fotos von dem Mosaik zu machen. Währenddessen zog Neringa einen Block aus der Tasche und fing an zu zeichnen. Nachdem ich alles dokumentiert hatte, war sie noch immer in ihre Zeichnung vertieft.

Dein Großvater war ein Künstler, sagte sie. Von jetzt an werde ich überall, wo ich gehe, aufs Pflaster achten.

Ich setzte mich wieder neben sie, sah auf dem Display meines Telefons die Aufnahmen durch und fing nun erst richtig an, mich zu schämen. Das Pflaster war schön, aber es war falsch.

Sie spürte, dass sich in meinem Inneren etwas änderte. Was hast du?, fragte sie nach einer Weile.

Sie hatte sich gewünscht, mit mir zusammen hierherzufahren, nachdem ich ihr begeistert von der letzten erhaltenen Arbeit meines Großvaters erzählt hatte. Sie hatte sie unbedingt sehen wollen und sich sogar damit einverstanden erklärt, dass ich die Kosten für ihren Flug übernahm. Allerdings wusste sie nichts von der Anfrage, die ich an die Abteilung Denkmalpflege des Bauamtes meiner Heimatstadt gerichtet hatte. Diesmal hatte ich mich vorab versichern und mich nicht wieder vor Ort in meinen Annahmen getäuscht sehen wollen. Also hatte ich mich bei der zuständigen Behörde erkundigt, was man dort über die Urheber des Kaiserstraßenpflasters wusste.

Die Antwort traf ein, bevor ich die Flüge gebucht hatte. Sie war nicht lang, aber aussagekräftig und belegte unumstößlich, dass Jakob Flieder die überaus kunstvollen Mosaike vor der Christuskirche gar nicht gemacht haben konnte. Das Straßenpflaster des doppelläufigen Prachtboulevards war ab 1892 entstanden, hatte es in der Auskunft geheißen, es war aus bestem Holz gemacht, die Gehwege hatte man asphaltiert. Die gärtnerische Anlage der Mittelpromenade war um 1900 gestaltet, das Areal rund um die Christuskirche wohl kurz vor deren Einweihung im Jahr 1903 fertiggestellt worden.

Zu dem Zeitpunkt war Jakob zwei Jahre alt gewesen.

Dieses Pflaster sollte sein einziges erhaltenes Erbe sein. Jemand hatte mir gesagt, es stamme von ihm, das wusste ich genau, doch wusste ich nicht mehr, wer, eigentlich hätte es nur er selbst sein können.

Oder ich hatte es mir eingebildet.

Aber so etwas bildete man sich doch nicht ein! Kaum vorstellbar, dass ein Kind oder Jugendlicher Meisterwerke für seinen Großvater erfand. Oder etwa doch?

Wie auch immer. Ich musste meinen Irrtum eingestehen. Woran ich geglaubt hatte, war eine Legende gewesen. Die sachkundige Mitteilung der promovierten Denkmalpflegerin vom Bauamt hatte mir den Boden unter den Füßen weggezogen und mir auch noch den letzten Anlass zum Stolz geraubt.

Trotzdem hatte ich die Flüge gebucht, denn ich hatte auf die Reise mit Neringa nicht verzichten wollen.

Lass uns die Kirche anschauen, sagte sie, nachdem sie lange genug auf eine Antwort gewartet hatte. Sie packte Block und Stift ein, nahm mich bei der Hand und führte mich die Treppe hinauf. In der Kirche gab es nicht viel zu sehen, aber aus der Kuppel ertönten Pfiffe. Neringa lauschte mit zur Seite geneigtem Kopf und drängte dann darauf, wieder ins Freie zu gehen. Draußen schaute sie unverwandt nach oben, bis sie plötzlich den Arm ausstreckte. Da, rief sie.

Ein Vogel flatterte durch eine Nische der Kuppel auf, keine Taube, so viel erkannte auch ich. Er flog zügig und kräftig und glitt dann lange ohne Flügelschlag in einem weiten Bogen außer Sichtweite.

Das ist …, sagte Neringa, wartete noch etwas ab, bis der Vogel wieder hinter der Kuppel auftauchte, und bestätigte dann ihre Annahme: Das ist ein Wanderfalke.

Triumphierend sah sie mich an.

Ich muss dir etwas gestehen, entgegnete ich.

Dass du ihn nicht erkannt hast? Das ist keine Schande. Außerdem konnte man hier nicht unbedingt mit so einer Vogelart rechnen.

Ich bin ein Feigling, sagte ich.

Sie runzelte die Stirn, als versuchte ich mich an der Lüge des Jahrhunderts. Ich fuhr fort und erzählte ihr, was ich mir vorwarf. Dass mich Schuldgefühle plagten, weil ich sie unter falschen Voraussetzungen auf die Reise mitgenommen hatte.

Sie hörte aufmerksam zu, und auch als ich zum Abschluss meiner Rede den Kopf hängen ließ wie ein armer Sünder, der bereit war, seine gerechte Strafe zu empfangen, schwieg sie zunächst und sah sich in aller Ruhe um. Sie betrachtete die Kirche, den Vorplatz, überschaute die Anlagen der Mittelpromenade mit dem streng rechtwinkligen Brunnen, den Blumenkübeln aus Beton und den Bänken ohne Lehnen, die allesamt erkennbar aus den Sechzigerjahren stammten, ließ den Blick dann über die Häuserreihen rechts und links des Boulevards streifen, über die gründerzeitlichen Fassaden wie über die Nachkriegsbauten und bemerkte dann, dass auch diese Straße bei den Luftangriffen auf die Stadt zerstört worden sein musste.

Das stimmt, bestätigte ich, aber warum sagst du das?

Weil dein Großvater vielleicht nach dem Krieg bei den Reparaturarbeiten mitgeholfen hat!

Dieser Satz kam nicht weniger triumphierend – oder genauer gesagt freudig – als die Bestimmung des Wanderfalken, der offenbar in der Kuppel der Christuskirche brütete.

In dem Fall hat er das alte schöne Mosaik wiederhergestellt. Auch das konnte bestimmt nicht jeder!

Hast du nicht gehört, was ich gerade gesagt habe, wollte ich sie fragen, verkniff es mir aber, denn ich wusste, dass sie es durchaus gehört hatte. Sie hatte es auch begriffen, aber was sie damit machte, sah ihr ähnlich und nicht mir.

Erneut hörte man die Pfiffe des Wanderfalken.

Kann sein, dass er Junge hat, stellte Neringa fest. Weißt du, wie Wanderfalken ihre Eier schützen?

Ich schüttelte langsam den Kopf.

Indem sie Steine von der Größe der Eier ins Nest legen, sodass ihre Feinde nicht unterscheiden können, was Ei ist und was Stein. Führt diese Straße nicht zum Fluss?

Ja, bis zum Rhein sind es nur ein paar Hundert Meter.

Dann sammeln sie dort vermutlich ihre Kieselsteine und bringen sie hierher.

Ich lachte ungläubig. Immerhin befanden wir uns in meiner Heimatstadt, aber das hatte ich noch nie gehört, und es hätte mir bestimmt auch kein gewiefter städtischer Fremdenführer erzählen können.

Wir setzten uns wieder auf die Treppe und betrachteten das Mosaikpflaster. Seine Schönheit war der Fantasie eines Menschen entsprungen. Eines Menschen wie Jakob Flieder, auch wenn er selbst es nicht war. Er hätte es aber gewesen sein können. Nach einer Vorlage aus seiner grünen Blechdose hätte er es erstellen können. Ich sah seine Hände genau vor mir, wie sie sorgsam die Steine setzten, und war schon wieder dabei, in die Legende abzugleiten.

Ich sagte es laut.

Das Einzige, womit wir die Toten beschenken können, sind liebevolle Legenden, antwortete Neringa.

Anmerkungen

Die Zitate auf den Seiten 31 und 89 stammen aus dem Werk von Heinz Leiwig mit dem Titel *Mainz im Bombenhagel. 27. Februar 1945*, 5., überarbeitete Auflage 2015, erschienen im Selbstverlag.

Für wichtige Informationen habe ich Frank Kühn, Mathilde Moster, Kathrin Nessel und dem Stadtarchiv Mainz zu danken.

Mein Dank für die Unterstützung der Arbeit an diesem Buch gilt dem Land Rheinland-Pfalz und dem Künstlerhaus Edenkoben.

ALLEIN GANG

STEFAN MOSTER

ROMAN

mare

»Ein großartiger Roman über
die Generation der Baby-Boomer,
wunderbare Schlaglichter auf
die westdeutsche Gesellschaft
vor allem der friedensbewegten
und doch erstaunlich gewalttätigen
Achtzigerjahre und das genau
beobachtete Psychogramm eines
Außenseiters.«

Die Rheinpfalz

Stefan Moster
Alleingang
Roman
368 Seiten, gebunden
mit Schutzumschlag und Lesebändchen
€ 24,– [D]
ISBN 978-3-86648-297-5

ISABELLE AUTISSIER · ROMAN
KLARA VERGESSEN
ÜBERSETZT VON KIRSTEN GLEINIG

mare

Von der Autorin von *Herz auf Eis*:
Isabelle Autissiers großer Generationenroman über drei Schicksale, einen Verrat und die Gefahr des Schweigens.

»Dieser Roman nimmt den Leser mit
auf ein gewaltiges Abenteuer.«
Lire

Isabelle Autissier
Klara vergessen
Roman
304 Seiten, gebunden
mit Schutzumschlag und Lesebändchen
€ 24,– [D]
ISBN 978-3-86648-627-0

Arezu Weitholz
Beinahe Alaska

mare

Eine Erzählung über das Beinahe-
Ankommen, auf Reisen wie im Leben:
witzig, nachdenklich, befreiend
und von warmherzigem Sarkasmus.

Arezu Weitholz
Beinahe Alaska
192 Seiten, gebunden
mit Schutzumschlag und Lesebändchen
€ 20,– [D]
ISBN 978-3-86648-640-9